HEYNE BÜCHER

W0294540

SCIENCE FICTION

Herausgegeben von Wolfgang Jeschke

Von Isaac Asimov erschienen in der Reihe
HEYNE SCIENCE FICTION & FANTASY:

Lunatico (06/7)
Der Mann von drüben (06/3004)
Geliebter Roboter (06/3066)
Der Tausendjahresplan (06/3080)
Der galaktische General (06/3082)
Alle Wege führen nach Trantor (06/3084)
Am Ende der Ewigkeit (06/3088)
SF-Kriminalgeschichten (06/3135)
Ich, der Robot (06/3217)
Die nackte Sonne (06/3517)
Der Zweihundertjährige (06/3621)

Als Herausgeber:
Das Forschungsteam (06/13)
Isaac Asimovs Science Fiction Magazin 1. Folge (06/3608)
Isaac Asimovs Science Fiction Magazin 2. Folge (06/3636)
Isaac Asimovs Science Fiction Magazin 3. Folge (06/3664)
Isaac Asimovs Science Fiction Magazin 4. Folge (06/3695)
Isaac Asimovs Science Fiction Magazin 5. Folge (06/3735)
Isaac Asimovs Science Fiction Magazin 6. Folge (06/3748)
Isaac Asimovs Science Fiction Magazin 7. Folge (06/3761)
Isaac Asimovs Science Fiction Magazin 8. Folge (06/3776)
Isaac Asimovs Science Fiction Magazin 9. Folge (06/3789)
Isaac Asimovs Science Fiction Magazin 10. Folge (06/3807)
Isaac Asimovs Science Fiction Magazin 11. Folge (06/3825)
Isaac Asimovs Science Fiction Magazin 12. Folge (06/3853)
Isaac Asimovs Science Fiction Magazin 13. Folge (06/3873)
Isaac Asimovs Science Fiction Magazin 14. Folge (06/3894)
Isaac Asimovs Science Fiction Magazin 15. Folge (06/3913)
Isaac Asimovs Science Fiction Magazin 16. Folge (06/3940)
Isaac Asimovs Science Fiction Magazin 17. Folge (06/3958)
Isaac Asimovs Science Fiction Magazin 18. Folge (06/3998)
Isaac Asimovs Science Fiction Magazin 19. Folge (06/4011)
Isaac Asimovs Science Fiction Magazin 20. Folge (06/4034)
Isaac Asimovs Science Fiction Magazin 21. Folge (06/4069)
Isaac Asimovs Science Fiction Magazin 22. Folge (06/4107)
Isaac Asimovs Science Fiction Magazin 23. Folge (06/4140)
Isaac Asimovs Science Fiction Magazin 24. Folge (06/4178)
Isaac Asimovs Science Fiction Magazin 25. Folge (06/4222)

Science Fiction-Erzählungen des 19. Jahrhunderts (06/4022)
Fantasy-Erzählungen des 19. Jahrhunderts (06/4023)
Der letzte Mensch auf Erden (06/4074)
Drachenwelten (06/4159)
Zukünfte – nah und fern (06/4215)

ISAAC ASIMOVS SCIENCE FICTION Magazin

24. Folge

ausgewählt und herausgegeben
von
Friedel Wahren

Deutsche Erstveröffentlichung

WILHELM HEYNE VERLAG
MÜNCHEN

HEYNE SCIENCE FICTION & FANTASY
Nr. 06/4178

Deutsche Übersetzungen von Rüdiger Hipp,
Jürgen Langowski, Peter Pape und Biggy Winter

Das Umschlagbild schuf Karel Thole

Redaktion: Friedel Wahren

Printed in Germany 1985
Umschlaggestaltung: Atelier Ingrid Schütz, München
Satz: Schaber, Wels
Druck und Bindung: Elsnerdruck, Berlin

ISBN 3-453-31143-4

Inhalt

LEIGH KENNEDY

Martha

Martha war auf der Suche nach ihrem Daddy.

Als sie endlich die erleuchteten Fenster der Hütten auf den kahlen Hügeln vor den Toren von Austin erblickte, hatte sie den Grund ihres Kommens fast vergessen. Denn da sie wußte, daß sie die Straßen meiden mußte, war sie nur damit beschäftigt gewesen, einen Hügel zu überleben, den nächsten und dann noch einen ...

Sie schnupperte an dem eisigen Wind, der von den berüchtigten Rauchfängen jener her wehte, die direkt vor der Stadt lebten.

Irgend jemand briet Menschenfleisch auf seinem Feuer.

Die dünnen Lederstiefel, vom Mitteltexanischen Christlichen Reformlager ausgegeben, boten nur unzureichend Schutz vor dem halben Meter Schnee, durch den Martha dahinstapfte. Das dauernde Durchbrechen der eisigen Kruste hatte ihr die Schienbeine wundgekratzt, ungeachtet der Jeans. Der Wind verfing sich in den Ärmeln und im Kragen ihres Mantels und mißhandelte ihre Ohren, bis ihr ein dumpfer Schmerz durch den Schädel pochte. Dreimal seit Smithville hatte sie Rast gemacht, ein Feuer entfacht, ihre gefühllosen Füße daran gewärmt und ein wenig geschlafen.

Der Geruch beschleunigte ihre Schritte. Es war lange her, seit Martha diesen speziellen Duft gerochen hatte. Die Kekse und Äpfel, die sie mitgenommen hatte (gestohlen aus der Lagerküche), waren lange schon aufgegessen.

Je näher sie sich auf ihr Zuhause und die Wärme dort zukämpfte, desto schärfer und stechender fühlte sich der trokkene Schnee an. Nach und nach konnte sie die Einzelheiten der Hütte ausnehmen, in der sie den Großteil ihres Lebens verbracht hatte – die schweren Vorhänge am Fenster, den flachen großen Stein, auf dem sie gesessen und ihrem Vater beim Holzhacken zugesehen hatte, und die Farbkleckse an der Ostwand.

Klug genug, sich dem Haus nicht von der Straße her zu nähern, wo man umherirrende Reisende – legale und nicht legale – stets mit Interesse beobachtete, kam sie an die Hintertür. Sie stieß sie auf und trat ein.

»Daddy?«

Das Haus hatte sich nur wenig verändert – andere Farben und Gerüche. Sie bemerkte, daß ihr kleines Bett nicht mehr neben der Feuerstelle stand. Auf der Steineinfassung des Herdes lag ein zerschmetterter Kopf mitsamt der einen Schulter; das Haar stand steif nach einer Seite ab. Von den Haken oberhalb der Feuerstelle hingen Streifen von Fleisch, und über der Glut brodelte der Inhalt eines Kessels. Das Fleisch roch alt. Es stammte offenbar nicht von einer selbst erlegten Beute, sondern von einem Leichnam, den man vor die Tore geworfen hatte, weil niemand da war, der für ein Begräbnis in der Stadt aufkommen wollte.

Sie hörte ein Geräusch hinter dem Rücken.

»Dad ...!« rief sie und drehte sich um.

Eine Frau stand vornübergebeugt Martha gegenüber, eine Drahtschlinge in der Hand. Martha machte einen Schritt zurück. »Hallo, Nachbarin!« sagte sie. Während sie noch die Worte aussprach, war sie sich bewußt, daß sie damit die kühle Art ihres Vaters imitierte.

Die Frau kniff die Augen zusammen; sie war immer noch auf dem Sprung. Martha würde schnell handeln müssen, um sich aus dieser Situation zu retten, wenn die Frau zu den Besessenen gehörte.

»Nachbarin?« wiederholte die Frau.

»Was machen Sie in meinem Haus?« fragte Martha.

»In *deinem* Haus? Daß ich nicht lache, Kleine. Ich wohne hier!«

Martha überlegte. Es war mehr als ein Jahr vergangen, seit der letzte Brief ihres Vaters sie im Lager erreicht hatte. Konnte es sein, daß er eine Gefährtin gefunden hatte? »Zusammen mit meinem Vater?« fragte sie.

»Das glaub ich nicht«, antwortete die Frau. Sie ließ die Hände etwas sinken. »Es sei denn, der alte Esel hat mir was verheimlicht.«

»Mein Daddy heißt Harry Jim Skill.«

»Also dann ist dein Daddy nicht hier«, sagte die Frau gereizt. »Was machst du überhaupt hier draußen?«

»Ich suche nach meinem ...«

»Ja, ja, ist schon recht«, unterbrach die Frau sie. Sie wand den Draht von den Fingern und stopfte ihn in ihre Tasche. »Er hat dir auch kein bißchen Verstand beigebracht, was? Wenn ihr wirklich Nachbarn seid von Leuten wie uns, dann lasse ich dich laufen. Also hau ab.«

Martha wollte sich die Entscheidung nicht aus der Hand nehmen lassen. Sie konnte nicht glauben, daß ihr Vater nicht mehr da war. »Harry Jim!« schrie sie.

»Du kleiner Fisch, dich brate ich ...!« sagte die Frau und kam wieder auf sie zu.

Die Hintertür flog auf, und Martha fuhr herum. Das Gesicht – es mochte schön sein oder häßlich wie das eines Käfers, Martha bemerkte es nicht einmal. Denn es war nicht das richtige Gesicht, ganz und gar nicht das richtige Gesicht, und das machte es so gräßlich.

»Raus!« brüllte die Frau, und Martha zögerte gerade so lange, um die Unsicherheit und Schwäche aus den Knochen zu schütteln, die das Entsetzen hineingepreßt hatte, bevor sie zur Vordertür hinausschoß.

Sobald die Stadttore in Sicht kamen, wurde ihr bewußt, daß sie auf ihrer Flucht jegliche Vorsicht außer acht gelassen hatte. Sie blieb stehen. Vor ihr hing das stark lädierte Schild auf einer Ziegelmauer direkt neben dem Tor.

WILLKOMMEN IN AUSTIN,
DER HAUPTSTADT DES STAATES TEXAS!

Über ihr beugte sich der Wachtposten aus seinem Häuschen und zielte mit einem Gewehr auf sie. »Keine Bewegung!« sagte er über den Lautsprecher.

Martha stand absolut still. In den ersten dreizehn Jahren ihres Lebens (bis man sie ins Lager gebracht hatte) hatte sie die Mauern von Austin zwar zu Gesicht bekommen, aber so nahe an sie herangekommen wie jetzt war sie noch nie.

»Laß die Tasche fallen!«

Martha ließ die Tasche mit ihren Habseligkeiten auf den gefrorenen Boden fallen.

Immer noch hielt der Posten seine Waffe auf sie gerichtet. »Hast du einen Passierschein?«

Sie wollte verneinen, überlegte es sich aber anders. »Man hat mich überfallen, auf einem LKW der Regierung. Haben mir den Passierschein gestohlen und mich rausgeschmissen. Ich renne schon seit drei Tagen zu Fuß!«

Der Posten zögerte. Eine Augenblick später glitt das Wächterhäuschen an einer Schiene die Wand entlang herab. Als es etwa einen Meter über dem Erdboden angelangt war, blieb es mit einem Ruck stehen. Einer der Scheinwerfer auf der Mauer drehte sich, bis er Martha direkt ins Gesicht leuchtete. Sie hob die Hände, um die Augen gegen den Lichtschein abzuschirmen.

»Wirf mir deine Tasche her!«

Martha hob die Tasche auf und schleuderte sie auf das Häuschen zu. Der Posten bewegte sich seitwärts, ohne sie aus den Augen zu lassen, und angelte sich die Tasche mit einem Haken. In seinem Häuschen durchsuchte er sie. »Zieh dich aus!«

»Dazu ist es zu kalt!«

»Möchtest du in die Stadt oder nicht?«

Sie schälte sich aus allen ihren Kleidern, einschließlich der Stiefel, und zitterte so stark, daß sie es beinahe nicht schaffte, ihm das Bündel zuzuwerfen. Kurz darauf sagte die Stimme aus dem Lautsprecher: »Komm rein!« Das Tor öffnete sich einen Spalt, und Martha drückte sich durch die Öffnung. Jemand packte sie am Arm, als sie eintrat. Aus dem Augenwinkel sah sie, daß das Wächterhäuschen wieder nach oben fuhr.

Nackt stand sie innerhalb der Mauern der Stadt – zum ersten Mal. Ausgetretene Fußwege glitzerten frostig unter den gebeugten Köpfen der Straßenlampen. Kleine Häuser schmiegten sich, wie um Trost zu finden, aneinander, ihre Fenster dunkel. Gespenstisch heulte der Wind durch geborstene Scheiben, und das Klappern loser Metallteile klang dazu.

Sie hatte sich vorgestellt, Städte seien saubere Himmel für brave Leute; hier drinnen schien es jedoch noch elender zuzugehen als draußen. Aber, dachte sie, während sie all diese Häuser betrachtete, in denen wohl jemand wohnte, eine Menge Essen mußte es hier geben ...

Die Soldatin, die sie am Arm festhielt, sah ihr starr ins Gesicht. »Wie heißt du?«

Martha blinzelte. »Aaah ... Martha ...«

»He, Carrie!« rief der Wachtposten von oben. »Übernimm für 'n Weilchen meinen Posten!«

»Scheiße!« murmelte die Soldatin neben Martha. »Na, komm schon runter!« sagte sie ungeduldig. Als der Mann die Eisentreppe heruntereilte, fuhr sie in warnendem Tonfall fort: »Sie werden dich noch mal erwischen, du geiler Hund! Eines Tages wird die Tochter vom Gouverneur durchkommen ...«

»Das hier ist aber nicht die Tochter vom Gouverneur«, sagte er und nahm Marthas Hand. »Komm jetzt, ich muß dich eintragen. Du willst also in die Stadt, ja? Hast du Verwandte hier?«

Er schob sie auf eine Blechbude zu, und Martha sagte: »Ich weiß nicht, ob sie noch in der Stadt sind.« Sie war wie benebelt von der Kälte und vom Herumgestoßenwerden.

»Das werden wir gleich herausfinden.« Er öffnete die Tür. In der Hütte stand ein Tisch mit Werkzeugen darauf, abgegriffene Notizen waren mit Stecknadeln an einem Brett befestigt, und ein Radio war da, von der gleichen Art, wie Bruder Guy im Lager eines gehabt hatte. An einer Wand stand ein schiefes Feldbett, das aussah, als würde es jeden Augenblick zusammenbrechen.

»Leg dich hin, mach die Beine auseinander. Schon mal

gemacht?« fragte er, während er die Schnallen seines Mantels öffnete.

Martha drückte mit der Hand auf das Feldbett und nahm an, daß es halten würde. »Muß ich das tun?«

»Würde für dich einiges einfacher machen, Schätzchen.«

Sie zuckte die Achseln.

Der Jeep schoß durch die Stadt, hüpfte gelegentlich über tiefe Furchen im Belag, wurde verrissen, um den Schlaglöchern auszuweichen, und blieb manchmal mit einem Rad in einem Frostaufbruch hängen. Martha saß neben dem Fahrer, einem Polizisten, in sich zusammengesunken über der Tasche auf ihrem Schoß.

Sie hatte ihre Tante Jenny Skill im Telefonverzeichnis gefunden. Martha erinnerte sich nicht genau, was aus der Schwester ihres Vaters geworden war, außer daß sie in die Stadt geheiratet und dann ihren Mann entweder verloren oder verlassen hatte. Von der Polizei wußte sie, daß man sie ins WP-Lager bringen würde, sollte ihre Tante Jenny sie nicht aufnehmen können (oder wollen).

Über WP-Lager wußte Martha nur vage Bescheid. Manchmal behielten sie die Leute jahrelang drinnen, ließen sie am Bau arbeiten oder als Reinigungspersonal für die Regierungsgebäude. Man konnte herauskommen, wenn man politisch spurte oder sich die Aufmerksamkeit irgendeines Bürokraten kaufte. Martha rechnete damit, daß Tante Jenny wußte, wo sich ihr Vater befand; auch wenn er selbst in einem Lager festsaß, konnte sie ihn finden. Er würde ihr helfen.

Würde er das wirklich tun?

Sie dachte daran, als sie ihn zum letzten Mal gesehen hatte …

»Entsaget dem Bösen!«

Martha war hinausgelaufen, um den verbeulten LKW aus der Nähe zu sehen, dessen Ladefläche von einem engmaschigen Drahtgeflecht umgeben war. In dieser Art Käfig stand eine alte Frau mit zwei Äpfeln in einer Hand und einer Kartoffel in der anderen. Obwohl sie grau und zerbrechlich aussah, hatte sie eine sehr kräftige, feste Stimme, als sie durch die Drahtmaschen hindurch Martha direkt ansprach.

»Entsaget dem Bösen!« rief sie und zeigte auf Marthas Vater, der direkt hinter ihr stand. »Komm mit uns in die Kommune des Herrn. Wir haben Essen, wir haben Wärme. Laß dein Kind nicht in Verdammnis geraten durch dein sündiges Tun!«

»Martha«, sagte ihr Vater, schwieg dann aber.

»Schau, das viele Essen!« rief Martha, als sie die unförmigen Säcke voll Kartoffeln, Äpfeln und Bohnen sah, die Käselaibe mit der harten Rinde in ihren Schachteln und in Papier eingeschlagene Brote.

»Vierzig Meilen bis zum Glück!« schrie die Alte. »Vierzig Meilen bis zu regelmäßigen Mahlzeiten, einem warmen Bett und dem Gottesgeschenk des Seelenfriedens.« Sie winkte Martha mit einem Apfel zu sich und und klinkte die Tür des Käfigs auf. »Du brauchst nicht mehr das Fleisch deiner Brüder und Schwestern zu essen! Deiner Brüder und Schwestern vor Gott! Entsaget dem Bösen! Wir verstehen! Wir vergeben! Wir werden euch retten!«

»Martha«, fragte ihr Vater mit einer Stimme, die so weich war wie Schneeflocken, »möchtest du mitfahren?«

Martha blickte auf mehr Nahrungsmittel, als sie je im Leben auf einmal gesehen hatte. Sie dachte an die Nächte, in denen ihr Vater nach einer besonders anstrengenden, nervenaufreibenden Jagd und Tötung seufzte und weinte. Sie war noch jung genug zu glauben, daß ein anderes Leben ein besseres Leben bedeuten mußte, und wenn ihr Vater willens war ...

»Ja!«

»Komm, Kind!« sagte die Frau. »Komm mit uns und sprich ein Dankgebet für deine Errettung.«

Martha hielt sich an der Bordwand des LKW fest und stemmte sich zur Tür des Käfigs hoch. Sie warf einen Blick über ihre Schulter und sah, daß ihr Vater still dastand, nur zusah.

»Daddy!«

Die Frau packte sie an den Schultern, zog sie zu sich hinauf in den Käfig auf der Ladefläche und schrie: »Fahr los, Bruder Guy!«

Der LKW machte einen Satz. Martha fiel flach hin und schürfte sich die Knie auf. Sie rappelte sich hoch, um nach der Gestalt zu sehen, die an der Straße stand, und kreischte: »Laß mich raus! Laß mich raus, du alte Hexe!«

Und weit, weit weg rief ihr Vater ihren Namen durch seine hohlen Hände: »Martha! Martha, ich hab dich lieb!«

Vom Jeep aus konnte sie die verfallenden Häuser sehen. Zu ihrer Linken erkannte sie die hohe Silhouette von Gebäuden wieder, die sie seit Jahren schon aus der Ferne gesehen hatte. Sie waren jetzt zwar näher und größer, bildeten aber immer noch die gleiche zusammenhängende Formation.

Eine Hoffnung stieg in Martha auf: Vielleicht, wenn sie ihren Vater nicht wiederfand, konnte ihre Tante seinen Platz einnehmen ...

Anfangs, nachdem man sie ins Christliche Lager gebracht hatte, war sie verbittert und böse gewesen, hatte sich im Stich gelassen gefühlt vom einzigen Menschen, der ihr jemals etwas bedeutet hatte. Seine wenigen Briefe an sie hatten sie dann begreifen lassen, daß er der Meinung gewesen war, es sei so das Beste für sie. In den Jahren des stumpfen Lagerlebens sprach Martha zwar mit den anderen und sang mit ihnen ihre Lieder, doch das alles berührte sie nicht wirklich. Sie schloß ein paar vorsichtige Freundschaften, aber keine davon war so tiefgehend, daß eine Trennung sie mit Trauer erfüllt hätte.

Sie lehnte sich zurück und ließ sich tiefer in den Sitz gleiten, das Gesicht zum Seitenfenster gewendet, um die Umgebung draußen passiv an sich vorbeiziehen zu lassen. Sie kannte die Bilder aus den alten Büchern über Städte, aber das hier erschien ihr wie eine schlechte Imitation: Verdorrtes Unkraut stach hie und da durch die dünne Schneedecke. Ganze Teile von Häusern waren weggehackt worden – vermutlich, um Feuerholz zu bekommen oder um andere Häuser mit dem Material zu flicken. Im Vorbeifahren sah sie, wie jemand sich einen Fensterrahmen von einer verlassenen Garage aneignete. Und sie sah einen einzelnen Baum, den man mit einem Zaun umgeben hatte.

Der Fahrer nahm den Fuß vom Gaspedal und sprach zum ersten Mal. »Ist es das hier?«

Martha blickte das Haus hinter den Pfosten an, die einmal einen Maschendraht gestützt hatten. Es war ein quadratisches, einstöckiges Gebäude mit symmetrisch angeordneten Fenstern. »Weiß ich nicht«, sagte sie.

Sie folgte dem Polizisten auf dem Weg zum Haus. Das Dach ragte ein Stückchen über die Eingangstür, sah aber auch abgehackt aus. Eine Schicht körnigen Schnees bedeckte die Schachteln und andere seltsame Formen auf der Veranda. Der Polizist klopfte an die Tür und drehte sich dann verdrießlich zur Straße um.

Als sich die Tür öffnete, standen vier Personen hinter einem dichten Maschengitter, und weitere Leute blickten zwischen den Vorhängen heraus. Der Polizist entfaltete ein Blatt Papier und hielt es an das Gitter. »Wohnt hier eine gewisse Jennifer Skill?«

Die Szene erinnerte Martha an ihre Ankunft im Lager: Gesichter, nichts als Gesichter, die sie anstarrten.

Aus einem anderen Zimmer kam eine Frau zum Eingang und blieb hinter dem Gitter stehen. »Was wollen Sie?«

Martha gelang es nicht, die Erzählungen ihres Vaters von der Gefährtin seiner Kindheit auf diese schmallippige, magere Frau zu übertragen.

»Dieses Mädchen gibt an, Sie würden sie aufnehmen.«

Abschätzend blickte Jenny Skill Martha an. »Wer ist das?«

»Sie sagt, sie heißt Martha Gail Skill«, antwortete der Polizist.

»Wo ist mein Daddy?« fragte Martha die Frau.

Eine Minute lang kam keine Antwort. Der Polizist und

Martha starrten hinein, und die anderen starrten heraus, und keiner sagte ein Wort. Dann langte Jenny nach oben, und man hörte das Geräusch zurückgleitender eiserner Riegel, während ihre Hände am Rahmen des Gitters abwärts wanderten.

Die Tür ging auf. Martha trat ein und stellte sich hinter ihre Tante. Der Polizist hielt sein Notizbuch in die Tür und sagte: »Unterschreiben Sie hier. Sie hat keine Papiere. Wenn Sie sie nicht innerhalb von zehn Tagen besorgen, müssen Sie Strafe bezahlen.«

Jenny nickte nur und unterschrieb.

Nachdem der Polizist gegangen war, nahm Jenny Marthas Mantelkragen zwischen Daumen und Zeigefinger und führte sie ins Wohnzimmer. Der Raum war so vollgestopft mit Möbeln, daß man den Eindruck hatte, die Einrichtung von einigen Haushalten müsse hier Platz finden.

Etwa fünfzehn Personen kamen in den Raum, von denen sich einige auf die Sofas und Stühle setzten, aber die meisten standen um Martha herum. Jenny reckte das Kinn. »Sie ist mit mir verwandt, also übernehme ich die Verantwortung für sie. Ihr wißt, sie ist die Kleine von meinem Bruder Harry, aber sie wird hier kein Ding drehen.« Dann nahm Jenny Marthas Kinn in die Hand und riß ihr Gesicht herum, so daß sie geradewegs in Jennys Augen starrte. »Oder?« fragte sie.

»Wo ist mein Daddy?« flüsterte Martha. Sie verspürte ein Zusammenkrampfen in der Magengegend. Die helle Glühlampe an der Decke, die Fremden, die sich alle eifrig mit ihrer Anwesenheit beschäftigten, und Jennys Derbheit verwirrten sie.

»Armes Ding!« wisperte eine von den Omas.

»Denk nicht an deinen Daddy!« sagte Jenny. »Er ist nicht hier.«

»Aber wo ist er dann?«

»Hat keinen Sinn, darüber nachzudenken.«

»Sachte, sachte!« warf einer der Männer dazwischen.

Jenny ließ Martha los, und zum erstenmal war sie in der

Lage, sich die Leute rundum anzusehen. Zwei alte Omas saßen nebeneinander. Einige Männer, im Alter ihres Vaters etwa, standen da, und noch mehr Frauen. Junge Leute, so alt wie sie selbst, gab es nur fünf. Später entdeckte sie, daß sechs kleinere Kinder bereits in ihre Betten gebracht worden waren.

Der hochgewachsene Mann, der gesprochen hatte, drängte sich näher. Er hatte einen aggressiven, unruhigen Ausdruck im Gesicht, den Martha von einigen der Besessenen im Lager her kannte. »Ich fühle mich nicht wohl bei dem Gedanken, die Kleine deines Bruders hier zu haben, Jenny. Nichts gegen dich, aber wir wissen alle, was dein Bruder war und was man ...«

»Sag ihnen, wo du gewesen bist.« Jenny stieß Martha mit dem Ellbogen an.

Martha stand stumm und benommen da. Sie hatte das Wort ›war‹ im Zusammenhang mit ihrem Vater gehört. War? Was sollte das heißen?

»Sie kommt aus dem Christlichen Reformlager«, sagte Jenny. »Okay, hör zu, Darren! Wir nehmen Terry aus der Kammer unter der Treppe und hängen die große Glocke über die Tür. Jeder wird hören, wenn sie in der Nacht rauskommt. Schick sie mit den anderen Kindern auf Nahrungssuche. Wenn sie so gut gefüttert wird wie wir anderen auch, dann kommt ihr nicht in den Sinn, irgend jemanden zu zerstückeln.«

»Da mußt du sie schon besser füttern«, warf eine der Omas ein.

»Gut. Und wo soll *ich* schlafen?« fragte eines der jungen Mädchen.

Geistesabwesend hörte Martha zu, wie die Schlafplätze neu verteilt wurden. Irgend jemand wurde ausgeschickt, um die Küchenmesser wegzusperren. Schweißperlen bildeten sich auf Marthas Oberlippe, während Jenny ihre Kleidertaschen durchsuchte; sie biß die Zähne zusammen, als sich ihre Eingeweide vor Nervosität zu verkrampfen begannen.

»Jenny«, sagte sie, »was ist mit Daddy passiert?«

Ihre Tante wandte sich schnell ab. »Er ist tot! Und jetzt will ich kein Wort mehr darüber hören.«

Martha nickte langsam. Sie hatte genau das erwartet, aber irgendwie konnte sie nicht glauben, daß Jenny es gesagt hatte. Ihre Ohren begannen zu klingen, und sie fühlte sich schwach. »Ich muß aufs Klo.«

»Kaye, zeig es ihr!« befahl Jenny.

Eine junge dunkelhaarige Frau schüttelte sich melodramatisch. *»Ich?*

»Ja, schon gut, schon gut«, sagte Jenny ungeduldig. »Dann also Switzer.«

Ein blonder junger Mann mit rosigen Wangen winkte Martha. Sie folgte ihm durch die Küche, die zwar sauber war, wo sich aber Schüsseln, Schachteln, Büchsen und Flaschen auf schmalen Regalen stapelten und wo Küchengeräte und Töpfe überall, wo Platz war, herumhingen. Switzer schloß die Hintertür auf. Martha sah das WC und begann zu rennen.

Sie blieb länger dort, als notwendig war, trotz der Kälte; schluchzend schaukelte sie vor und zurück. Sie dachte daran, als sie ihren Vater zum letzten Mal gesehen hatte, dachte daran, daß er ihr geschrieben hatte, eines Tages würden sie beide zusammen in den Süden gehen ... eines Tages, sobald er genug Geld für den Grenzübertritt beisammen hätte. Sie erweckte alte Erinnerungen zum Leben ... wie er ihr Geschichten erzählt hatte, wie sie ihre kleinen Scherze miteinander trieben. Erinnerungen an die Lieder, die er beim Kochen oder Nähen gesungen hatte, an seinen Gesichtsausdruck, wenn er nur eben nachdachte.

Sie wollte nicht zurückgehen zu diesen Leuten. Im Lager hatte sich wenigstens jeder bemüht, sich nett zu benehmen, obwohl die Gefühle im allgemeinen mit dem Benehmen nicht übereinstimmten ...

Sie hörte auf zu weinen. Sie fühlte sich kalt und ausgetrocknet und verbraucht.

Auf dem Weg zurück ins Haus sagte Switzer: »Es tut mir

leid, wegen deinem Vater.« Etwas wie Wut schwang in seiner Stimme mit.

Jenny empfing sie in der Küche und führte sie in einen halbdunklen Raum, der mit Matten ausgelegt war. Zwei kleine Gestalten unter Decken lagen darauf, der Rest war flach. »Hier. Wir geben dir ein warmes Plätzchen. Vergiß das nicht.« Jenny öffnete die Tür zu einer Kammer, und eine Glocke läutete. Eines der schlafenden Kinder setzte sich auf. Martha sah, daß die dunkle Kammer von der Unterseite einer Treppe gebildet wurde; an den Wänden standen Kisten und verschiedene andere Dinge, sie sich alle gefährlich nach innen zu neigen schienen. Jenny drängte Martha hinein.

Die Tür schloß sich mit einem Mißklang hinter ihr, und ein Riegel wurde vorgeschoben.

Sie ließ sich zu Boden sinken, und erst da kam ihr ihre Müdigkeit zu Bewußtsein. Als sich ihre Augen an die Dunkelheit gewöhnt hatten, sah sie ihre Hand geisterhaft auf einer rauhen Decke. Stimmen und Schritte klangen von rundum – jemand ging über ihr die Treppe hoch.

Sie war hungrig, schrecklich hungrig. Auf der anderen Seite der Tür waren so viele Leute ...

Martha kannte ihre eigenen Rippen und Hüftknochen und ihr Rückgrat als harte Stellen an ihrem Körper. Aber hier im Haus gab es Menschen, die nicht so mager waren. Sie hätte von Matte zu Matte kriechen und alle Hüftknochen betasten und keinen einzigen finden können, der so scharf hervorstand wie die ihren.

»Menschen sind nicht zum Aufessen da«, hatte Bruder Guy ihr erklärt, als sie zwei Tage im Lager war. »Als Gott Mose die Gesetze gab, sagte er zu ihm: ›Du sollst nicht töten!‹ Es ist besser, Hungers zu sterben, als seine Nächsten zu töten. Das ist böse, Martha, *böse!* Für das Böse, das du tust, bezahlst du mit der Pein des ewigen Feuers, den ewigen Qualen und dem ewigen Wehklagen in den Schlünden der Hölle, wenn du nicht sogleich, in diesem Augenblick, auf die Knie fällst und schwörst, zu Gott schwörst, daß du nie mehr wieder das Fleisch von Menschen verzehren wirst, daß du ein unschuldiges Opfer der Umstände warst. Daß du aus ganzer Seele in Zerknirschung bereust. Daß du in Hinkunft den Hunger mit einem Herzen voll Liebe für ihn ertragen wirst. Auf deine Knie und bete, Martha. Bete um deine arme Seele!«

Und Martha war auf die Knie gefallen und hatte gebetet und gehofft, daß das ihren Kummer vertreiben würde. Aber in all den Jahren hatte sie erkannt, daß Bruder Guy die Welt nicht so sah, wie sie es tat. Eigentlich sah er die Dinge anders als fast alle übrigen. Ihre Hoffnung auf Erlösung und ihre Angst vor einer ewiglich währenden Hölle zerbröckelten nach und nach, bis sie sich nur mehr aus Gewohnheit und aus Respekt vor dem wohlgedeckten Tisch so benahm, wie man es von ihr erwartete.

Und jetzt hatte sie sich davon befreit.

Nachdem Tante Jenny sie am Morgen aus der Kammer geholt hatte, zog sie Martha in ein winziges Zimmerchen mit einer freistehenden Badewanne. Lauwarmes Wasser stand noch darin, das zwei oder drei Vorgänger bereits benützt hatten. Martha fand keinen Gefallen daran, in schaumbedecktem Wasser zu liegen, und sie mochte auch die Feuchtigkeit auf ihrer Haut nach dem Waschen nicht. Im Lager hatte sie sich nur einmal die Woche waschen müssen.

»Und wasch auch dein Haar!« sagte Jenny und schloß die Tür.

Aus Gewohnheit gehorchte sie. Irgendwann während des Bades warf jemand ein Hemd und lange Hosen für sie herein, die sich als etwas zu groß erwiesen, als sie sie anzog. Vor dem Zimmerchen saß Switzer auf dem Boden und wartete augenscheinlich auf sie. »Hungrig?« fragte er.

Martha wußte, daß sich ihr Gesichtsausdruck bei der Erwähnung von Essen veränderte. Switzer ging auf dem Weg zur Küche voran. Sechs oder sieben Personen drängten sich dort, bereiteten sich das Frühstück, wuschen ab oder waren einfach auf einen Plausch hereingekommen.

Switzer bedeutete ihr, sich zu setzen. Als sie sich auf dem

Ende der Bank beim Tisch niederließ, bemerkte sie das langsame Verstummen der Konversation. Ein Junge starrte sie an, aber der Mann mit dem fliehenden Kinn wandte sich wieder seinem Teller zu, und seine Frau starrte zum Fenster hinaus. Switzer kam mit zwei Schüsseln weißer Mehlsuppe und einem Stück Brot zurück. Er brach das Brot auseinander, gab ihr eine Hälfte und begann rasch zu essen.

Als Martha anfing, ihre Suppe zu löffeln, warf ihr der Mann am Tisch einen gewollt beiläufigen Blick zu, neugierig, wie es wohl mit den Tischsitten dieser Sorte Mädchen stand.

Aber Martha hatte keine Zeit für Tischsitten.

Während sie noch das letzte Stück Brot in den Mund stopfte, sagte Switzer: »Los, gehen wir!«

»Gehen?«

»Komm.« Er durchschritt den Raum, und in der Diele zog er einen Mantel an und setzte eine gestrickte Kappe auf; sein helles Haar hing über den Kragen. Um den Hals band er sich einen Leinensack. Martha fand ihren Mantel auf einem Kleiderhaken.

»Wohin gehen wir?« fragte sie, als sie das Haus verließen. Bis auf ein paar graue Wolken im Süden war der Tag klar, aber die Strahlen der Sonne wurden von einer eisigen Brise abgeschwächt.

»Stöbern«, antwortete er. »Nach allem möglichen.« Er warf ihr einen Seitenblick zu. »Hast du doch schon gemacht, oder? Gestern habe ich eine ganze Tür nach Hause gebracht.« Er merkte Marthas Skepsis und berührte den Sack, den er um den Hals trug. »Vorher habe ich sie natürlich zerlegt.« Er öffnete seinen Mantel und zeigte ihr eine kleine Axt, die im Futter untergebracht war.

Lange Zeit wanderten sie dahin, ohne zu sprechen. Alle unbewohnten Häuser, die Martha sah, waren bereits ausgeplündert, und alles, was nicht eßbar oder brennbar war, lehnte an den Drahtzäunen. Vor ihnen stand der hohe gelbe Turm, den Martha schon oft aus der Ferne gesehen hatte.

»Das war einmal die Universität«, erklärte Switzer.

Sie kamen zu einem offenen Stück Land, das übersät war mit selbstgezimmerten Verschlägen.

»Überall hier standen einmal Bäume«, sagte er. »Ich habe Bilder von diesem Platz gesehen, auf denen alles grün war, ausgenommen die Gehwege, und Bäume waren da, Bäume ...«

Martha hatte auch einmal ein Stück Land gesehen, das mit Bäumen bewachsen war, außerhalb von Smithville.

»Vielleicht wird es wieder wärmer, bevor wir alles kaputtmachen müssen«, sagte Switzer.

»Wärmer?« entgegnete Martha. »Ha!«

»Könnte schon sein.« Switzer verlangsamte seine Schritte. »Ich habe gelesen, daß dies eine vorübergehende Sache sei, keine effektive Klimaveränderung. Eine Abweichung vom Normalen infolge der drei tätig gewordenen Vulkane und Schwankungen der Sonnenstrahlung. Wenn es noch zwanzig Jahre oder länger so weitergeht, dann könnte es wirklich eine permanente Veränderung sein, aber es *könnte* auch wärmer werden.« Er sprach freimütig, unkompliziert, war kein Fanatiker wie die Christen; Martha sah, daß diese Sache ihm viel bedeutete.

Aber sie verstand nicht, was er sagte. »Aha«, nickte sie nur und schielte nach ihm.

Er lächelte vage, als wüßte er, daß sie seinen Worten nicht folgen konnte.

»Ich kenne sowieso nichts anderes als das, ich weiß nichts von den guten Zeiten«, meinte sie. »Obwohl mein Daddy mir ein bißchen davon erzählt hat, wie es früher war. Das hat aber alles geklungen, als hätte er es sich aus dem kleinen Finger gesogen. Du weißt, wie sie so reden.«

»Wir wären glücklicher.«

Sie wanderten zwischen den Hütten hindurch. Martha sah Gesichter, die teilnahmslos aus Fenstern blickten, die einmal zu Automobilen gehört hatten. Selbst im Inneren der Verschläge aus altem Blech und Karton mit behelfsmäßigen Rauchfängen kondensierte der Atem der Bewohner in kleinen Wölkchen. Nur wenige von ihnen waren draußen,

Hände, Füße und Köpfe eingewickelt in Lumpen, die Nasen rot gefroren. Martha fand, sie sahen alle irgendwie stumpf aus. Innerhalb der Stadt hatte sie bereits mehr Leute gesehen, die aussahen, als gehörten sie in den ›anderen Hof‹ des Lagers, als sie je für möglich gehalten hätte.

Selbst Switzers Laune schien gedämpfter, als sie still am Rand des Dorfes-in-der-Stadt entlanggingen. Er warf nervöse Blicke über die Schulter, als ihnen erst zwei, dann drei Männer folgten, während sie ihre Schritte wieder der Straße zulenkten. Martha zuckte zusammen, als er ihren Arm packte.

»Es ist glatt hier«, sagte er und zeigte auf die Stufen vor ihnen. Martha hielt das für eine Ausrede.

Nachdem sie die Stufen hinter sich gelassen hatten, ging Switzer schneller. Martha sah, daß die Männer, die ihnen gefolgt waren, wie Wachtposten am Rande dessen standen, was einst das Universitätsgelände gewesen war.

»Ich dachte, du solltest das kennenlernen«, sagte Switzer. »Damit du weißt, wohin du *nicht* gehen darfst.«

Martha zuckte die Achseln. »Was sollen sie *mir* schon tun?«

Er antwortete nicht.

Lange Zeit marschierten sie dahin. Marthas Füße begannen gefühllos zu werden, und zwischen den Schulterblättern jagten kalte Schauer hinab, verursacht vom Wind. Je weiter sie vorankamen, desto höher wurden die Gebäude, desto dichter standen sie an der Straße. Zerborstenes Glas, herrenloses Gemäuer und Beton: Martha begriff, daß dies hier die Kehrseite der Stadt war, die sie nur aus der Ferne kannte – nicht der Zuckerguß, den sie sich immer vorgestellt hatte.

»Tauben!« sagte Switzer und zeigte auf das Dach eines zweistöckigen Gebäudes. »Und genau an meinem Lieblingsplatz.« Er holte eine Steinschleuder aus seiner Tasche, und Martha fragte sich, wie viele Waffen und Werkzeuge er eigentlich noch bei sich trug. Sie organisierten sich Betonstückchen, Steine und Metallsplitter.

Switzer warf einen Stein hoch. Ein Schwarm Tauben kam in einer Welle über das Dach. Er schoß einige Male mit großer Geschicklichkeit, aber von den etwa zehn Vögeln fiel nur einer zu Boden. Sie rannten beide hin, um ihn von der Straße aufzunehmen.

Martha bemerkte, daß die Taube noch flatterte, und drehte ihr den Hals um. »Laß mich mal!« sagte sie und streckte die Hand nach der Schleuder aus.

Switzer reichte sie ihr. Sie blickte hinauf zu dem Mauervorsprung direkt unter dem Dach, wo sich die Tauben erneut niederließen. Der Himmel war jetzt fahlgrau; die Wolken hatten sich von der Stadt weg verzogen, aber das weiße Licht war immer noch so hell, daß sie die Augen zusammenkniff. Switzer jagte die Vögel wieder hoch, und Martha begann zu schießen, ebensoschnell wie Switzer vorhin. Diesmal fielen drei Tauben zu Boden.

»Verdammt viele Vögel hier«, meinte Martha, als sie auf die Beute zugingen.

»Du kannst das aber!« rief er mit Bewunderung in der Stimme.

»Muß ich ja wohl.« Sie erinnerte sich an die Lehre, durch die sie bei ihrem Vater gegangen war. »Von hier weg mußt du zielen«, hatte er gesagt und sich an die Schläfe getippt. »Und ziehen, so fest du kannst.«

»Im Lager gelernt?«

»Ja, sicher.« Sie reichte ihm einen der Vögel, so daß sie nun jeder zwei Stück trugen. »Sie haben uns beigebracht, für sie zu jagen, zu pflanzen und Holz zu hacken. Sie haben auch ein Gewächshaus – von der Sorte, wie die Regierung sie an Leute ausgibt, die ihr genehm sind.«

»Warum bist du weggelaufen aus dem Lager?«

Martha zuckte die Achseln. »Es schien mir eben an der Zeit.«

»Hat man dich dort schlecht behandelt?«

Martha betrachtete den Himmel. Ein öder Tag, alles in allem. Die einzige Farbe darin war das Rosa auf Switzers kalten Wangen. »Ich weiß nicht ... Eigentlich nicht. Sie schenken einem gar keine Beachtung, wenn man sich nicht auffällig benimmt.«

»Und ... hast du das getan?« fragte er sie mit verschwörerischem Lächeln.

»Manchmal.«

Martha hatte zusammen mit drei anderen im Küchengarten gestanden, als es den alten Randall erwischte. Er hatte schon früher Anfälle erlitten, aber sie waren leicht gewesen, und ein paar Tage Ruhe hatten ihn für gewöhnlich wieder auf die Beine gebracht.

Diesmal jedoch fiel er mit dem Gesicht nach unten auf die Erde, und der Spargel, den er in einem Korb am Zaun gesammelt hatte, flog in alle Windrichtungen. Die vier Leute sahen ihn an, und jeder von ihnen kannte die Gedanken der anderen, ohne auch nur ein Wort oder einen Blick miteinander zu wechseln.

Sie warteten.

Es war Sommer gewesen, erinnerte sich Martha, und der Himmel wolkig; es waren keine Gewitterwolken, und sie drohten davonzuziehen, ohne daß es regnete. Eine Spottdrossel machte ein Geräusch, als würde ein altes Holzrad sich quietschend drehen. Martha stand still und jagte nicht einmal die Stechmücken davon.

Der alte Randall rührte sich nicht.

Anfangs gingen sie ruhig, dann schneller auf den flach daliegenden Mann zu. Das trockene Gras raschelte unter den nackten Füßen, als sie zu rennen begannen.

Die Knochen vom alten Randall wurden nie gefunden; Gott gefiel es, Bruder Guy zu veranlassen, zwanzig Kindern das Essen zu entziehen (von denen nur zwei sich an zischendes Fett auf dem Feuer und einen vollen Magen erinnern konnten) – für den Fall, daß sie vergessen hatten, von wessen Gnade sie abhingen.

Sie schwangen ihre Tauben im Gleichklang vor und zurück, als sie durch die Stadt wanderten. Switzer sprach über Dinge, die Martha nicht verstand. Es war, als ob sie sich aus den Ruinen, zwischen denen sie hindurchgingen, eine Vorstellung davon hätte bilden sollen, wie die Stadt früher einmal ausgesehen hatte: Sie konnte seinen Worten einfach nicht folgen.

»Wir lassen uns zu Übertreibungen verleiten«, sagte er. »Wenn wir zu essen haben, dann essen wir, bis alles weg ist. Wenn mehr da ist, als wir auf einmal hinunterwürgen können, essen wir dennoch weiter, bis uns schlecht wird, und dann kehren wir zum Rest zurück, ehe wir noch hungrig sind. Wenn wir genügend Brennstoff haben, dann heizen wir, bis uns heiß ist, selbst wenn wir wissen, daß wir tags darauf wieder frieren werden. Der Mensch wird dumm und habgierig, wenn er an Hunger und Kälte leidet. Wir könnten versuchen, alles wieder ins rechte Lot zu bringen, wenn uns die Regierung nicht uns selbst überlassen hätte. Aber alle, die Geld und Macht hatten, sind zum Äquator ausgewandert. Uns läßt man vor die Hunde gehen. Nach dem Tropischen Krieg haben alle, die es schafften, Reißaus genommen, und jetzt haben sie uns vergessen.«

»Und was ist mit dem Gouverneur?« fragte Martha in dem Versuch, auch etwas zu dem Gespräch beizutragen.

»Ach, der ist auch habgierig!« entgegnete Switzer voll Abscheu.

Während sie durch leere Gebäude krochen, über Abfallhaufen aus leeren Büchsen und Kisten und über Autowracks, sprach er über Ackerbau auf wissenschaftlicher Basis in kaltem Klima, über die Schaffung von Lebensraum im Weltall und über den Mangel an Forschungsarbeit auf den Gebieten der Atomenergie, der Sonnenzellen und anderer Energiequellen.

»An all dem wurde gearbeitet, bevor sich das Klima änderte. Aber es wurde alles nur halbherzig getan, weil niemand wirklich daran glaubte, daß wir das alles je brauchen würden. Und als wir es dann brauchten, war alles bereits zu verwüstet, als daß man etwas Vernünftiges damit anfangen hätte können. Meine Eltern hatten einen Betrieb, in dem Sonnenhäuser entworfen wurden.«

Martha fragte sich, ob seine Eltern auch in dem Haus zusammen mit Tante Jenny wohnten ... und was ›Sonnenhäuser‹ wohl waren, stellte aber keine Fragen.

Auf dem Rückweg schwieg er. Es war jene Art von Schweigen, als würde er darüber nachdenken, worüber er sprechen sollte. Schließlich fragte er: »Kann ich heute nacht mit dir schlafen?«

»Ich denke schon«, meinte Martha. »Aber ...«

»Die Glocke kannst du mir überlassen, ich mag sie sowieso nicht.«

Je länger sie mit ihm zusammen war, desto merkwürdiger erschien er Martha, aber sie dachte, daß es dennoch nett sein müßte, jemanden zu haben, mit dem man spielen konnte.

Jenny empfing sie an der Tür, als sie knapp nach Einbruch der Dunkelheit nach Hause kamen. Sie starrte Switzer lange an, bevor sie die Taschen der beiden plünderte und anerkennend nickte, als sie die Tauben sah.

»Martha hat die meisten davon erlegt«, sagte er.

»Na, dann verdient sie sich vielleicht doch ihr Brot selber«, entgegnete Jenny.

Für die anderen war es kein so besonders guter Tag gewesen. Zum Abendessen gab es für jeden ein paar Löffel voll Taubenfleisch und Kartoffeln in einer Soße aus Wasser, Mehl und Schweinefett. Martha aß die kleine Portion auf, in der Hoffnung, noch mehr davon zu bekommen. Doch es war nichts mehr da. Sie sprach kaum ein Wort, aber die Konversation begrenzte sich auf allgemeine Bemerkungen über die Ereignisse des Tages und die Aufteilung der Haushaltspflichten. Zum ersten Mal fiel Martha auf, daß ein Großteil der Gespräche an ihre Tante Jenny gerichtet waren (oder daß zumindest stets in ihre Richtung gesprochen wurde, wobei gelegentliche Seitenblicke um ihre Anerkennung oder ihr Lächeln bettelten), während sie selbst nur wenig sprach. Genauso war es im Lager mit Bruder Guy gewesen.

Jenny, kein Zweifel, war Herr im Haus.

Martha mochte sie nicht. Ohne darüber nachzudenken, mochte sie ihre Art nicht, alles, was um sie her vorging, schweigend zu taxieren. Sie mochte die Art nicht, wie Jenny die Gabel hielt und den Kopf schief legte und die Augen halb schloß, wenn jemand eine Frage an sie richtete. Selbst die Kleider, die sie trug, waren steif und charakterlos. Jenny war weder nervös noch ruhig, weder heiter noch reizbar. Sie war düster und unnahbar. Martha dachte über die Menschen nicht so gründlich nach, als daß sie bemerkt hätte, daß es tatsächlich diese Düsterkeit war, die sie störte; sie spürte nur, daß sie ihrer Tante gleichgültig war. Als Gegenleistung mochte sie Jenny nicht, und damit hatte es sich.

Während des Abendbrotes war Switzer ebenso schweigsam wie Martha. Sie erriet, daß es die Vorfreude auf die Nacht war, und lächelte ein paarmal.

Jenny ließ ihr die Wahl, was die Abendunterhaltung betraf: Sie konnte in einem der Räume im ersten Stock lesen, bis die Kinder schlafen gingen, im Wohnzimmer Karten spielen oder einfach plaudern in Küche oder Eßzimmer. Martha hörte, daß eine Geige erwähnt wurde, aber es gab keine Musik an diesem Abend.

Martha hatte Lust auf ein Kartenspiel, denn zuletzt hatte sie gespielt, als sie noch mit ihrem Vater zusammen lebte. Switzer murmelte etwas, das wie ›lesen‹ klang, und verließ das Zimmer mit einem enttäuschten Gesichtsausdruck.

»Bitte sehr, kleine Martha!« sagte einer der Opas und zeigte auf einen Stuhl. Martha hätte freundschaftliche Gefühle ihm gegenüber gehegt, aber dann sah sie seinen schnellen Seitenblick, den er ihrer Tante zuwarf, und erkannte das Berechnende seines Tuns. Sie setzte sich. Einer der anderen Mitspieler war Darren, der Mann, der sich am Abend zuvor gegen sie gestellt hatte.

Sie spielten ein paar Runden Rummy, ohne viel zu sprechen. Martha spielte ganz gut, aber offensichtlich spielten die anderen fast jeden Abend. Das ewige Verlieren langweilte sie, und sie stand auf.

»Wo gehst du hin?« fragte eine der Frauen beunruhigt. Sie hatte die ganze Zeit über in einem Sessel gesessen und mit den Kartenspielern geplaudert, während sie Lumpen zusammennähte.

Martha starrte sie nur an.

»Wo gehst du hin?« wiederholte die Frau eine Oktave höher.

»Weiß ich nicht.«

»Dann setz dich wieder hin!« sagte Darren.

»Geh, hol Jenny, Lieber!« sagte die Frau.

Sie starrten jetzt alle Martha an, und Martha starrte zurück. Anfangs hatte sie vorgehabt, Darrens Blick standzuhalten, weil sie wußte, daß dies der beste Weg war, Ärger und Wut zu begegnen, aber irgend etwas ließ sie schwankend werden, und sie begann, seine Kehle zu studieren, seine fleischigen Unterarme und die Breite seiner Schultern.

»Jenny!« brüllte er und wandte sich mit zusammengekniffenen Augen an Martha. »Was siehst du mich so an?«

Sie drehte sich weg von ihm. Als Jenny ins Zimmer trat, blickten alle in ihre Richtung. »Was ist hier los?«

»Hast du vor, sie frei herumlaufen zu lassen?«

Jenny seufzte. »Komm mit mir!« Sie brachte Martha ins Eßzimmer und führte sie zu einem Stuhl. »Setz dich hierher und bleib Patricia und Darren vom Leib.« Und schon war sie wieder verschwunden.

Martha sah den Kindern zu, die mit Miniaturhäuschen spielten, die aus zusammengeschweißten Blechbüchsen gefertigt waren. Sie bettelten um die Aufmerksamkeit der Erwachsenen und anderen Kinder. Die älteren Frauen saßen in einer Gruppe beisammen, als gäbe es sonst nichts, was sie wirklich interessierte, und tätschelten gelegentlich einem Kind den Kopf. Der Raum roch nach feuchten Windeln und alter schuppiger Haut. Die Frauen klatschten über Leute, die sie einmal gekannt hatten.

Martha seufzte und rutschte unruhig auf ihrem Stuhl herum.

»Also du bist die Kleine von Harry?« fragte eine von den Omas, als sie Marthas Anwesenheit bemerkte.

Martha nickte.

»Ja, ja, du siehst genauso aus wie er«, sagte sie. »Aber das letzte Mal, als ich ihn sah, da war er so verändert, ja ja. Es war das erste Mal nach ...«, – sie rechnete nach –, »... achtzehn Jahren.«

Martha hatte es noch nicht gewagt, über ihren Daddy zu sprechen. Aber sie fühlte, wie ihre Unruhe schwand, als sie sich hinüberbeugte zu der Oma. »Wann hast du ihn gesehen?«

»Ach, das war letzten Sommer. Ich erinnere mich daran, weil ich noch dachte, anfangs würde wenigstens das Wetter nicht so übel sein.«

»Das Wetter?«

»In dem Gefängnis. In Dakota.« Sie senkte die Stimme und blickte sich im Zimmer um, als würde sie eben darangehen, Martha in alle Geheimnisse einzuweihen, die sie im Laufe von vielen Jahren gesammelt hatte. »Ich persönlich bin ja der Ansicht, daß es gar nicht so schrecklich ist, wenn Menschen andere Menschen essen. Sie umzubringen – ja, das ist schrecklich. Schon vor Jahren haben wir versucht, ihnen zu sagen, daß es zu viele Menschen gibt und daß so oder so sich alles zum Schlechten wenden würde. Aber sie dachten, wir seien bloß gegen das Establishment, verstehst du? Na, wir haben jedenfalls noch gar nicht gewußt, daß das Wetter ...«

»Dann ist er nicht tot?«

»Als ich zuletzt von ihm hörte, da war er am Leben. Vor langer Zeit habe ich ihn kennengelernt. Vor langer Zeit mal war ich mit Jennys und Harrys Vater befreundet.« Die Oma lächelte.

»Jenny hat mir erzählt, er sei tot«, sagte Martha langsam. Es war so leicht zu glauben, daß es eine Lüge war.

»Oh, das glaube ich nicht«, entgegnete die Oma hilfsbereit. »Wahrscheinlich hat sie nicht gewollt, daß du davonläufst, hinter ihm her. Er hat viel von dir gesprochen.«

»Sharon!« warf die andere alte Frau warnend ein.

Aber die Oma fuhr in heiterem Tonfall fort: »Jenny weiß eben, daß du nicht einfach losrennen kannst, um ihn zu besuchen. In der heutigen Zeit zählt die Familie nichts. Hat sie nie, das dachte ich früher schon, aber heute ist es noch schlimmer. Nimm die Leute hier: Die Hälfte von ihnen weiß nicht mal, ob ihre Verwandten tot sind oder noch leben, und den meisten von ihnen ist es vermutlich auch egal. Bloß ein weiterer Mund zu füttern, ein weiteres Bett im Zimmer. Lieber würden sie noch einen Fremden ins Haus nehmen, wenn er sich nützlich macht. Als ich jung war, da haben wir an die Liebe geglaubt und an den Frieden und an die Nächstenliebe ...«

»Sharon!« sagte die andere wieder und legte ihre knöcherne Hand auf die schlaffe Haut des Armes ihrer Freundin. »Diese Leute hier, die sind wie Ratten. Man darf ihnen nicht zu lange den Rücken zudrehen. Und dennoch sind sie besser als viele andere. Denk daran!«

»Schaut mal, Sharon und Candy!« schrie eines der Kinder. »Schaut zu!«

So rasch, wie sie in die Konversation einbezogen worden war, warf man Martha wieder hinaus. Sie begann zu zittern. Langsam wandte sie sich um, blickte konzentriert vor sich hin, als wollte sie durch die Wände des Hauses die Glocke sehen, die sie zur Gefangenen machte.

Sie drehte sich um, als sie ein gedämpftes Klopfen hörte, das gefolgt wurde von dem Geräusch einer Bewegung und eines Streichens gegen die Tür. Dann glitt der Riegel zurück.

»Ich bin's.« Switzers Stimme.

Martha setzte sich auf und zog die Knie an die Brust. Er kroch auf die Matratze und schloß die Tür leise hinter sich. »Waring hat mich möglicherweise gehört. Ich kann nicht sagen, ob er aufgewacht ist.« Er sprach mit ruhiger Stimme und legte die Finger auf ihre Hüfte. »Ich habe etwas mitgebracht.«

Sie konnte ihn nicht sehen in der Finsternis, spürte aber, daß er in sein Hemd griff. Dann fühlte sie etwas Hartes, Glattes auf ihrem Arm. »Was ist es?«

»Ein Apfel. Wir können ihn uns teilen. Diesmal habe ich nur einen einzigen bekommen.«

Sie biß zweimal herzhaft hinein und bemerkte, daß sie ihre Hälfte damit bereits verzehrt hatte. Widerwillig gab sie ihn an Switzer zurück. Ihr Mund fühlte sich rauh und trokken an von der Säure.

»Was hast du mit der Glocke angestellt?« fragte sie.

»Ich habe den Klöppel mit Stoff umwickelt.« Seine Hand tappte nach der ihren. Als sie sie gefunden hatte, legte er das Kerngehäuse hinein. Martha aß es auf. Er malte mit dem Finger kleine Kreise auf ihre Oberschenkel.

Sie zog sich das Hemd über den Kopf, während ihre Ellbogen gegen die Schachteln rundum stießen. »He, Switzer!«

»Was?« Es klang, als würde er sich auch soeben entkleiden.

»Wußtest du, daß mein Daddy nach Dakota gebracht wurde?«

»Ja.«

»Warum hast du es mir nicht gesagt?«

Er schwieg.

»Ist er nun tot oder nicht?«

»Weiß ich nicht«, antwortete er. »Ich habe zum ersten Mal davon gehört, als Jenny gestern abend mit dir darüber sprach. Ich wollte es für dich herausfinden. Aber Jenny können wir natürlich nicht danach fragen. Sie weiß, daß du versuchen würdest davonzulaufen.«

»Warum hast du es mir nicht gesagt?« Ihre Stimme wurde schriller.

»Schsch!« Einen Augenblick lang schwieg er. »Ich wollte warten, bis ich es sicher wußte, ich wollte dir keine falschen Hoffnungen machen. Und dann, dachte ich, könnten wir uns ein paar Vorräte zusammensparen und ... tja, ich wollte mit dir gehen.«

»Mit mir! Nach Dakota! Warum?«

»Weil ich möchte.«

»Ja, klar«, sagte sie. »Jedermann möchte unbedingt nach Dakota.«

»Du wirst schon sehen. Denk daran, ich habe uns einen Apfel verschafft. Und das ist noch lange nicht alles. Was wir brauchen, können wir in ein paar Tagen oder einer Woche beisammen haben.« Er unterbrach sich. »Ich wußte, du würdest gehen wollen. Und ich hätte es dir sicher gesagt.«

Sie glaubte ihm. Seine Stimme klang so ehrlich und eifrig. Er hatte ihr schon vorher erzählt, daß er ein bißchen herumgekommen war, und das würde aus ihm einen guten Reisebegleiter machen. Nach und nach rückte er näher, und sie glich ihre Bewegungen den seinen an, bis sie zu parallelen Schatten auf der dünnen Matratze wurden.

Sie konnte sich die Route nach Dakota vorstellen – ihr ganzes Leben lang hatte sie die Leute davon reden gehört. Sie mußte miserabel sein, auch wenn es bald Frühling wurde. Selbst die meistbereisten Abschnitte waren immer von glashartem Schnee bedeckt; offenes Land machte es schwierig, ohne Tauschobjekte zu reisen, mit denen man sich eine sichere Passage erkaufte von jenen, die sich ihren Lebensunterhalt damit verdienten.

Ich werde Lebensmittel brauchen, dachte sie und spürte Switzers Haut auf der ihren. Sie war warm.

Sie sah ihn an ihrer Seite, als sie durch den Schnee stapften und über die Zeiten sprachen, wenn die Technologie aufräumen würde mit dem Elend und jedermann eine Unterkunft und genug zu essen haben würde. Er war heiter und ruhig und freute sich auf Dinge, die sie nicht sehen konnte. Und verwundbar war er in diesem Moment, im weißen Licht der Sonne auf dem Schnee. Sie zog die Axt, die er ihr geliehen hatte, aus dem Mantel.

Sie grub die Fingerspitzen in seine Schultern. Er war nicht mager. Wo er sie auch berührte, erglühte sie. Nie zuvor war ihr so warm gewesen, daß sich ihr Schweiß anfühlte wie ein Nebelschleier, der über ihren Poren hing. Ihr Atem, die Küsse und die unterdrückten Stimmen wurden zu einem Geheimnis zwischen ihnen.

Ganz leicht war es, seine Halsschlagader mit der Axt aufzuschlitzen, und sie feite sich gegen den Ausdruck des Betrogenwordenseins, der zu seiner Totenmaske wurde. Noch während er zu Boden stürzte, drückten ihre Finger die Wunde zusammen, so daß das Blut zurückwanderte in sein Fleisch, anstatt sich sinnlos auf die Erde zu ergießen.

Noch nie zuvor hatte ihr Körper so verwirrend auf sie gewirkt. Ein Gefühl überwältigte sie, das besänftigend und lindernd gewesen wäre, hätte es sie nicht so sehr gedrängt, getrieben zu etwas, das weit jenseits lag ...

Sobald das Blut aufgehört hatte zu pulsieren, zog sie ihn am Mantelkragen von der Straße weg unter eine Gruppe Buschwerk, wo sie rasch Steine einsammelte und ein Feuer entzündete. Sie erhitzte die Axt, bis sie zischte, wenn Martha sie in den Schnee senkte. Mit einem Schlag würde sie durch das Fleisch schneiden: zuerst die Arme, bis sie die Kugel aus der Gelenkspfanne lösen konnte; dann die Kniegelenke, dann die Oberschenkel von der Hüfte weg ...

Ihre Atemzüge kamen in einem unkontrollierten Keuchen. Switzer gab ein Geräusch von sich, das klang wie ein Schluchzen, aber sie spürte sein Gesicht auf dem ihren, und es war trocken.

»Martha«, sagte er leise. Seine Stimme war nicht vorwurfsvoll, sie rief sie nicht zur Ordnung, und es lag auch kein Befehl darin; seit langer Zeit hatte sie ihren Namen nicht so ausgesprochen gehört, und da nur von einem einzigen Menschen.

Während sie hinwegdöste, dachte sie an ihren Vater.

Sie wachte auf, aber mit dem Gefühl, daß das Wachwerden unendlich lange gedauert hatte.

Diese Nacht gehörte nicht ihr; sie gehörte den schlafenden Leuten, deren Gegenwart sie bedrückte. Irgend etwas zwang sie, in der Stellung zu verharren, in die ihre Träume sie gebracht hatten, bis ein Murmeln, das jemand im Schlaf von sich gab, sie von der Stille befreite.

Mit einer Lautlosigkeit, die ihr angeboren schien, löste sie

Switzers Finger aus ihrem Haar, zog sich an und öffnete vorsichtig die Tür.

Die Glocke machte ein dumpfes Geräusch.

Eine Sekunde lang stand sie da und horchte. Keiner bewegte sich. Sie schlich zur Eingangstür und fand Switzers Mantel. In der Tasche war die Schleuder; im Innenfutter die Axt.

Sie war hungrig. Reglos stand sie in der Dunkelheit, die Axt in der Hand.

»Die Leute sind dumm und habgierig, wenn sie hungrig sind«, hatte Switzer an jenem Tag gesagt. Sie dachte an die Art, wie er ihren Namen aussprach, und sie wußte, wozu der Hunger sie treiben würde. Switzer jedoch war etwas Warmes, etwas Gutes in ihrem Leben – und davon wollte sie etwas übriglassen.

Lautlos entriegelte sie die Tür und ging; sie war gehüllt in seinen Mantel.

Aus dem Amerikanischen übersetzt von Biggy Winter

Connie Willis

Blauer Mond-Tag

EILMELDUNG: Die Firma Mowen Chemical gab heute die Inbetriebnahme einer völlig neuartigen Abgasbeseitigungsanlage auf ihrem Versuchsgelände in Chugwater bekannt. Wie uns die Projektleiter Bradley McAfee und Lynn Saunders mitteilten, werden unbrauchbare Kohlenwasserstoffverbindungen unter Druck in die Stratosphäre geschossen, wo sie durch photochemische Prozesse zerlegt und zu Dreiermolekülen und ungefährlichen Bikarbonaten auskristallisieren. Gründliche Voruntersuchungen ergaben hinreichende Daten für die Annahme, daß dieser Prozeß positive Auswirkungen auf die Ozonschicht hat, ohne jedoch andere Ökosysteme in statistisch signifikanter Weise zu beeinflussen.

»Meinen Sie, Walter Hunt hätte die Sicherheitsnadel erfunden, wenn er gewußt hätte, daß Punker sie sich durch die Backe stecken?« fragte Mr. Mowen. Er sah schwermütig aus dem Fenster zu den in einiger Entfernung aufragenden, 180 Meter hohen Schornsteinen hinüber.

»Das weiß ich nicht, Mister Mowen«, sagte Janice. Sie seufzte. »Wollen Sie, daß ich ihnen sage, daß sie noch einmal warten müssen?«

Das Seufzen sollte bedeuten: *Es ist schon nach vier, es wird bereits dunkel, und Sie haben die Forschungsabteilung schon dreimal gebeten zu warten, und wann werden Sie sich endlich entscheiden?* Aber Mr. Mowen ignorierte es.

»Auf der anderen Seite«, sagte er, »was wäre mit den Windeln? Man müßte diese vielen Babys doch mit geraden Nadeln wickeln, wenn es die Sicherheitsnadeln nicht gäbe.«

»Es soll dazu beitragen, die Ozonschicht wieder aufzubauen, Mister Mowen«, sagte Janice. »Und wie die Forschungsabteilung sagt, wird es keine gefährlichen Nebenwirkungen geben.«

»Man schießt einen Haufen Kohlenwasserstoff in die

Stratosphäre, und es gibt keine gefährlichen Nebenwirkungen. Sagt die Forschung.« Mr. Mowen drehte seinen Stuhl und sah Janice an, wobei er fast das Bild seiner Tochter Sally umgeworfen hätte, das auf seinem Schreibtisch stand. »Ich habe Sally mal gestochen. Mit einer Sicherheitsnadel. Sie hat eine ganze Stunde geschrien. Ist das etwa keine Nebenwirkung? Und was ist mit dem Zeug, das übrigbleibt, nachdem sich das ganze Ozon gebildet hat? Natriumkarbonat, sagte die Forschungsabteilung. Absolut harmlos. Woher wollen die das wissen? Rufen Sie die Forschungsabteilung ...«, wollte er sagen, aber Janice hatte schon den Telefonhörer abgehoben und die Nummer eingetippt. Sie seufzte nicht einmal. »Rufen Sie die Forschungsabteilung an und sagen Sie, die sollen sich überlegen, welche Folgen ein Regen aus Natriumkarbonat hätte.«

»Jawohl, Mister Mowen«, sagte Janice. Sie hob den Hörer ans Ohr und lauschte einen Moment. »Mister Mowen ...«, sagte sie zögernd.

»Vermutlich meint die Forschungsabteilung, er würde die Schwefelsäure neutralisieren, die unsere Standbilder zerfrißt, und sie gleichzeitig noch verschönern und desodorieren.«

»Nein, Sir«, sagte Janice. »Die Forschungsabteilung sagt, sie hätten den Temperaturdifferentialheizer schon in Betrieb genommen, und Sie könnten in ein paar Minuten etwas sehen. Sie meinen, sie konnten nicht noch länger warten.«

Mr. Mowen wirbelte in seinem Stuhl herum, um aus dem Fenster zu sehen. Das Bild von Sally schwankte wieder, und Mr. Mowen fragte sich, ob sie schon vom College zu Hause wäre. Aus den Schornsteinen kam nichts. Durch das Gewirr der Schnellimbisse und Wohnwagenparks konnte er die einem Kerzenleuchter ähnlichen Fundamente der Heizer nicht erkennen. Mr. Mowen fuhr auf, als direkt vor den Schornsteinen eine McDonalds-Reklame zu blinken begann. Vom grellen Aufblitzen ihrer Flugzeugleuchtfeuer abgesehen, blieben die Schornsteine selbst völlig ruhig. Er betrachtete die mit Artemisien bewachsenen Hügel zwischen den Kaminen, und bis auf die McDonalds-Reklame wirkte die ganze Szene unglaublich ruhig und harmlos.

»Die Forschungsabteilung sagt, daß die Heizer jetzt mit voller Kraft laufen«, sagte Janice, während sie den Telefonhörer vor die Brust hielt. Mr. Mowen spannte sich in Erwartung der bevorstehenden Explosion. Es gab ein leises Rumpeln wie von fernen Geschützen, dann puffte weißlicher Qualm in die Luft, und zuletzt kam ein tiefes, zischendes Geräusch, das sich anhörte wie einer von Janices Seufzern, während gleichzeitig zwei blaue Säulen bolzengerade in den dunkelnden Himmel hinausschossen.

»Warum blau?« fragte Mr. Mowen.

»Ich habe mich schon erkundigt«, sagte Janice. »Die Forschungsabteilung sagt, daß es zu Brechungen im sichtbaren Lichtbereich kommt, weil die 0,8-Mikron-Radien der Kohlenwasserstoffe in Schwingung ...«

»Das klingt genauso wie diese verdammte Presseerklärung«, sagte Mr. Mowen. »Sagen Sie ihnen, sie sollen Englisch sprechen.«

Nachdem sie eine Minute in das Telefon gesprochen hatte, sagte sie: »Es handelt sich um denselben Effekt, den man nach Vulkanausbrüchen bei Sonnenuntergang feststellen kann. Es ist eine Streuung. Die Forschung will wissen, welche Mitarbeiter Sie morgen bei der Pressekonferenz dabeihaben wollen.«

»Die Direktoren dieses Projektes«, sagte Mr. Mowen verdrießlich. »Und irgend jemanden aus der Forschungsabteilung, der Englisch sprechen kann.«

Janice sah auf die Pressemitteilung. »Bradley McAfee und Lynn Saunders sind die Direktoren.«

»Warum kommt mir der Name McAfee so bekannt vor?«

»Er ist Ulric Henrys Stubenkamerad. Das ist der Betriebslinguist, den Sie einstellten, um ...«

»Ich weiß, warum ich ihn einstellte. Laden Sie auch Henry ein. Und versuchen Sie, Sally zu erreichen, sobald sie zu Hause eintrifft. Sagen Sie ihr, daß ich sie auch dort erwarte. Und sie soll sich fein machen.« Er sah auf die Uhr.

»Tja«, sagte er, »das Ding läuft jetzt fünf Minuten, und bis jetzt hat es noch keine schädlichen Nebenwirkungen gegeben.«

Das Telefon klingelte. Mr. Mowen fuhr auf. »Ich wußte, daß das nicht lange gutgehen konnte«, sagte er. »Wer ist es? Die Umweltaufsicht?«

»Nein«, sagte Janice seufzend. »Es ist Ihre Exfrau.«

»Jetzt krieg ich's in die Gänge«, sagte Brad, als Ulric zur Tür hereinkam. Er saß im Dunkeln. Das grünliche Glühen des Monitors beleuchtete nur sein Gesicht. Er tippte noch einen Augenblick auf der Tastatur des Terminals herum. Dann drehte er sich um. »Alles klar. Läuft wie geschmiert.«

Ulric drehte das Licht an. »Das Abgasbeseitigungsprojekt?« fragte er.

»Nee. Das haben wir schon heute nachmittag gestartet. Arbeitet astrein. Nein, ich hab die letzte Stunde damit verbracht, den Namen meiner verstorbenen Lynn aus den Projektunterlagen zu löschen.«

»Meinst du nicht, daß Lynn was dagegen hat?« fragte Ulric ziemlich ruhig; hauptsächlich deshalb, weil er keine besonders klare Vorstellung hatte, welche Lynn es war. Er konnte Brads Verlobte einfach nicht auseinanderhalten. Sie hörten sich alle gleich an.

»Sie wird es erst merken, wenn es zu spät ist«, sagte Brad. »Sie ist nach Cheyenne unterwegs, um ein Flugzeug rüber in den Osten zu erreichen. Ihre Mutter ist wie verrückt hinter einer Scheidung her. Hat ihren Mann beim Doktorspielen erwischt.«

Wenn es etwas gab, mit dem man noch mehr Schwierigkeiten haben konnte als mit Brads Verderbtheit, dann war es sein unglaubliches Glück. Ulric war zwar sicher, daß Brad gemein genug war, um eine plötzliche Familienkrise in Szene zu setzen, um Lynn aus Chugwater herauszubringen; doch mindestens genauso sicher war er, daß Brad so etwas gar nicht nötig gehabt hatte. Es war eine glückliche Fügung, daß Lynns Mutter genau in diesem Augenblick eine Scheidung wollte, und glückliche Fügungen waren Brads Spezialität. Wie sonst hätte er verhindern können, daß sich seine drei Verlobten innerhalb der engen Grenzen von Chugwater und Mowen Chemical jemals trafen?

»Lynn?« sagte Ulric. »Welche ist das? Die rote Programmiererin?«

»Nee, das ist Sue, Lynn ist klein, blond und hat verdammt viel Ahnung von Chemotechnik. Bei allem anderen ist sie eher ein Turnschuh.«

»Turnschuh«, sagte Ulric zu sich selbst. Er sollte sich eine Notiz machen, um es nachzuschlagen. Wahrscheinlich bedeutete es: jemand, der dumm genug war, sich mit Brad McAfee einzulassen. Was ihn selbst ausdrücklich einschloß. Er hatte eingewilligt, das Zimmer mit Brad zu teilen, weil ihn seine Einstellung so überrascht hatte, daß es ihm nicht in den Sinn gekommen war, ein eigenes Apartment zu verlangen.

Er hatte in Englisch promoviert, was in Wyoming weniger als nichts wert war, wie ihm jedermann gesagt hatte; und sehr bald hatte er herausgefunden, daß es auch so war. Aus lauter Verzweiflung hatte er sich für einen Fabrikjob bei Mowen Chemical beworben und war zu einem erstaunlichen Gehalt als Betriebslinguist eingestellt worden, aus Gründen, die ihm noch nicht klargeworden waren, obwohl er schon seit mehr als drei Monaten bei Mowen arbeitete. Dagegen *war* ihm klargeworden, daß Brad McAfee, um es in seiner eigenen, bildreichen Sprache zu sagen, ein Taschenspieler war, ein Täubchenpflücker, ein Hornaufsetzer. Er arbeitete sich stetig vor auf dem Weg zur Tochter des Chefs und zur Übernahme von Mowen Chemical, wobei er eine Fährte junger Frauen hinterließ, die anscheinend alle glaubten, daß ein Mann, der das Wort ›Fianoée‹ benutzte, schwerlich mehr als eine Verlobte haben konnte. Es war ein interessantes linguistisches Phänomen.

Zunächst war Ulric auch auf Brads Geschwätz hereingefallen, wenn es sich auch in keiner Weise mit dessen hervorragenden Fähigkeiten im Umgang mit dem Computer messen lassen konnte. Dann aber war er eines Tages früh aufgestanden und hatte Brad an einem Programm arbeitend erwischt, das den Namen ›Projekt Sally‹ trug.

»Ich werde Präsident von Mowen Chemical sein, bevor ein Schaf zweimal mit dem Schwanz wackeln kann«, hatte Brad gesagt. »Dieses kleine Spielchen hier ist mein Hauptplan. Was hältst du davon?«

Was Ulric davon hielt, konnte nicht mit Worten ausgedrückt werden. Im Grunde bestand der Plan, Sally Mowen nahezukommen und ihren Vater zu beeindrucken, überwiegend darin, junge Frauen in Schlüsselpositionen bei Mowen Chemical zu verführen und wieder zu verlassen. Drei Viertel auf dem Weg nach unten sah er Lynns Namen.

»Und was ist, wenn Mister Mowen dieses Programm in die Finger bekommt?« hatte Ulric schließlich gefragt.

»Ganz unwahrscheinlich, daß das passiert. Dieses Programm ist sicherer als die Bank von England. Und falls wirklich jemand versuchen sollte, es abzukupfern, würde es ihm schlechter gehen als einem Waschbären, der mit einem Skunk flirtet.«

Seitdem hatte Ulric sechs Anträge auf ein Apartment eingereicht, die sämtlich ›aufgrund restriktiv gehandhabter Wohnkapazitätserweiterung‹ abgelehnt worden waren, was, wie Ulric meinte, wohl bedeuten sollte, daß es in Chugwater keine fremden Apartments gäbe. Alle Ablehnungen waren von Mr. Mowens Sekretärin abgezeichnet, und zuweilen dachte Ulric, daß Mr. Mowen vom ›Projekt Sally‹ wisse und ihn nur eingestellt habe, damit er Brad von seiner Tochter fernhielt.

»Meinem Programm zufolge wird es Zeit, daß ich mich mit Sally befasse«, sagte Brad jetzt. »Morgen auf dieser Pressekonferenz. Mit diesem Abfallvernichtungsprogramm habe ich genügend Wirkungsgrad, um Old Man Mowen ein bißchen zu beeinpuckeln. Sally wird da sein. Ich habe meine Verlobte Gail in der PR-Abteilung überredet, sie auch einzuladen.«

»Ich werde auch dort sein«, sagte Ulric angriffslustig.

»Mensch, ist doch toll!« sagte Brad. »Du könntest da für mich was lieblinken. Du machst dich an die liebe Sally ran, während ich Papa Mowen das heißgeliebte Händchen drücke. Weißt du, wie sie aussieht?«

»Ich habe nicht die Absicht, Sally Mowen für dich zu lieblinken«, sagte Ulric und fragte sich wieder einmal, wo Brad nur all diese Slangausdrücke aufschnappte. Er hatte Brad mehrmals beim Anschauen von Judy Canova-Filmen ertappt, aber einige dieser Ausdrücke standen noch nicht einmal im ›Menken‹. Er hatte wahrscheinlich ein Computerprogramm, das sie für ihn erfand. »Vielmehr habe ich die Absicht, ihr zu sagen, daß du bereits mit mehr als einem Mädchen verlobt bist.«

»Junge, du bist aber pieselig«, sagte Brad. »Und weißt du auch, warum? Weil du kein eigenes Mädchen hast. Ich sag dir was: Du suchst dir eine von meinen aus, und ich geb sie dir. Wie wär's mit Sue?«

Ulric ging zum Fenster hinüber. »Ich will sie nicht.«

»Ich möchte wetten, daß du nicht mal weißt, welche sie ist«, sagte Brad.

Das weiß ich wirklich nicht, dachte Ulric. Sie hören sich alle gleich an. Sie benutzen das Wort ›Schnittstelle‹ als Verb, und das Wort ›Träger‹ als Adjektiv. Eine von ihnen verlangte Brad einmal am Telefon, und als Ulric ihr sagte, daß er drüben im Forschungsbereich sei, antwortete sie: »Tut mir leid. Meine Feuchtspeicher sind nicht funktional heute morgen.« Ulric hatte das Gefühl, in einem fremden Land zu leben.

»Was macht das schon für einen Unterschied?« fragte Ulric ärgerlich. »Keine einzige von ihnen spricht Englisch, was wahrscheinlich der Grund dafür ist, daß sie allesamt dumm genug sind zu glauben, sie wären mit dir verlobt.«

»Wie wär's denn damit: Ich besorg dir 'ne Schnecke, die Englisch spricht, und du nimmst Sally Mowen für mich in den Vorwaschgang?« Er drehte sich zum Terminal und begann wie wild zu tippen. »Wie wäre denn so dein Geschmack?«

Ulric ballte die Hände zu Fäusten und sah aus dem Fenster. Im Geäst der toten Baumwollpflanze unter dem Fenster hatte sich ein Drachen oder etwas ähnliches verfangen. Er zog in Betracht, am Baum hinaufzuklettern, zu Mr. Mowens Büro hinüberzugehen und ein Apartment zu verlangen.

»Macht auch nix«, sagte Brad, als er nicht antwortete. »Hab ja oft genug gehört, wie du dich über dieses Thema ausgelassen hast.« Er tippte noch eine Weile herum, dann schlug er auf den Ausdruckknopf. »Na bitte!« rief er.

Ulric drehte sich um.

Brad las vom Monitor ab: »›Gesucht: Junge Frau, die aus britischem Englisch Freude schöpfen kann, korrekter Gebrauch von Grammatik und Syntax vorausgesetzt, kein Kauderwelsch, kein Slang, Respekt vor der Sprache. Unterzeichnet: Ulric Henry.‹ Was hältst du davon? Das ist eine exakte Kopie deiner Sprechweise.«

»Ich kann mir meine Schnecken schon selbst suchen«, sagte Ulric. Er zerrte an dem Papier, während es noch aus dem Drucker kam, und riß es quer über das halbe Blatt in einer langen, gezackten Diagonalen auseinander. Der Text lautete jetzt: ›Gesucht: Junge Frau, die Sprache schöpfen kann. Ulric H.‹

»So kommen wir doch ins Geschäft«, sagte Brad. »Wenn dir damit nicht'n hübsches kleines Pferdchen auf den Leim geht, geb ich dir Lynn, sobald sie zurück ist. Das wird sie etwas aufmuntern, nachdem ihr Name aus dem Projekt gestrichen ist, und so weiter. Was hältst du davon?«

Ulric legte den Papierfetzen vorsichtig auf den Tisch und versuchte, dem Impuls zu widerstehen, ihn zusammenzuknüllen und Brad in den Hals zu stopfen. Er schob das Fenster hoch. Ein kalter Luftstoß fuhr herein; das Papier auf dem Tisch schwebte unentschlossen hoch, dann trieb es zur Fensterbank.

»Und wenn Lynn ihr Flugzeug in Cheyenne verpaßt?« fragte Ulric. »Wenn sie zurückkommt und einer deiner anderen Verlobten begegnet?«

»Ist nicht drin«, sagte Brad fröhlich. »Dafür hab ich mir auch ein Programm gemacht.« Er zog den Rest des Papiers aus dem Drucker und knüllte ihn zusammen. »Wenn zwei meiner Verlobten gleichzeitig hier antanzen, müssen sie in den Fahrstühlen hochfahren, und davon gibt es nur zwei. Sie sprechen auf dieselben Signale an, also hab ich ein Programm gemacht, das die Aufzüge zwischen den Etagen anhält, wenn mein Sicherheitscode mehr als einmal pro Stunde aufgerufen wird. Außerdem kommt sofort ein Vorrangsignal auf mein Terminal, so daß ich das erste Mädchen über die Hintertreppe verschwinden lassen kann.« Er stand auf. »Ich muß rüber zur Forschung und noch mal nach dem Abgasbeseitigungsprojekt sehen. Grab dir lieber zügig 'ne eigene Schnecke an. Du machst mich noch ganz panne, wenn du so unfreundlich redest.«

Er schnappte seinen Mantel von der Stuhllehne und ging hinaus. Er schlug die Tür hinter sich zu, vielleicht, weil er ganz panne war. Der so entstandene Luftzug hob das Papier vom Fensterbrett und ließ es elegant aus dem Fenster segeln.

»Panne«, murmelte Ulric zu sich selbst und versuchte, Mowens Büro anzurufen. Es war besetzt.

Sally Mowen rief ihren Vater an, sobald sie zu Hause eintraf. »Hallo, Janice!« sagte sie. »Ist mein Vater da?«

»Grade raus«, sagte Janice. »Aber ich habe so das Gefühl, daß er bei der Forschungsabteilung reinschaut. Er macht sich Sorgen wegen des neuen stratosphärischen Abgasprojekts.«

»Dann laufe ich rüber und treffe ihn da.«

»Ihr Vater bat mich, Ihnen zu sagen, daß morgen um elf eine Pressekonferenz stattfindet. Sitzen Sie vor Ihrem Terminal?«

»Ja«, sagte Sally und schaltete den Strom ein.

»Ich schicke Ihnen die Pressemitteilungen, damit Sie wissen, worum es geht.«

Sally wollte gerade sagen, daß sie bereits eine Einladung

zur Pressekonferenz und das begleitende PR-Material von jemandem mit Namen Gail erhalten hatte, doch sie änderte ihre Absicht, als sie sah, was der Drucker ausdruckte. »Sie schicken mir da keine Pressemitteilungen«, sagte sie. »Sie schicken mir die Biographie von jemandem mit Namen Ulric Henry. Wer ist das?«

»So?« sagte Janice. Sie klang verwirrt. »Ich versuch's noch einmal.«

Sally hielt das Ende der ausgedruckten Blätter hoch, während sie sich aus dem Computer schoben. »Jetzt hab ich ein Bild von ihm.« Das Bild zeigte einen dunkelhaarigen jungen Mann mit einem Gesichtsausdruck, der irgendwo zwischen Bestürzung und Verdruß lag. Sally dachte: Ich möchte wetten, daß ihm gerade eine Frau gesagt hat, daß sie sich eine Primärbeziehung mit ihm vorstellen könnte. »Wer ist das?«

Janice seufzte ein kurzes, verwirrtes Seufzen. »Ich wollte Ihnen das eigentlich nicht senden. Er ist der Betriebslinguist. Ich glaube, Ihr Vater hat ihn zur Pressekonferenz eingeladen, wo er Pressemitteilungen schreiben soll.«

Ich dachte, die Pressemitteilungen wären schon fertig und du wolltest sie mir schicken, dachte Sally, doch laut sagte sie: »Wann hat mein Vater denn einen Linguisten eingestellt?«

»Im letzten Sommer«, sagte Janice. Sie klang immer verwirrter. »Wie geht's denn so mit der Schule?«

»Prima«, sagte Sally. Und dachte: Nein, ich werde nicht heiraten. Ich habe nicht einmal eine Primärbeziehung, was auch immer das heißen mag.

»Ihre Mutter hat heute angerufen. Sie ist in Cheyenne bei einer JETZT-Rallye«, sagte Janice. Es schien nicht in den Zusammenhang zu passen, doch es paßte sehr wohl. Bei einer Mutter, wie Sally sie hatte, war es kein Wunder, daß ihr Vater beinahe vor Sorgen darüber umkam, wen Sally einmal heiraten würde. Manchmal machte sich auch Sally Sorgen. Primärbeziehung.

»Wie hat sich Charlotte denn so angehört?« fragte Sally. »Nein, warten Sie, ich weiß schon. Und machen Sie sich keine Sorgen wegen des Materials für die Pressekonferenz. Ich weiß schon Bescheid. Gail Irgendwas aus der PR-Abteilung hat mir eine Einladung geschickt. Deshalb bin ich auch zum Erntedankfest schon einen Tag früher nach Hause gekommen.«

»Hat sie?« fragte Janice. »Ihr Vater hat es nicht erwähnt. Wahrscheinlich hat er es vergessen. Er machte sich Sorgen wegen dieses Projektes«, sagte sie, was, wie Sally dachte, die Untertreibung des Jahres sein mußte, da er es geschafft hatte, Janice aus der Festung zu bringen. »Also haben Sie keinen netten jungen Mann kennengelernt?«

»Nein«, sagte Sally. »Doch. Ich erzähl's Ihnen morgen.« Sie legte auf. Sie sind alle nett, dachte sie. Das ist nicht der Punkt. Sie sind nett, aber unbeständig. Eine Primärbeziehung. Was, im Himmel, war das nur? Und was bedeutete: Die persönliche Sphäre respektieren? Oder: Beiderseitige sozioökonomische Bedürfnisse befriedigen? Ich habe keine Ahnung, wovon die reden, dachte Sally. Ich bin mit einem Haufen von Fremden ausgegangen.

Sie legte ihren Mantel und ihren Hut wieder an und setzte den Aufzug nach unten in Bewegung, um ihren Vater zu treffen. Armer Mann. Er wußte, was es bedeutete, mit jemandem verheiratet zu sein, der nicht Englisch sprach. Sie konnte sich vorstellen, wie die Unterhaltungen mit ihrer Mutter verlaufen waren. Nur Schwestern und Sexistenschweine. ERA sprach sie noch nicht sehr lange. Als sie das letzte Mal angerufen hatte, hatte sie EST gesprochen, und davor CALIFORNIA. Kein Wunder, daß Sallys Vater eine Sekretärin eingestellt hatte, die fast nur durch Seufzen kommunizierte und daß Sally in Englisch promoviert hatte.

Die morgige Pressekonferenz würde grauenhaft. Sie würde von netten jungen Männern umgeben sein, die BIG BUSINESS oder COMPUTER oder BAKKALAUREUS sprachen, und sie würde nicht eines ihrer Worte verstehen.

Ihr kam plötzlich in den Sinn, daß der Betriebslinguist, Ulric Irgendetwas, Englisch sprechen könnte, und so gab sie ihren Sicherheitscode noch einmal ein und fuhr im Aufzug wieder hoch, um den Ausdruck mit seiner Adresse zu holen. Sie entschloß sich, durch den Orientalischen Garten zur Forschungsabteilung zu gehen, statt das Auto zu nehmen. Sie sagte sich, der Weg wäre kürzer, was stimmte, doch in Wahrheit dachte sie, daß sie auf diesem Weg an dem Wohnblock vorbeikäme, in dem Ulric Henry lebte.

Ursprünglich war der Orientalische Garten als Abkürzung durch das Gewirr der Schnellimbisse eingerichtet worden, die um Mowen Chemical wie Pilze aus dem Boden geschossen waren und nun verhinderten, daß man irgendein Ziel schnell erreichte. Ihr Vater hatte Mowen Chemical mit voller Absicht am Stadtrand von Chugwater angesiedelt, um mit der Anlage nicht die Einwohner zu stören; er hatte ursprünglich versucht, die Gebäude und Wohnanlagen organisch in die Landschaft Wyomings einzupassen. Doch die Einheimischen hatten prompt Mowen Chemical gestört, und als der Forschungsbereich und das Rechenzentrum gebaut wurden, lag das einzige nicht mit Kentucky Fried Chicken und Arby's bedeckte Land im älteren Teil der Stadt und sehr weit von den ursprünglichen Gebäuden entfernt. Mr. Mowen hatte es aufgegeben, die Einwohner nicht stören zu wollen. Er hatte den Orientalischen Garten gebaut, damit die Leute wenigstens zur Arbeit und zurück nach Hause gehen konnten, ohne von den Chugwaterianern überrannt zu werden. Genaugenommen hatte er vorgehabt, nur einen mit Ziegeln ausgelegten Pfad hindurchzuführen, der sich zwischen den älteren Mowschen Gebäuden entlangschlängeln und sie mit den neueren verbinden sollte. Doch zu jener Zeit hatte Charlotte gerade ZEN gesprochen. Sie hatte auf Bonsais und einer geschwungenen Brücke über dem Bewässerungsgraben bestanden. Bevor die Landschaftsgestaltung abgeschlossen war, war sie zu einem Anti-Watts-Dialekt übergewechselt, der die Ehe beendet und Sally zu einer Schule im Osten gebracht hatte. Während der gleichen Periode hatte ihre Mutter eine Kampagne zur Rettung der toten Baumwollpflanze betrieben, unter der sie jetzt stand; sie hatte vor dem Büro ihres Gatten mit Schildern Wache gehalten, auf denen zu lesen war: ›Baummörder!‹

Sally stand unter dem toten Baumwollbaum und zählte die Fenster, um herauszufinden, in welchem Apartment Ulric Henry lebte. Da waren drei Fenster im sechsten Stock, alle drei beleuchtet, und das mittlere stand aus einem nicht ersichtlichen Grund offen. Aber es wäre schon ein unwahrscheinlicher Zufall, wenn Ulric Henry an eins der Fenster träte, während Sally unten stand, so daß sie zu ihm hinaufrufen könnte: ›Sprechen Sie Englisch?‹

Ich habe ihn ja sowieso nicht gesucht, sagte sie sich trotzig. Ich bin nur unterwegs, um meinen Vater zu treffen, und ich bin stehengeblieben, um den Mond zu betrachten. Meine Güte, er ist aber richtig blau heute abend. Sie blieb noch ein paar Minuten unter dem Baum stehen, gab vor, den Mond zu betrachten, doch es wurde sehr kalt, der Mond schien nicht blauer zu werden, als er schon war, und wie er war, schien er kein ausreichender Grund zu sein, sich totzufrieren; also zog sie sich den Hut weiter über die Ohren und lief an den Bonsais vorbei über die geschwungene Brücke zur Forschungsabteilung.

Sie hatte gerade die Brücke überquert, als Ulric Henry ans mittlere Fenster trat und es schloß. Die Bewegung beim Zuziehen des Fensters verursachte einen kleinen Luftzug. Das abgerissene Stück Ausdruckpapier, das auf dem Sims gelegen hatte, flatterte noch etwas weiter zur Kante, fiel schließlich darüber und segelte in dem bläulichen Mondlicht an dem Drachen vorbei, bis es schließlich auf dem zweituntersten Ast der Baumwollpflanze liegen blieb.

Am Mittwochmorgen stand Mr. Mowen früh auf, weil er vor der Pressekonferenz noch eine Weile in seinem Büro arbeiten wollte. Sally war noch nicht auf; er stellte die Kaffeemaschine an und ging ins Badezimmer, um sich zu rasieren. Er steckte die Anschlußschnur des elektrischen Rasierers in die Steckdose über dem Waschbecken, und prompt ging die Lampe über dem Spiegel aus. Er zog die Schnur wieder aus der Dose und schraubte die schwarz verfärbte Glühbirne heraus. Dann tappte er barfuß in die Küche, um eine neue Birne zu suchen.

Er ließ die ausgebrannte Birne sachte in den Papierkorb neben der Spüle gleiten und begann Schränke zu öffnen. Er hob das Sirupglas, um dahinterzuschauen. Der Deckel war nicht richtig zugeschraubt, das Sirupglas fiel mit einem plumpsenden Geräusch auf die Seite, der Sirup begann herauszuquellen und sich im Schrank auszubreiten. Mr. Mowen schnappte sich ein Papierhandtuch, das er zu einem zerfetzten, nutzlosen Dreieck zerriß, und versuchte, die Bescherung wegzuwischen. Er schubste den Salzstreuer in die Siruplache. Er schnappte sich die zweite Hälfte des Papierhandtuchs und drehte den Heißwasserhahn auf, um es anzufeuchten. Das Wasser kam in Form einer fauchenden Dampfwolke heraus.

Mr. Mowen sprang zur Seite, um dem kochenden Wasser auszuweichen, und warf dabei den Papierkorb um. Die Glühbirne sprang heraus und zerplatzte auf dem Küchenboden. Mr. Mowen trat auf ein großes gezacktes Stück Glas. Er riß weitere Papiertücher ab, um die Blutung zu stillen, und humpelte ins Badezimmer zurück, um sich einen Verband zu holen, wobei er nur die Kante des blutenden Fußes aufsetzte.

Er hatte vergessen, daß die Lampe im Badezimmer durchgebrannt war. Mr. Mowen tastete sich zum Medizinschrank vor, nicht ohne das Shampoo und eine Schachtel Wattestäbchen in das Waschbecken zu werfen, bevor er die Verbände fand. Auch der Verschluß des Shampoos war nicht richtig zugeschraubt. Er nahm die Metallschachtel mit den Verbänden mit in die Küche.

Die Schachtel war verbeult, und Mr. Mowen schnitt sich in den Daumen, als er versuchte, den Deckel abzuziehen. Er drückte darauf herum, und plötzlich sprang der Deckel auf, und die Verbände fielen auf den Boden. Mr. Mowen hob einen auf, darauf bedacht, den Bruchstücken der Glühbirne auszuweichen, riß das Ende der Verpackung ab, und zog an dem orangenen Faden. Der Faden riß ab. Mr. Mowen betrachtete lange den Faden, dann versuchte er, das Verbandpäckchen an der Rückseite zu öffnen.

Als Sally in die Küche kam, saß Mr. Mowen auf einem Küchenstuhl, nuckelte an seinem blutenden Daumen und hielt ein Stück Papierhandtuch vor seinen Fuß. »Was ist denn passiert?« fragte sie.

»Ich habe mich an einer kaputten Glühbirne geschnitten«, sagte Mr. Mowen. »Sie ist durchgebrannt, als ich versuchte, mich zu rasieren.«

Sie nahm ein Papierhandtuch von der Rolle. Es riß an der Perforation sauber ab, und Sally wickelte Mr. Mowens Daumen damit ein. »Du solltest eigentlich wissen, daß man eine kaputte Glühbirne nicht aufheben darf«, sagte sie. »Du hättest dir einen Besen holen sollen.«

»Ich habe nicht versucht, die Birne aufzuheben«, sagte er. »Ich habe meinen Daumen an einem Verband aufgeschnitten. Ich hab mir die *Füße* an der Glühbirne aufgeschnitten.«

»Oh, ich verstehe«, sagte Sally. »Weißt du nicht, daß man eine kaputte Glühbirne nicht mit den Füßen aufheben darf?«

»Ich finde das überhaupt nicht lustig«, sagte Mr. Mowen beleidigt. »Es tut ziemlich weh.«

»Ich weiß, daß das nicht lustig ist«, sagte Sally. Sie hob ein Verbandpäckchen vom Boden auf, riß das Ende ab und zog mit dem Faden sauber die Kante der Verpackung auf. »Wirst du denn rechtzeitig zu deiner Pressekonferenz kommen?«

»Natürlich werde ich rechtzeitig dort sein. Und ich erwarte dich auch dort zu sehen.«

»Ich werde da sein«, sagte Sally, während sie einen zweiten Verband auspackte und unter seinen Fuß legte. »Ich komme, sobald ich dieses Durcheinander hier aufgeräumt habe. Danach gehe ich sofort rüber. Oder möchtest du, daß ich dich hinfahre?«

»Ich kann auch selbst fahren«, sagte Mr. Mowen und machte Anstalten, sich zu erheben.

»Du rührst dich nicht vom Fleck, bis ich deine Pantoffeln geholt habe«, sagte Sally und schoß aus der Küche. Das Telefon klingelte. »Ich gehe schon dran!« rief Sally aus dem Schlafzimmer. »Du rührst dich nicht von deinem Stuhl.«

Mr. Mowen hob einen Verband vom Boden auf, riß das Ende ab und zog mit dem Faden die Kante auf, und sofort fühlte er sich erheblich besser. Mein guter Stern hat mich doch nicht verlassen, dachte er. »Wer ist am Telefon?« fragte er fröhlich, als Sally wieder die Küche betrat und seine Pantoffeln und das Telefon mitbrachte.

Sie steckte das Telefonkabel in den Anschluß in der Wand und gab ihm den Hörer. »Es ist Mutter«, sagte sie. »Sie will mit dem Sexistenschwein sprechen.«

Ulric war gerade dabei, sich für die Pressekonferenz anzukleiden, als das Telefon klingelte. Er ließ Brad das Gespräch annehmen. Als er das Wohnzimmer betrat, legte Brad gerade wieder auf.

»Lynn hat ihr Flugzeug verpaßt«, sagte Brad.

Ulric sah ihn hoffnungsvoll an. »Tatsächlich?«

»Ja. Sie nimmt heute nachmittag ein anderes. Während unseres Gesprächs hat sie nebenbei fallengelassen, daß sie die Pressemitteilung, die per Computer verschickt wurde, mit ihrem Namen unterzeichnet hat.«

»Und Mowen hat sie schon gelesen«, sagte Ulric. »Also weiß er, daß du ihr das Projekt gestohlen hast.« Er war absolut nicht in der Stimmung, ein Blatt vor den Mund zu nehmen. Er hatte den größten Teil der Nacht wachgelegen und mit sich gerungen, was er Sally Mowen sagen sollte. Und was wäre, wenn er ihr vom ›Projekt Sally‹ erzählte, und sie würde ihn einfach verständnislos ansehen und sagen: ›Entschuldigung. Ich bin heute unkopfig.‹?

»Ich habe das Projekt nicht gestohlen«, sagte Brad liebenswürdig. »Ich hab es ihr sozusagen nur ein bißchen abgeluchst, als sie gerade nicht hingeschaut hat. Und ich hab es schon in Ordnung gebracht. Sofort nachdem sie aufgelegt hat, hab ich Gail angerufen und sie gebeten, Lynns

Namen aus den Pressemitteilungen zu nehmen, bevor Old Man Mowen sie sieht. War schon ein glücklicher Zufall, daß Lynn ihr Flugzeug verpaßt hat, und so weiter.«

Ulric zog seinen langen Parka über seinen Sportsakko.

»Willst du jetzt zur Pressekonferenz?« fragte Brad. »Warte doch, bis ich mich in Schale geworfen habe, dann können wir zusammen rüberfahren.«

»Ich laufe«, sagte Ulric und öffnete die Tür.

Das Telefon klingelte. Brad nahm den Hörer ab. »Nein, ich hab den Vormittagsfilm nicht gesehen«, sagte Brad. »Aber ich würde mich freuen, wenn du mich trotzdem mal raten ließest. Ich würde sagen, der Film heißt *Carolina Cannonball,* und der Jackpot steht auf sechhunderteinundfünfzig Dollar. Richtig? Mann, mir springt der Draht aus der Mütze! Da hab ich aber voll ins Schwarze getroffen.«

Ulric knallte die Tür hinter sich zu.

Als Mr. Mowen um zehn Uhr immer noch nicht im Büro war, rief Janice bei ihm zu Hause an. Sie bekam ein Besetztzeichen. Sie seufzte, wartete eine Minute und versuchte es noch einmal. Die Leitung war immer noch besetzt. Bevor sie auflegen konnte, signalisierte das Telefon ein eingehendes Gespräch. Sie drückte auf den Knopf. »Mister Mowens Büro«, sagte sie.

»Hallo!« sagte die Stimme aus dem Telefon. »Hier ist Gail von der PR-Abteilung. Die Pressemitteilungen enthalten eine unzutreffende Aussage. Sie haben doch noch keine abgeschickt, oder?«

Ich hab's versucht, dachte Janice, und seufzte leise. »Nein«, sagte sie.

»Gut. Ich wollte nur sichergehen, daß sie noch nicht veröffentlicht sind, bevor ich die Streichung vornahm.«

»Welche Streichung?« fragte Janice.

Sie versuchte, die Pressemitteilung aufzurufen, erhielt statt dessen aber ein Bild von Ulric Henry.

»Die Mitteilung führt Lynn Saunders als Mitverantwortliche für das Projekt auf.«

»Ich dachte, sie *wäre* mitverantwortlich.«

»O nein«, sagte Gail. »Mein Verlobter Brad McAfee hatte die Alleinverantwortung für das gesamte Projekt. Ich bin froh, daß die Ausgabezahl nicht signifikant ist.«

Nachdem Gail aufgelegt hatte, versuchte Janice noch einmal, Mr. Mowen zu erreichen. Es war immer noch besetzt. Janice rief das Mitarbeiterverzeichnis ab, bekam statt dessen aber einen Lebenslauf von Ulric Henry; dann rief sie die Vermittlung von Chugwater an. Die Vermittlung gab ihr die Nummer von Lynn Sauders. Janice wählte Lynns Nummer, und ihre Zimmergenossion meldete sich.

»Sie ist nicht da«, sagte sie. »Sie mußte in den Osten fliegen, nachdem sie mit dieser Abgasvernichtungssache fertig war. Ihre Mutter hat ihr ziemlich zugesetzt. Sie war richtig fertig deshalb.«

»Haben Sie eine Nummer, unter der ich sie erreichen kann?« fragte Janice.

»Ganz sicher nicht. Sie war total durcheinander, als sie abfuhr«, sagte die Zimmergenossin. »Aber ihr Verlobter hat vielleicht eine Nummer.«

»Ihr Verlobter?«

»Ja. Brad McAfee.«

»Falls sie sich meldet, sagen Sie ihr, sie soll sich bei mir melden. Äußerst wichtig.« Janice legte den Hörer auf. Sie rief noch einmal das Mitarbeiterverzeichnis auf ihren Schirm; diesmal bekam sie die Pressemitteilung für das neue Abgasprojekt. Lynns Name war nirgends zu entdekken. Sie seufzte einen seltsamen, wütenden Seufzer. Sie probierte noch einmal Mr. Mowens Nummer. Immer noch besetzt.

Auf ihrem Weg an Ulric Henrys Wohnblock vorbei bemerkte Sally, daß sich hoch oben in dem toten Baumwollbaum etwas bewegte. Direkt in der Spitze hatten sich die Überreste eines Drachens verfangen, und gerade außer Reichweite, auf dem zweituntersten Ast, hing ein Stück weißes Papier. Sie versuchte es mit ein paar halbherzigen

Sprüngen, streifte das Papier auch mit der Hand, doch der einzige Erfolg ihrer Bemühungen bestand darin, daß das Papier noch weiter wegflatterte. Wenn sie es erwischte, könnte sie es zu Ulric Henrys Apartment hinaufbringen und ihn fragen, ob es aus seinem Fenster gefallen sei. Sie sah sich nach einem Stock um; dann hielt sie inne. Sie kam sich ausgesprochen dumm vor. Sie sagte sich, das Papier herunterzuangeln, wäre genauso sinnlos wie der Versuch, den kaputten Drachen zu bergen; doch selbst, als sie dies dachte, schätzte sie noch die Höhe der Äste ab, um zu sehen, ob sie nicht hinaufsteigen und das Papier von dort aus erreichen könnte. Ein Ast würde nicht ausreichen, aber vielleicht zwei. Im Garten war sonst niemand. Das ist doch lächerlich! sagte sie sich, während sie sich in die Gabelung des Baumes schwang.

Sie kletterte rasch zum dritten Ast hinauf, streckte sich darauf aus und langte nach dem Papier. Ihre Finger erreichten es nicht ganz, also richtete sie sich wieder auf, klammerte sich am Stamm fest, um die Balance zu halten, und machte eine Art weiten Ausfall nach unten, in Richtung des Papierfetzens. Sie verlor das Gleichgewicht und fiel beinahe vom Ast herunter, und der Luftzug, der durch ihre plötzliche Bewegung entstanden war, wehte das Papier weit hinaus, bis zum Ende des Astes, wo es unsicher schwankte, ohne jedoch hinunterzufallen.

Irgend jemand kam über die geschwungene Brücke. Sie pustete das Papier ein paarmal an, dann hielt sie inne. Sie würde sich auf dem Ast vorarbeiten müssen. Vielleicht ist das Blatt auch leer, dachte sie. Ich kann doch wohl kaum ein leeres Blatt Papier zu Ulric Henry hinaufbringen. Doch sie war schon dabei, die Tragkraft des Astes mit der Hand zu prüfen. Er schien stark genug, und so begann sie sich auf dem toten Ast vorzuarbeiten, wobei sie sich bis zum letzten Augenblick am Stamm festhielt. Dann ließ sie sich zu einem millimeterweisen Kriechen nieder, das sie direkt über den Gehweg brachte. Von dort aus konnte sie das Papier leicht erreichen.

Das Papier war ein Teil eines Computerausdrucks, es war schief und zackig abgerissen. Darauf stand: ›Gesucht: Junge Frau, die Sprache schöpfen kann. Ulric H.‹ Das *che* von ›Sprache‹ fehlte, doch ansonsten war die Botschaft völlig klar, die sie für etwas absonderlich gehalten hätte, wenn sie nicht so überrascht von ihrem Inhalt gewesen wäre. Ihr spezielles Studiengebiet war Sprachschöpfung. Sie hatte die ganze letzte Unterrichtswoche damit verbracht, und sie hatte die ganzen Regeln linguistischer Veränderungen bei existierenden Worten angewendet: Verallgemeinerung und Spezialisierung der Bedeutung, Veränderungen in den Wortgruppen, Kürzel und präpositionale Verbverschmelzungen, aus denen eine neuartig klingende Sprache geschaffen werden konnte. Zuerst war es ihr fast unmöglich erschienen, doch am Ende der Woche hatte sie ihren Professor mit den Worten begrüßt: »Gutag. Ich habe meine hausaufberertigt«, ohne überhaupt darüber nachzudenken. Sie könnte bei Ulric Henry, den sie ja sowieso kennenlernen wollte, bestimmt dasselbe tun.

Sie hatte den Mann vergessen, den sie über die Brücke kommen gesehen hatte. Er hatte inzwischen fast den Baum erreicht. Nach ungefähr zehn weiteren Schritten würde er aufschauen und sie wie einen geisteskranken Geier im Baum hocken sehen. Wie kann ich es meinem Vater erklären, wenn mich jemand sieht? dachte sie, während sie vorsichtig einen Fuß zurücksetzte. Sie dachte immer noch darüber nach, als der Ast brach.

Mr. Mowen machte sich erst um Viertel vor elf auf den Weg zur Pressekonferenz. Als Sally gegangen war, hatte er immer noch mit Charlotte telefoniert, und als er sie gebeten hatte, eine Minute zu warten (damit er Sally sagen konnte, daß sie warten und mit ihm hinüberfahren sollte), hatte Charlotte ihn einen sexistischen Tyrannen genannt und ihn beschuldigt, Sallys dominierende Charakterzüge durch repressive männliche psychologische Einschüchterung zu unterdrücken. Mr. Mowen hatte keine Ahnung, was sie damit meinte.

Sally hatte das Glas aufgefegt und im Badezimmer eine neue Birne eingesetzt, bevor sie gegangen war; aber Mr. Mowen hatte beschlossen, das Schicksal nicht herauszufordern. Er hatte es vorgezogen, sich mit einem Einwegrasierer zu rasieren. Als er sich vorgebeugt hatte, um ein Stück Toilettenpapier abzureißen, das er auf den Schnitt am Kinn drükken wollte, war er mit dem Kopf vor die Tür des Medizinschrankes geknallt. Danach hatte er beinahe eine halbe Stunde sehr still auf dem Badewannenrand gesessen und sich gewünscht, Sally wäre da, um ihm beim Anziehen zu helfen.

Nach dieser halben Stunde war Mr. Mowen zu der Ansicht gekommen, daß Streß die Ursache für die Serie von Unglücksfällen war, die ihn den ganzen Morgen über heimgesucht hatten (Charlotte sprach seit ein paar Wochen Biofeedback), und daß alles in Ordnung kommen würde, wenn er sich einfach entspannte. Er machte mehrere tiefe, beruhigende Atemzüge und stand auf. Der Medizinschrank stand immer noch offen.

Indem er sich äußerst vorsichtig bewegte und versuchte, alle möglichen Gefahren rechtzeitig zu erkennen, schaffte es Mr. Mowen, sich anzuziehen und zum Wagen hinauszugehen. Er hatte keine zwei zusammenpassenden Socken gefunden, und der Aufzug hatte ihn bis zum Dach hinaufbefördert, aber Mr. Mowen hatte jedesmal tief und ruhig geatmet, und als er die Wagentür öffnete, fühlte er sich endlich einigermaßen entspannt.

Er setzte sich ins Auto und schloß die Tür. Sie klemmte die Ecke seines Mantels ein. Er öffnete die Tür wieder und beugte sich vor, um den Mantel hereinzuziehen. Einer seiner Handschuhe fiel aus der Tasche auf den Boden. Er beugte sich weiter vor, um den Handschuh zu retten, und knallte mit dem Kopf vor die Armlehne der Tür.

Er schöpfte tief und ziemlich entnervt Atem, schnappte den Handschuh und zog die Tür zu. Er holte die Schlüssel aus der Tasche und steckte den Zündschlüssel in das Schloß. Der Schlüsselbund öffnete sich, und alle seine Schlüssel verteilten sich auf dem Boden vor dem Fahrersitz. Als er sich vorbeugte, um sie aufzuheben, sorgfältig darauf bedacht, nicht mit dem Kopf vor das Lenkrad zu schlagen, fiel sein zweiter Handschuh aus der Manteltasche. Er ließ die Schlüssel, wo sie waren, und richtete sich wieder auf, wobei er den Blinkerhebel und die Sonnenblende nicht aus den Augen ließ. Er drehte den Zündschlüssel, an dem immer noch die leere Kette baumelte. Der Wagen sprang nicht an.

Er arbeitete sich sehr langsam und sehr vorsichtig aus dem Wagen heraus und ging wieder zum Apartment hoch, um Janice anzurufen und sie zu bitten, die Pressekonferenz abzusagen. Es war besetzt.

Ulric sah die junge Frau erst, als sie schon fast auf ihm lag. Er war mit gesenktem Kopf gelaufen, die Hände tief in die Taschen seines Parkas geschoben, und hatte über die Pressekonferenz nachgedacht. Er hatte seine Uhr im Apartment vergessen, und war sehr schnell zur Forschungsabteilung hinübergegangen. Er war über eine Stunde zu früh drangewesen, und außer einer von Brads Verlobten, deren Name ihm nicht mehr einfiel, war noch niemand dagewesen. Sie hatte gesagt: »Ihre biologische Uhr ist nicht in Ordnung. Ihre Biorhythmen sind heute sicher sehr niedrig.« Und er hatte ihr gesagt, daß das zutraf, wenn er auch keine Ahnung hatte, was sie damit meinte.

Er war durch den Orientalischen Garten wieder zurückgelaufen; er fühlte sich verzweifelt. Er war nicht sicher, ob er die Pressekonferenz überstehen würde, ganz zu schweigen davon, Sally Mowen zu warnen. Vielleicht sollte er lieber nicht hingehen und statt dessen nach Chugwater hinüberlaufen, junge Frauen am Arm packen und fragen: »Sprechen Sie Englisch?«

Während er diesen Einfall erwog, gab es über ihm ein lautes Krachen, und eine junge Frau fiel auf ihn. Er versuchte, seine Hände aus den Taschen zu ziehen, um sie aufzufangen. Aber er brauchte eine Weile, um herauszufinden, daß er unter dem Baumwollbaum stand und daß das Krachen das Geräusch eines brechenden Astes war, so daß er zu spät kam. Er brachte eine Hand aus der Tasche und machte einen Schritt zurück, um das Gleichgewicht zu halten, aber es reichte nicht. Sie landete voll auf ihm, und sie rollten zusammen vom Weg herunter, ins Laub hinein. Als ihre Bewegung endete, lag Ulric auf ihr, einen Arm unter ihr, während der zweite über ihrem Kopf lag. Ihre Wollmütze hatte sich selbständig gemacht, und ihr Haar lag als hübscher Kontrast ausgebreitet gegen die reifgeränderten Blätter. Seine Hand hatte sich in ihren Haaren verfangen. Sie sah zu ihm hoch, als würde sie ihn kennen. Es kam ihm überhaupt nicht in den Sinn, sie zu fragen, ob sie Englisch spräche.

Nach einer Weile fiel ihm ein, daß er zur Pressekonferenz zu spät kommen würde. Zum Teufel mit der Pressekonferenz, dachte er, zum Teufel mit Sally Mowen, und küßte sie noch einmal. Nach einigen Minuten begann ihm der Arm einzuschlafen, so daß er seine Hand aus ihrem Haar löste und sein Gewicht darauf legte, um sich aufzurichten.

Sie regte sich nicht, nicht einmal dann, als er sich neben ihr auf die Knie erhob und eine Hand ausstreckte, um ihr aufzuhelfen. Sie lag da und blickte zu ihm auf, als dächte sie äußerst konzentriert über etwas nach. Dann schien sie eine Entscheidung getroffen zu haben, denn sie nahm seine Hand und ließ sich von ihm hochziehen. Sie deutete auf etwas, das über und hinter ihm lag. »Der Mond blaut«, sagte sie.

»Bitte?« sagte er. Er fragte sich, ob ihr der Ast auf den Kopf gefallen wäre.

Sie deutete immer noch. »Der Mond blaut«, sagte sie wieder. »Er ist seit letzter Nacht etwas angeblaut, aber jetzt blaut er noch mehr.«

Er drehte sich um und sah in die Richtung, in die sie deutete. Und tatsächlich: Der Dreiviertelmond hing hellblau im Morgenhimmel, was erklärte, worüber sie sprach – aber nicht, wie sie sprach. »Sind Sie in Ordnung?« fragte er. »Sie haben sich doch nicht weh getan, oder?« Sie schüttelte den Kopf. Jemand mit einer Gehirnerschütterung darf man nicht fragen, ob er in Ordnung ist, dachte er. »Tut Ihnen der Kopf weh?«

Sie schüttelte wieder den Kopf. Vielleicht hatte sie sich nicht verletzt. Vielleicht war sie eine ausländische Austauschspezialistin, die im Forschungsbereich arbeitete. »Wo kommen Sie her?«

Sie sah ihn überrascht an. »Ich bin baumausgefallen. Sie mich mit Ihrem Gesicht aufgefangen.« Sie schüttelte sich die Blätter des Baumwollbaumes aus dem Haar und setzte sich die Wollmütze wieder auf.

Sie verstand alles, was er sagte, und es war klar, daß sie englische Worte benutzte; wenn sie auch nicht sehr wie englisch klangen. Sie mich mit Ihrem Gesicht aufgefangen. Das Hilfsverb fehlte. Der Mond blaut. Adjektiv wird zum Verb. Beides Arten, auf die sich Sprache weiterentwickelt. »Was haben Sie denn da im Baum gemacht?« fragte er, um ihr einen Anlaß zum Weitersprechen zu geben.

»Ich baumversteckte mich, weil Leute starren, wenn man komisch englischt.«

Komisch englischen. »Sie schöpfen eine Sprache, nicht wahr?« fragte Ulric. »Kennen Sie Brad McAfee?«

Sie sah ihn verlegen und etwas überrascht an, wohl auf genau die Weise, die Brad ihr empfohlen hatte, als er sie auf Situationen wie diese vorbereitet hatte. Er fragte sich, welche von Brads Verlobten diese hier wohl sei. Wahrscheinlich eine aus der Programmierabteilung. Irgendwo mußten die mit ihren Sprachschöpfungen ja alle herkommen. »Ich komme zu spät zu einer Pressekonferenz«, sagte er scharf, »wie Sie vielleicht wissen. Ich muß mit Sally Mowen sprechen.« Er reichte ihr nicht die Hand, um ihr ganz aufzuhelfen. »Sie können zu Brad gehen und ihm sagen, sein hübscher kleiner Lieblinkplan hätte nicht geklappt.«

Sie stand ohne seine Hilfe auf und ging über den Weg an dem abgebrochenen Ast vorbei. Sie kniete nieder und hob ein Stück Papier auf, das sie lange ansah. Er erwog, es ihr aus der Hand zu reißen, um einen Blick daraufzuwerfen, da es wahrscheinlich Brads Sprachschöpfungsprogramm war, aber er tat es dann doch nicht. Sie faltete es zusammen und steckte es in die Tasche. »Sie können ihm sagen, es hätte nichts genützt, mich zu küssen«, sagte er, was eine Lüge war. Während er es sagte, wollte er sie wieder küssen, und das machte ihn wütender als alles andere. Brad hatte ihr wahrscheinlich erzählt, daß er nicht gut drauf war und daß eine halbe Stunde im Laub mit ihr genau das richtige für ihn wäre. »Ich habe immer noch die Absicht, es Sally zu sagen.«

Sie schaute ihn von der anderen Seite des Weges aus an.

»Und kommen Sie bloß nicht auf die Idee, mich aufhalten zu wollen!« Er sprach jetzt ziemlich laut. »Weil es sowieso keinen Zweck hat.«

Er stampfte wütend über die geschwungene Brücke. Selbst wenn sie eine von Brads Verlobten war, selbst wenn er sie angestiftet hatte, mit ihm im Laub rumzuknutschen und ihn davon abzuhalten, zur Pressekonferenz zu gehen – er hatte sich trotzdem in sie verliebt. Und so machte er, immer noch rasend, kehrt, aber sie war nicht mehr zu sehen.

Kurz nach elf erhielt Janice einen Anruf von Gail aus der PR-Abteilung. »Wo ist Mister Mowen? Er ist noch nicht aufgetaucht, und meine Medienglaubwürdigkeit ist ziemlich unfunktional.«

»Ich versuche noch mal, ihn zu Hause zu erreichen«, sagte Janice. Sie schaltete Gail auf *Warten* und wählte die Nummer von Mr. Mowens Apartment. Die Leitung war besetzt. Als sie wieder auf den *Warten*-Knopf drückte, um es Gail mitzuteilen, wurde die Verbindung unterbrochen. Janice versuchte, sie zurückzurufen. Es war besetzt.

Sie tippte die Zahlenkombination eines Vorrangsignals ein, das alles hinauswerfen würde, was gerade auf dem Bildschirm in Mr. Mowens Haus zu sehen wäre. Nach der Zahlenkombination tippte sie: ›Bitte Janice im Büro anrufen!‹ Sie betrachtete ihr Werk eine Weile, dann löschte sie es wieder und schrieb: ›Pressekonferenz. Forschung. Elf Uhr.‹ Dann drückte sie auf START. Im Bildschirm tickte es einmal, dann zeigte er frühere Testresultate der Nebeneffekte des Abgasprojektes. Unten auf dem Schirm konnte sie lesen: ›Tangentiale Konsequenzen statistisch vernachlässigbar.‹

»Halt' ich für'n Gerücht«, sagte Janice.

Sie rief die Programmabteilung an. »Mit meinem Terminal stimmt was nicht«, sagte sie zu der Frau, die sich gemeldet hatte. »Hier ist Sue von der Peripheren Gleichrichtung. Liegt Ihr Problem im Programmablauf oder in der Hardware?«

Sie klang genauso wie Gail von der PR-Abteilung. »Kennen Sie zufällig Brad McAfee?« fragte sie.

»Er ist mein Verlobter«, sagte Sue. »Warum?«

Janice seufzte. »Ich kriege dauernd Anzeigen, die nichts mit dem zu tun haben, was ich eingegeben habe«, sagte Janice.

»Oh, dann brauchen Sie eine Hardware-Reparatur. Die Nummer finden Sie in Ihrem Terminal-Handbuch«, sagte sie und legte auf.

Janice rief das Terminal-Handbuch auf. Zuerst geschah überhaupt nichts. Dann tickte es einmal im Bildschirm, und sie sah etwas mit dem Titel: ›Projekt Sally‹. Janice bemerkte Lynn Saunders Namen im unteren Viertel des Bildschirms, und Sally Mowens Namen ganz unten. Sie begann es von oben ganz durchzulesen. Dann drückte sie PRINT und las es noch einmal, während es sich aus dem Drucker schlängelte. Als der Ausdruck beendet war, riß sie das Blatt vorsichtig ab, legte es in einen Aktenordner und verstaute den Ordner in ihrem Schreibtisch.

»Ich habe deinen Handschuh im Aufzug gefunden«, sagte Sally, als sie eintrat. Sie sah schrecklich aus, so als hätte sie die Erfahrung, Mr. Mowens Handschuh zu finden, völlig überfordert. »Ist die Pressekonferenz schon vorbei?«

»Ich bin gar nicht hingegangen«, sagte Mr. Mowen. »Ich hatte Angst, vor einen Baum zu fahren. Könntest du mich zum Büro rüberfahren? Ich habe Janice gesagt, ich wäre bis neun Uhr da, und jetzt ist es schon halb eins.«

»Baum?« sagte Sally. »Ich bin heute aus einem Baum gefallen. Auf einen Linguisten.«

Mr. Mowen legte seinen Übermantel an und wühlte in seinen Taschen herum. »Ich habe den zweiten Handschuh verloren«, sagte er. »Das macht zusammen achtundfünfzig Unglücksfälle seit heute morgen, und die letzten zwei Stunden habe ich mucksmäuschenstill dagesessen. Ich hab eine Liste gemacht. Der Stift ist abgebrochen, dann der Radiergummi, und dann habe ich ein Loch ins Papier radiert, und das habe ich nicht mal mitgezählt.« Er steckte den einsamen Handschuh in seine Manteltasche.

Sally öffnete ihm die Tür, und sie gingen den Gang hinunter zum Aufzug. »Ich hätte das mit dem Mond nicht sagen dürfen«, sagte sie. »Ich hätte einfach ›Hallo‹ sagen sollen. Einfach nur ›Hallo‹. Und wenn auch die Nachricht besagte, daß er jemanden sucht, der Sprache schöpfen kann, bedeutet das doch nicht, daß ich sofort damit anfangen mußte, ohne ihm überhaupt gesagt zu haben, wer ich war.«

Mr. Mowen drückte seine persönliche Kombination in die Tastatur des Aufzuges. Die UNGÜLTIG-Lampe leuchtete auf. »Neunundfünfzig«, sagte Mr. Mowen. »Das sind zu viele Zufälle, um noch Zufälle zu sein. Und alle unangenehm. Fast könnte ich glauben, jemand versucht, mich umzubringen.«

Sally gab ihren Code ein. Die Aufzugtür glitt auf. »Ich bin stundenlang herumgerannt und habe versucht, einen Grund dafür zu finden, warum ich nur so dumm war«, sagte Sally. »Er war zu mir unterwegs. Zur Pressekonferenz. Er hatte mir etwas zu sagen. Wäre ich nach dem Fall einfach aufgestanden und hätte gesagt: ›Hallo, ich bin Sally Mowen, und ich habe diese Nachricht gefunden. Suchen Sie wirklich jemanden, der Sprache schöpfen kann?‹ Aber nein, ich mußte sagen: ›Der Mond blaut.‹ Ich hätte ihn einfach küssen und überhaupt nichts sagen sollen. Aber nein, ich konnte es einfach nicht lassen.«

Mr. Mowen ließ Sally den Erdgeschoß-Knopf im Aufzug drücken, damit keine weiteren Warnlichter aufleuchteten. Und er ließ sie die Haustür des Apartmenthauses öffnen. Auf dem Weg zum Wagen trat er auf einem Kaugummi.

»Sechzig. Wüßte ich es nicht besser, würde ich sagen, deine Mutter steckt dahinter«, sagte Mr. Mowen. »Sie kommt heute nachmittag hier rauf. Sie will sehen, ob ich mit meinen chauvinistischen Rollenerwartungen dein Selbstverwirklichungspotential unterdrücke. Das könnte schon allein für ein Dutzend Mißgeschicke zählen.« Er stieg in den Wagen, wobei er sich weit in den Sitz zurücklehnte, um nicht mit dem Kopf an die Sonnenblende zu stoßen. Er linste durch das Fenster zum grauen Himmel hinauf. »Vielleicht gibt es einen Blizzard, so daß sie gar nicht aus Cheyenne wegkommt.«

Sally langte nach etwas unter dem Fahrersitz. »Hier ist dein zweiter Handschuh«, sagte sie, reichte ihn ihrem Vater und startete den Wagen. »Diese Nachricht war in der Mitte durchgerissen. Warum habe ich nicht über die Worte nachgedacht, die fehlten, statt anzunehmen, die Botschaft wäre vollständig? Er brauchte vielleicht einen Elektriker, der eine Fremdsprache beherrscht. Nur weil mir sein Bild gefiel und weil ich glaubte, er könnte Englisch sprechen, mußte ich mich total zur Närrin machen.«

Als sie die halbe Strecke zum Büro hinter sich hatten, begann es zu schneien. Sally schaltete die Scheibenwischer ein. »Bei meinem Glück«, sagte Mr. Mowen, »gibt es einen Blizzard, und wir werden hier mit Charlotte eingeschneit.« Er sah durch das Seitenfenster zu den Schornsteinen hinüber. Sie schossen gerade wieder eine blauschillernde Ladung in den Himmel. »Es ist dieses Abgasprojekt. Irgendwie verursacht es alle diese verdammten Zwischenfälle.«

Sally sagte: »Ich suche und suche jemanden, der vernünftig Englisch spricht, und als ich ihn endlich treffe, was sage ich da? ›Sie mich mit ihrem Gesicht aufgefangen.‹ Und er glaubt jetzt, jemand mit Namen Brad McAfee hätte mich auf ihn angesetzt, um ihn von einer Pressekonferenz abzuhalten, und er wird niemals wieder ein Wort mit mir sprechen. So eine Dummheit! Wie konnte ich nur so dumm sein?«

»Ich hätte nicht zulassen dürfen, das Projekt ohne weitere Tests in Gang zu setzen«, sagte Mr. Mowen. »Was, wenn wir zuviel Ozon in die Ozonschicht schießen? Was, wenn dieser Natriumkarbonat-Fallout etwas mit der Verdauung der Leute anrichtet? Keine meßbaren Nebeneffekte, haben die gesagt. Nun, wie mißt man Pech? Mit einem Schicksalskoeffizienten?«

Sally war direkt vor Mr. Mowens Büro in eine Parklücke gefahren. Es schneite jetzt heftig. Mr. Mowen zog den Handschuh an, den Sally ihm gegeben hatte. Er forschte in seinen Taschen nach dem zweiten. »Einundsechzig«, sagte er. »Sally, würdest du mit mir hineingehen? Ich bringe den Fahrstuhl nie in Gang.«

Sally begleitete ihn in das Gebäude. Auf dem Weg zum Fahrstuhl sagte sie: »Wenn du so überzeugt bist, daß das Abgasprojekt für dein Pech verantwortlich ist, warum weist du die Forschungsabteilung dann nicht an, es abzustellen?«

»Sie würden mir niemals glauben. Oder hast du schon mal was von unglücklichen Zufällen als Nebeneffekt von Müll gehört?«

Sie betraten das vordere Büro. Janice sagte: »Hallo«, so als wären sie gerade von einer Arktis-Expedition zurückgekehrt. Mr. Mowen sagte: »Danke, Sally. Ich glaube, von hier aus komme ich allein weiter zurecht.« Er tätschelte ihr die Schulter. »Warum erklärst du diesem jungen Mann nicht einfach, was passiert ist, und sagst ihm, daß es dir leid tut?«

»Ich glaube nicht, daß das funktionieren würde«, sagte Sally. Sie küßte ihn auf die Wange. »Wir sind miserabel in Form, nicht wahr?«

Mr. Mowen wandte sich an Janice. »Verbinden Sie mich mit der Forschungsabteilung, und lassen Sie meine Frau nicht rein«, sagte er, ging in sein Büro und schloß die Tür. Es gab ein Krachen, und danach waren Mr. Mowens unterdrückte Flüche zu hören.

Janice seufzte. »Ihr junger Mann da«, sagte sie zu Sally, »ist sein Name vielleicht zufällig Brad McAfee?«

»Nein«, sagte Sally, »aber er glaubt, daß er so heißt.«

Auf dem Weg zum Fahrstuhl blieb sie kurz stehen, hob Mr. Mowens Handschuh auf und steckte ihn in die Tasche.

Nachdem Mr. Mowens Sekretärin aufgelegt hatte, rief Sue Brad an. Sie war nicht sicher, welche Verbindung zwischen Brad und dem Ausfall des Terminals von Mr. Mowens Sekretärin bestand. Aber sie hielt es für besser, ihn wissen zu lassen, daß Mr. Mowens Sekretärin seinen Namen kannte.

Es nahm niemand ab. Sie versuchte es mittags noch einmal, und ein weiteres Mal in ihrer Nachmittagspause. Beim dritten Mal war die Leitung besetzt. Um Viertel nach drei kam ihr Vorgesetzter herein und sagte Sue, sie könnte früher gehen, weil für die Zeit der Rush-hour schwere Schneefälle angesagt waren. Sue versuchte Brads Nummer ein letztes Mal, um sicherzugehen, daß er da war. Es war immer noch besetzt.

Es kam ihr sehr gelegen, daß sie früher gehen konnte. Sie hatte zur Arbeit nur eine Wolljacke angezogen, und es schneite bereits so heftig, daß sie durch das Fenster kaum noch etwas sehen konnte. Außerdem trug sie nur Sandalen. Irgend jemand hatte ein Paar hellblaue Schistiefel in der Garderobe stehengelassen, die sie nun über die Sandalen zog. Dann ging sie zum Parkplatz hinaus. Sie wischte mit dem Ärmel ihrer Jacke den Schnee von der Windschutzscheibe und machte sich auf den Weg zu Brads Apartment hinüber.

»Du bist nicht zur Pressekonferenz getigert«, sagte Brad, als Ulric hereinkam.

»Nein«, sagte Ulric. Er zog sich den Mantel nicht aus.

»Old Man Mowen ist auch nicht gekommen. War auch gut so, weil ich an seiner Stelle mit den ganzen Reportern labern mußte. Wohin hat's dich denn verschlagen? Du siehst kälter aus als 'n Otter unter 'ner Lawine.«

»Ich war bei der Schnecke, die du für mich ausgegraben hast. Der du gesagt hast, sie soll auf mich draufspringen, damit ich die Pressekonferenz verpasse und dir bei Sally Mowen nicht ins Gehege komme.«

Brad saß vor seinem Terminal. »Sally war nicht da, was sich als glücklicher Zufall herausstellte, weil ich diese Reporterin Jill, die ...« Er wandte sich um und sah Ulric an. »Von welcher Schnecke sprichst du denn?«

»Von der, die du freundlicherweise aus einem Baum auf mich runterfallen ließest. Das war bestimmt eine deiner Reserve-Verlobten. Was hast du gemacht? Hast du sie aus dem Fenster deines Apartments klettern lassen?«

»Damit ich dich recht verstehe: Aus diesem alten Baumwollbaum ist ein Mädchen auf dich runtergefallen? Und du meinst, ich würde dahinterstecken?«

»Nun, und wenn nicht, dann war es doch ein erstaunliches Zusammentreffen, daß der Ast genau in jenem Augenblick brach, als ich darunter herging. Und es war ein noch erstaunlicheres Zusammentreffen, daß sie Sprache schöpfte – genau das, was auf deinem Ausdruck zu lesen war. Das erstaunlichste Zusammentreffen überhaupt aber ist der Schlag auf die Nase, den du jetzt sofort bekommen wirst.«

»Nun sei doch nicht so ein Dummpfuscher! Ich hab keine Schnecke auf dich runterfallen lassen. Wenn ich lüge, dann will ich auf der Stelle von Grashüpfern zu Tode getrampelt werden. Wenn ich sowas vorgehabt hätte, hätte ich dir eine besorgt, die gutes Englisch spricht, wie du es wolltest, und nicht ... Was sagtest du, hat sie gemacht? Sprache geschöpft?«

»Und ich soll dir glauben, daß das alles nur Zufälle waren?« rief Ulric. »Für was für einen ... einen Turnschuh hältst du mich denn eigentlich?«

»Ich muß gestehen, daß sowas wirklich äußerst selten passiert«, sagte Brad nachdenklich. »Heute morgen hab ich auf dem Weg zur Pressekonferenz eine Hundertdollarnote gefunden. Dann hab ich diese Reporterin Jill kennengelernt, wir sind ins Gespräch gekommen, und wir haben soviel gemeinsam; ihr Lieblingsfilm ist zum Beispiel *Lay that Rifle Down* mit Judy Canova, und dann stellte sich auch noch heraus, daß sie im letzten Jahr Sally Mowens Zimmergenossin im College war.«

Das Telefon klingelte. Brad nahm ab. »Hallo, mein scharfer kleiner Pfirsich! Komm ruhig rüber. Es ist der große Wohnblock neben dem Orientalischen Garten. Apartment 6B.« Er legte den Hörer auf. »Siehst du, das meinte ich gerade! Es war diese Reporterin. Ich hab sie gebeten, rüberzukommen, weil ich sie ein bißchen lieblinken will, damit sie mich Sally Mowen vorstellt, aber sie hat gesagt, das ginge nicht, weil sie 'n Flugzeug in Cheyenne kriegen müßte. Aber jetzt sagt sie, die Autobahn wäre dicht, und sie hinge hier in Chugwater fest. Und sowas von Glück gibt's nur alle Jubeljahre, wenn der Mond blau ist.«

»Bitte?« murmelte Ulric, während er zum erstenmal, seit er das Zimmer betreten hatte, die geballte Faust öffnete. Er ging zum Fenster und schaute hinaus. Er konnte den Mond nicht sehen, der vorher noch am Himmel gestanden hatte. Wahrscheinlich war er schon lange untergegangen, und es begann sowieso zu schneien. »Der Mond blaut«, sagte er leise zu sich selbst.

»Wenn sie jetzt rüberkommt, solltest du vielleicht zügig abtauchen, um die Glückssträhne nicht zu ruinieren, die ich gerade habe.«

Ulric zog das Wörterbuch des amerikanischen Slang aus dem Bord und schlug im Verzeichnis nach: ›Mond, blau‹. Die Eintragung lautete: ›Wenn der Mond blau ist, alle Jubeljahre; selten, Zusammentreffen ungewöhnlicher Ereignisse, urspr.: selten wie ein blauer Mond; beruht auf dem seltenen Phänomen eines durch Aerosolteilchen in den höheren Atmosphäreschichten blaugefärbten Mondes; siehe auch Aberglaube.‹ Er sah wieder aus dem Fenster. Die Schornsteine bliesen gerade einen weiteren Strahl durch die grauen Wolken nach oben.

»Brad«, sagte er, »schießt dein Abgasprojekt Aerosole in höhere Atmosphäreschichten?«

»Genau das ist die Idee dabei«, sagte Brad. »Ich will ja kein Nervensägerich sein, aber diese Reporterschnecke kann jeden Augenblick hier reinschneien.«

Ulric schlug unter ›Aberglaube‹ nach. Die Eintragung unter ›Mond, blau‹ lautete: ›Alle Jubeljahre, wenn der Mond blau ist; volkstüml.; SO d. USA, regionaler Aberglaube, der Blaufärbung des Mondes und ungewöhnliche Ereignisse in Verbindung bringt; Ursprung nicht bekannt.‹

Er schloß das Buch. »Zusammentreffen ungewöhnlicher Ereignisse«, sagte er. »Äste brechen, Leute fallen auf Leute, Leute finden Hundertdollarnoten. Alles ungewöhnliche Ereignisse.« Er blickte zu Brad auf. »Du weißt nicht zufällig, wie diese Redensart entstanden ist, wie?«

»Nervensägerich? Das stammt wahrscheinlich von einem Typ, der auf ein Mädchen gewartet hat, während dieser andere Typ einfach nicht die Kurve kratzen wollte, damit sie allein sein konnten.«

Ulric öffnete das Buch wieder. »Aber wenn die Ereignisse unangenehm wären, dann könnte es doch gefährlich werden, oder? Irgend jemand könnte verletzt werden.«

Brad nahm ihm das Buch aus der Hand und drängte Ulric zur Tür hinaus. »Jetzt zieh aber Leine!« sagte er. »Du machst mich schon wieder ganz panne.«

»Wir müssen es Mister Mowen sagen. Wir müssen es abstellen«, sagte Ulric, aber Brad hatte schon die Tür geschlossen.

»Hallo, Janice!« sagte Charlotte. »Immer noch die unterdrückte Frau in einer entwürdigenden, männlich dominierten Position, wie ich sehe.«

Janice legte den Hörer auf. »Hallo, Charlotte!« sagte sie. »Schneit es schon?«

»Ja«, sagte Charlotte, während sie ihren Mantel ablegte. Am Aufschlag war ein roter Button angeheftet. Darauf stand: ›JETZT ... oder nie!‹ »Wir haben gerade im Radio gehört, daß sie den Highway geschlossen haben. Wo ist Ihr reaktionärer, chauvinistischer Arbeitgeber?«

»Mister Mowen ist sehr beschäftigt«, sagte Janice. Sie stand für den Fall auf, daß sie sich mit dem Rücken vor Mr. Mowens Tür postieren mußte, damit Charlotte nicht hineinkam.

»Ich habe kein Bedürfnis, diese letzte Bastion sadistischer männlicher Dominanz zu sehen«, sagte Charlotte. Sie zog ihre Handtasche aus und rieb die Hände gegeneinander. »Wir sind auf dem Weg hierher fast eingefroren. Lynn Saunders ist zusammen mit mir raufgekommen. Ihre Mutter läßt sich nun doch nicht scheiden. Ihr Bedürfnis nach Unabhängigkeit hat sich beim ersten Anzeichen von sozialer Mißbilligung in Wohlgefallen aufgelöst, fürchte ich. Lynn fand einen Nachricht auf ihrem Terminal, daß sie Sie anrufen sollte, aber sie kam nicht durch. Sie bat mich, Ihnen zu sagen, daß sie herkommt, sobald sie sich bei ihrem Verlobten gemeldet hat.«

»Brad McAfee«, sagte Janice.

»Ja«, sagte Charlotte. Sie setzte sich in den Stuhl vor Janice' Schreibtisch und zog ihre Stiefel aus. »Ich hatte den ganzen Weg von Cheyenne das Vergnügen, ihren Lobgesang auf ihn zu hören. Armes manipuliertes Opfer männlich-unterdrückender Propaganda. Ich versuchte ihr zu sagen, daß sie dem gesamten männlichen soziosexuellen Establishment nur in die Hände spielt, wenn sie sich verlobt, aber sie wollte es nicht hören.« Sie hörte auf, ihren Fuß durch die Socke zu massieren. »Was meinen Sie damit, er wäre sehr beschäftigt? Sagen Sie diesem arroganten Sexistenschwein, daß ich hier bin und ihn sehen will.«

Janice setzte sich wieder hin und zog den Ordner mit dem ›Projekt Sally‹ aus der Schreibtischschublade. »Charlotte«, sagte sie, »ich frage mich, ob Sie mir nicht vorher noch zu einer Sache Ihre Meinung sagen würden.«

Charlotte tappte in Socken zum Schreibtisch hinüber. »Aber sicher«, sagte sie. »Worum geht es denn?«

Sally wischte mit bloßen Händen den Schnee von der Heckscheibe und stieg in den Wagen. Sie hatte den Außenspiegel vergessen. Er war total mit Schnee verkrustet. Sie kurbelte das Fenster herunter und fegte mit der Hand darüber. Der Schnee landete in ihrem Schoß. Sie erschauderte und kurbelte das Fenster wieder hoch, dann saß sie eine Minute nur da und wartete darauf, daß das Gebläse seine Arbeit aufnahm, während sie ihre kalten, nassen Hände anhauchte. Sie hatte irgendwo ihre Handtasche verloren.

Aus dem Gebläse kam überhaupt keine Luft. Sie rieb eine kleine Stelle frei, damit sie etwas sehen konnte, wenn sie aus der Parklücke fuhr, und setzte den Wagen in Bewegung. Im letzten Augenblick sah sie durch den dichten Schneevorhang die gespenstische Silhouette eines Mannes und trat auf die Bremse. Der Motor starb ab. Der Mann, den sie beinahe angefahren hätte, kam zum Fenster herum und bedeutete ihr, das Fenster herunterzukurbeln. Es war Ulric.

Sie kurbelte das Fenster herunter. Eine weitere Ladung Schnee fiel ihr in den Schoß. »Ich hatte schon Angst, ich würde Sie niemals wiedersehen«, sagte Ulric.

»Ich ...«, sagte Sally, aber er brachte sie mit einer Handbewegung zum Schweigen.

»Ich hab nicht viel Zeit. Es tut mir leid, daß ich Sie heute morgen angeschrien habe. Ich dachte ... jedenfalls, ich weiß jetzt, daß es nicht wahr war. Es waren viele Zufälle, die ... jedenfalls muß ich jetzt sofort was erledigen, was nicht warten kann, aber ich möchte, daß Sie hier auf mich warten. Wollen Sie das tun?«

Sie nickte.

Er schauderte und steckte die Hände in die Taschen. »Sie werden noch erfrieren hier draußen. Wissen Sie, wo die Wohneinheit am Orientalischen Garten ist? Ich wohne im sechsten Stock, Apartment B. Ich möchte, daß Sie dort auf mich warten. Wollen Sie das tun? Haben Sie ein Stück Papier?«

Sally grub in ihren Taschen und zog das zusammengefaltete Stück mit der Aufschrift: ›Gesucht: Junge Frau‹ heraus. Sie betrachtete es einen Augenblick, dann reichte sie es Ulric. Er faltete es nicht einmal auseinander. Er kritzelte ein paar Zahlen darauf und gab es ihr zurück.

»Das ist mein Sicherheitscode«, sagte er. »Sie brauchen ihn für den Aufzug. Mein Zimmerkamerad wird Sie in das Apartment lassen.« Er hielt inne und sah sie fest an. »Auf der anderen Seite ... Sie sollten lieber in der Halle auf mich warten. Ich komme so schnell wie möglich zurück.« Er beugte sich vor und küßte sie durch das Fenster. »Ich will dich nicht noch einmal verlieren.«

»Ich ...«, stammelte Sally, aber er war schon im Schnee verschwunden. Sally kurbelte das Fenster wieder hoch. Die Scheibe war wieder mit Schnee bedeckt. Sie legte die Hand vor das Gebläse. Es kam immer noch keine Luft heraus. Sie stellte die Scheibenwischer an. Nichts rührte sich.

Gail kam erst um zwei Uhr in ihr Büro zurück. Nach der Pressekonferenz hatten sie die Reporter umlagert und ihr Fragen über Mr. Mowens Abwesenheit und das Abgasprojekt gestellt. Als sie dann endlich in ihr Büro zurückgekehrt war, begannen sie anzurufen, so daß es fast drei Uhr wurde, ehe sie ihre Presseerklärung für die Pressekonferenz in Angriff nehmen konnte. Sie stand fast sofort vor einem Problem. Ihre Notizen erwähnten Nebeneffekte, und sie wußte, daß Brad sie näher bezeichnet hatte, aber sie hatte es nicht aufgeschrieben. Sie konnte den Bericht unmöglich herausgeben, ohne die Nebenwirkungen zu erläutern, sonst würde sich die Presse zu allen möglichen beunruhigenden Schlußfolgerungen versteigen. Sie rief Brad an. Es war besetzt. Sie stopfte alles in einen großen braunen Umschlag und machte sich auf den Weg zu seinem Apartment, um ihn zu fragen.

»Haben Sie die Forschungsabteilung schon erreicht?« fragte Mr. Mowen, als Janice sein Büro betrat.

»Nein«, sagte Janice. »Die Leitung ist immer noch besetzt. Ulric Henry ist gekommen. Er will Sie sprechen.«

Mr. Mowen stieß vor seinen Schreibtisch und stand auf. Die Bewegung warf Sallys Bild und einen Behälter voller Stifte um. »Sie können ihn ruhig reinschicken. Bei meinem

Glück hat er wahrscheinlich herausgefunden, warum ich ihn eingestellt habe, und ist gekommen, um zu kündigen.«

Janice ging hinaus, und Mr. Mowen versuchte, die Stifte einzusammeln, die sich auf seinem Schreibtisch ausgebreitet hatten. Er steckte sie in ihren Behälter zurück. Einer rollte über den Tischrand, und Mr. Mowen beugte sich über den Tisch, um ihn aufzufangen. Sallys Bild fiel wieder um. Als Mr. Mowen aufschaute, beobachtete ihn Ulric Henry. Er langte nach dem letzten Stift und stieß mit dem Ellbogen den Hörer vom Telefon.

»Wie lange geht das schon so?« fragte Ulric.

Mr. Mowen richtete sich auf. »Es hat heute morgen angefangen. Ich bin nicht sicher, ob ich den heutigen Tag überlebe.«

»Genau das hatte ich befürchtet«, sagte Ulric und holte tief Luft. »Sehen Sie, Mister Mowen, ich weiß, daß Sie mich als Linguisten eingestellt haben, und es ist wahrscheinlich nicht meine Aufgabe, mich in die Arbeit der Forschungsabteilung einzumischen, aber ich glaube, Sie wissen, warum Ihnen diese Dinge passieren.«

Ich habe dich eingestellt, damit du Sally heiratest und Vizepräsident wirst und sagst, was du denkst, dachte Mr. Mowen. Und du kannst dich einmischen, in was du willst, wenn du es schaffst, diese lächerlichen Dinge abzustellen, die mir schon den ganzen Tag passieren.

Ulric deutete aus dem Fenster. »Wegen des Schnees können Sie es nicht sehen, aber der Mond ist blau. Er ist schon die ganze Zeit blau, seit Sie dieses Abgasprojekt in Betrieb genommen haben. ›Wenn der Mond blau ist‹, ist eine alte Redensart, die bedeuten soll, daß etwas selten passiert. Ich glaube, die Redensart könnte entstanden sein, weil sich bestimmte Ereignisse immer häuften, wenn der Mond blau war. Ich glaube, das könnte etwas mit den Teilchen in der Stratosphäre zu tun haben, die die Gesetze der Wahrscheinlichkeit beeinflussen. Ihr Abgasprojekt bläst in diesem Augenblick Teilchen in die Stratosphäre. Ich glaube, diese Zufälle sind eine Nebenwirkung.«

»Ich *wußte* es«, sagte Mr. Mowen. »Das ist dieselbe Geschichte wie bei Walter Hunt und der Sicherheitsnadel. Ich rufe die Forschungsabteilung an.« Er langte nach dem Hörer. Das Kabel des Hörers verfing sich an der Tischkante. Als er daran riß, fiel das Telefon klappernd über den Rand und nahm den Bleistifthalter und Sallys Bild mit. »Würden Sie die Forschungsabteilung für mich anrufen?«

»Selbstverständlich«, sagte Ulric. Er wählte die Nummer, dann reichte er den Hörer Mr. Mowen.

Mr. Mowen donnerte: »Stellen Sie das Abgasprojekt ab! Sofort! Und schicken Sie auf der Stelle alle zu mir rüber, die irgendwie mit dem Projekt zu tun haben!« Er legte den Hörer auf und linste aus dem Fenster. »Schön. Sie haben es abgestellt«, sagte er und wandte sich wieder an Ulric. »Und was nun?«

»Ich weiß es nicht«, sagte Ulric vom Boden aus, wo er die Stifte aufhob. »Ich glaube, sobald der Mond seine blaue Farbe verliert, werden sich die Gesetze der Wahrscheinlichkeit wieder normalisieren. Oder sie bringen sich von selbst wieder ins Gleichgewicht, und Sie haben für ein oder zwei Tage jede Menge Glück.« Er stellte den Bleistifthalter auf den Tisch zurück und hob Sallys Bild auf.

»Ich hoffe, daß es sich normalisiert, bevor meine Exfrau zurückkommt«, sagte Mr. Mowen. »Sie war schon einmal hier, aber Janice konnte sie abwimmeln. Ich wußte, daß sie auch so eine Art Nebenwirkung war.«

Ulric schwieg. Er betrachtete Sallys Bild.

»Das ist meine Tochter«, sagte Mr. Mowen. »Sie hat in Englisch promoviert.«

Ulric stellte das Bild auf den Tisch. Es fiel um und schubste den Bleistifthalter wieder auf den Boden. Ulric tauchte nach den Stiften.

»Kümmern Sie sich nicht um die Stifte!« sagte Mr. Mowen. »Ich hebe sie auf, wenn der Mond wieder normal wird. Sie ist zu Hause, sie hat Urlaub wegen des Erntedankfestes. Sie könnte Ihnen über den Weg laufen. Ihr besonderes Studiengebiet ist Sprachschöpfung.«

Ulric stand auf und stieß mit dem Kopf vor den Schreibtisch. »Sprachschöpfung«, sagte er und verließ das Büro.

Mr. Mowen ging hinaus, um Janice zu sagen, daß sie die Forschungsleute sofort hereinschicken sollte, wenn sie ankämen. Neben Janice' Schreibtisch lag einer von Ulrics Handschuhen auf dem Boden. Mr. Mowen hob ihn auf. »Hoffentlich hat er recht damit, daß man diese Zufälle abstellen kann, indem man die Schornsteine abschaltet«, sagte er. »Ich glaube, das könnte funktionieren.«

Lynn rief Brad sofort an, nachdem Charlotte sie abgesetzt hatte. Vielleicht wußte er, warum Mr. Mowens Sektretärin sie sprechen wollte. Es war besetzt. Sie zog ihren Parka aus, stellte ihren Koffer ins Schlafzimmer und versuchte es noch einmal. Es war immer noch besetzt. Sie zog ihren Parka wieder an, dann ein Paar rote Fausthandschuhe und machte sich durch den Orientalischen Garten auf den Weg zu Brads Apartment.

»Sind diese Einfaltspinsel von der Forschungsabteilung schon da?« fragte Mr. Mowen Janice.

»Ja, Sir. Alle außer Brad McAfee. Seine Leitung ist besetzt.«

»Nun, dann geben Sie ein Vorrangsignal auf sein Terminal. Und schicken Sie ihn rein.«

»Ja, Sir«, sagte Janice. Sie ging zu ihrem Schreibtisch zurück und rief ein Verzeichnis auf ihr Terminal. Zu ihrer Überraschung bekam sie es auch. Sie schrieb Brads Code ein und drückte den Vorrang-Knopf. Der Computer druckte ERROR. Ich wußte, daß das nicht lange gutgehen konnte, dachte Janice. Sie tippte den Code noch einmal ein. Diesmal druckte der Computer: VORRANGSIGNAL BEREITS EINGEGEBEN. Janice dachte einen Augenblick nach, dann entschied sie, daß das andere Vorrangsignal, egal, was es war, nicht wichtiger sein konnte als das von Mr. Mowen. Sie gab ein Vorrangsignal höchster Priorität ein und tippte: ›Mr. Mowen will Sie sofort sprechen.‹ Der Computer bestätigte es sofort.

Durch ihren Erfolg bestärkt, wählte Janice noch einmal

Brads Nummer. Er meldete sich selbst. »Mr. Mowen möchte Sie sofort sprechen«, sagte sie.

»Ich bin schneller da als ein geölter Blitz«, sagte Brad und legte auf.

Janice ging wieder hinein und meldete Mr. Mowen, Brad McAfee sei unterwegs. Dann scheuchte sie die Forschungsleute in sein Büro. Als Mr. Mowen aufstand, um sie zu begrüßen, riß er nichts mit sich; aber einer der Forschungsleute schaffte es, den Bleistifthalter wieder umzuwerfen. Janice half, sie aufzusammeln.

Als sie an ihren Schreibtisch zurückkehrte, fiel ihr ein, daß sie ein Vorrangsignal in Brads Terminal verdrängt hatte. Sie fragte sich, was es gewesen sein konnte. Vielleicht war Charlotte zu seinem Apartment gegangen, hatte ihn vergiftet und dann ein Vorrangsignal aufgelegt, damit er nicht um Hilfe rufen konnte. Es war ein irgendwie beruhigender Gedanke, aber das Signal konnte etwas Wichtiges gewesen sein, und nun, da sie ihn am Telefon erreicht hatte, gab es wirklich keinen Grund mehr, das Prioritätssignal aufgeschaltet zu lassen. Janice seufzte und tippte einen Widerruf. Der Computer bestätigte ihn augenblicklich.

Jill öffnete die Tür zu Brads Apartmenthaus und blieb einen Augenblick stehen, um wieder zu Atem zu kommen. Sie hätte am Abend eigentlich nach Cheyenne zurückfahren müssen, und sie hatte kaum den Weg durch Chugwater geschafft. Ihr Wagen war auf der Straße ausgebrochen und steckengeblieben, und sie hatte ihn schließlich verlassen und war zu Fuß gekommen, um Brad zu bitten, ihr beim Aufziehen von Schneeketten zu helfen. Sie suchte ungeschickt in ihrer Börse nach der Nummer, die Brad ihr aufgeschrieben hatte, damit sie den Fahrstuhl benutzen konnte. Sie hätte ihre Handschuhe ausziehen sollen.

Eine junge Frau ohne Handschuhe stieß die Tür auf und ging zu einem der beiden Fahrstühle, tippte einige Nummern ein und verschwand in dem nähergelegenen Aufzug. Die Türen schlossen sich. Sie hätte mit ihr hinauffahren sollen. Jill kramte weiter, bis sie einige zusammengefaltete Papierstücke in der Hand hielt. Sie versuchte, das erste auseinanderzufalten, gab es auf und balancierte sie alle auf einer Hand, während sie versuchte, sich mit den Zähnen den anderen Handschuh auszuziehen.

Die Außentür öffnete sich, und eine Bö voller Schneeflokken wehte ihr die Papiere aus der Hand und zur Tür hinaus. Sie stürzte ihnen nach, doch sie wirbelten im Schnee davon. Der Mann, der die Tür geöffnet hatte, befand sich schon in dem zweiten Aufzug. Die Türen glitten zu. Oh, verdammt noch mal!

Sie sah sich nach einem Telefon um, um Brad anzurufen und ihm zu sagen, daß sie hier unten gestrandet war. An der hinteren Wand gab es einen Apparat. Der erste Aufzug war wieder auf dem Weg nach unten, zwischen dem dritten und dem vierten Stock. Der zweite stand auf Sechs. Sie ging zum Telefon hinüber, zog sich beide Handschuhe aus und stopfte sie in ihre Manteltasche. Dann nahm sie den Hörer ab.

Eine junge Frau in einem Parka und mit roten Fausthandschuhen kam zur Außentür herein, ging aber nicht zu den Aufzügen hinüber. Sie blieb mitten in der Halle stehen und bürstete sich den Schnee vom Mantel. Jill wühlte in ihrer Tasche und suchte eine passende Münze. Sie hatte kein Kleingeld im Portemonnaie, aber sie hoffte, auf dem Boden der Handtasche noch ein paar Zehner zu finden. Die Türen des zweiten Aufzuges glitten auf, und die Frau mit den Handschuhen eilte hinein.

Sie fand unten in ihrer Tasche eine Münze und wählte Brads Nummer. Es war besetzt. Der erste Aufzug stand jetzt auf Sechs. Sie wählte noch einmal Brads Nummer.

Die Türen des zweiten Aufzugs glitten auf. »Moment!« sagte sie und ließ den Hörer fallen. Der Hörer traf ihre Tasche und verstreute den Inhalt auf dem Boden. Die Außentür ging wieder auf, und Schnee wirbelte herein. »Drücken Sie auf den Halteknopf!« sagte die Frau in mittleren Jahren, die gerade von draußen hereingekommen war. Sie trug an ihrem Mantel einen Button mit der Aufschrift ›JETZT … oder nie!‹ und hielt einen Ordner vor die Brust gepreßt. Sie kniete nieder und hob einen Kamm, zwei Stifte und Jills Scheckheft auf.

»Danke«, sagte Jill dankbar.

»Wir Schwestern müssen zusammenhalten«, sagte die Frau grimmig. Sie stand auf und reichte Jill ihre Sachen. Sie betraten den Aufzug. Die Frau mit den Fausthandschuhen hielt ihnen die Tür auf. Im Innern war noch eine junge Frau, die einen Pullover und blaue Skistiefel trug.

»Sechs, bitte!« sagte Jill atemlos, während sie versuchte, alles in ihre Taschen zurückzustopfen. »Danke, daß Sie gewartet haben! Ich bin heute ein bißchen durcheinander.«

»Moment!« rief eine Stimme, und eine junge Frau im Hosenanzug und mit hochhackigen Schuhen, einen großen braunen Umschlag unter dem Arm, quetschte sich gerade noch herein, während die Tür schon zuging. »Sechs bitte!« sagte sie. »Der Windkältefaktor da draußen muß bei minus zwanzig liegen. Ich weiß nicht, wo mir der Kopf stand, als ich auf die Idee kam, bei so einem Wetter rüberzukommen, um Brad zu besuchen.«

»Brad?« fragte die Frau mit den roten Fausthandschuhen.

»Brad?« fragte Jill.

»Brad?« fragte die junge Frau mit den Skistiefeln.

»Brad McAfee«, sagte die Frau mit dem ›JETZT … oder nie!‹-Button grimmig.

»Ja«, sagte die junge Frau mit den hohen Absätzen überrascht. »Kennen Sie ihn alle? Er ist mein Verlobter.«

Sally tippte ihren Sicherheitscode ein, trat in den Aufzug und drückte den Knopf für den sechsten Stock. »Ulric, ich möchte dir erklären, was heute morgen passiert ist«, sagte sie, sobald die Aufzugstür geschlossen war. Sie hatte ihre Rede auf dem ganzen Weg zu Ulrics Wohnblock geübt. Sie hatte ewig gebraucht, um herzukommen. Die Scheibenwischer waren angefroren, und zwei Autos waren seitlich in den Schnee gerutscht und hatten einen Stau verursacht. Sie hatte ihr Auto abstellen und durch den Schnee im Orientalischen Garten marschieren müssen, aber ihr war immer noch nicht eingefallen, was sie sagen sollte.

›Mein Name ist Sally Mowen, und ich bin keine Sprachschöpferin.‹ Das kam nicht in Betracht. Sie konnte ihm nicht sagen, wer sie war. Sobald er erführe, daß sie die Tochter des Chefs war, würde er nicht mehr zuhören.

›Ich spreche Englisch, aber ich habe Ihre Nachricht gelesen, und darauf stand, daß Sie jemanden suchen, der Sprache schöpfen kann.‹ Nicht gut. Er würde fragen: ›Welche Nachricht?‹ Und sie würde sie aus der Tasche ziehen, und er würde sagen: ›Wo haben Sie die denn her?‹ Und sie würde erklären müssen, was sie da oben im Baum gemacht hatte. Sie würde vielleicht auch erklären müssen, wie sie erfahren hatte, daß er Ulric Henry war, und wie sie an seine Akte und an sein Bild gekommen war, und er würde niemals glauben, daß das alles nur ein Zufall war.

Nummer sechs begann zu blinken, und die Aufzugstür öffnete sich. Ich kann es nicht, dachte Sally und drückte wieder auf den Knopf für das Erdgeschoß. Auf halbem Wege nach unten fiel ihr ein, was sie als erstes sagen mußte. Sie drückte wieder auf sechs.

»Ulric, ich liebe dich«, übte sie. »Ulric, ich liebe dich.« Nummer sechs blinkte. Die Aufzugstür ging auf. »Ulric«, sagte sie. Er stand vor dem Aufzug und starrte sie an.

»Willst du nicht was sagen?« fragte er. »Wie etwa ›Ich verwidersprüchliche mich‹? Das wäre ein hübsches Beispiel für eine Zusammenziehung. Aber das weißt du natürlich. Sprachschöpfung ist ja dein Spezialgebiet, nicht wahr, Sally?«

»Ulric«, sagte Sally. Sie machte einen Schritt vorwärts und legte ihre Hand auf die Aufzugstür, damit sie sich nicht schloß.

»Du bist zum Erntedankfest nach Hause gekommen, und du hattest Angst, du würdest aus der Übung kommen, nicht wahr? Also dachtest du, du springst am besten aus einem Baum auf den Betriebslinguisten, damit du am Ball bleibst.«

»Wenn du einen Augenblick den Mund hältst, erkläre ich es dir«, sagte Sally.

»Nein, das ist nicht richtig«, sagte Ulric. »Es müßte heißen: ›Klapphalte dich‹, oder vielleicht auch ›Mundschließe dich‹. Klingt verrückter.«

»Wieso habe ich jemals geglaubt, ich könnte mit dir reden?« stöhnte Sally. »Warum habe ich jemals meine Zeit verschwendet, um für dich Sprache zu schöpfen?«

»Für mich?« sagte Ulric. »Warum, um alles in der Welt, glaubst du, ich wollte, daß du Sprache schöpfst?«

»Wegen ... ach, vergiß es!« sagte Sally. Sie drückte den Erdgeschoß-Knopf. Die Tür begann sich zu schließen. Ulric steckte seine Hand zwischen die zugleitenden Türen und riß sie auseinander. Dann drückte er den Halteknopf. Nichts geschah. Er tippte vier Zahlen ein und drückte noch einmal auf den Halteknopf. Es gab ein seltsames Klicken, und etwas begann zu piepsen, aber die Türen öffneten sich wieder.

»Verdammt noch mal!« sagte Ulric. »Jetzt hast du mich so durcheinandergebracht, daß ich Brads Sicherheitscode eingetippt habe, und jetzt habe ich seinen blöden Vorrang ausgelöst.«

»So ist das richtig«, sagte Sally, während sie die Hände in die Taschen schob. »Gib ruhig mir an allem die Schuld. Ich bin dann wohl auch die, die den Zettel auf den Baum legte, auf dem stand, daß du jemanden suchst, der Sprache schöpfen kann.«

Das Piepsen hörte auf. »Welchen Zettel?« fragte Ulric und ließ den Halteknopf los.

Sally nahm die Hand aus der Tasche, um wieder auf den Erdgeschoß-Knopf zu drücken. Ein Stück Papier fiel aus ihrer Tasche. Ulric trat ein, als ich die Türen zu schließen begannen, und hob das Papierstück auf. Nach einem Augenblick sagte er: »Paß auf, ich glaube, ich kann jetzt erklären, wie das alles passiert ist.«

»Dann solltest du dich aber hübsch beeilen«, sagte Sally. »Ich steige aus, wenn wir unten ankommen.«

Sobald Janice aufgelegt hatte, schnappte sich Brad seinen Mantel. Er konnte sich gut vorstellen, warum Old Man Mowen ihn sprechen wollte. Nachdem Ulric gegangen war, hatte Brad einen Anruf von *Time* erhalten. Sie hatten mehr als eine halbe Stunde über einen Fotografen und vierseitiges Layout für das Abgasprojekt verhandelt. Er dachte sich, sie hätten Old Man Mowen angerufen, um auch mit ihm über den Artikel zu sprechen, und richtig, sein Terminal hatte ihm piepsend ein Vorrang-Signal angekündigt, bevor er aufgelegt hatte. Es hörte auf, als er sich zum Terminal umdrehte, und der Bildschirm wurde leer; dann begann es wieder zu piepsen, doppelt so schnell – keine Frage, das war sein zukünftiger Schwiegerpapa. Bevor er dazu kam, die Nachricht zu lesen, rief Janice an. Er sagte ihr, er wäre schneller da als ein geölter Blitz, und stürmte aus der Tür.

Einer der Aufzüge stand auf Sechs und begann gerade seinen Weg nach unten. Der zweite stand auf Fünf und kam hoch. Er tippte seinen Sicherheitscode ein und steckte einen Arm in den Ärmel seines Mantels. Die Naht riß, und er fuhr mit dem ganzen Arm hinter das Futter. Er kämpfte ihn frei und versuchte, die Naht dahin zurückzubekommen, wo sie hingehörte. Sie riß noch weiter auf.

»Ach, hol's der Henker!« sagte er laut. Die Aufzugstür öffnete sich. Brad stieg ein, während er immer noch versuchte, seinen Arm in den Ärmel zu bekommen. Hinter ihm schloß sich die Tür wieder.

Die Schalttafel in der Tür begann zu piepsen. Das bedeutete ein Vorrangsignal. Vielleicht versuchte Mowen, ihn noch einmal anzurufen. Er drückte auf den TÜR-AUF-Knopf, aber nichts geschah. Der Aufzug begann seinen Abstieg.

»Verdammte Hacke!« sagte er.

»Tach, Brad«, sagte Lynn. Er drehte sich um.

»Du siehst aber ziemlich pieselig aus«, sagte Sue. »Findest du nicht auch, Jill?«

»Richtig unter Druck«, sagte Jill.

»Vielleicht ist er ganz panne«, sagte Gail.

Charlotte sagte überhaupt nichts. Sie drückte nur den Ordner vor die Brust und knurrte. Über ihnen flackerte das Licht, und der Aufzug kam knirschend zum Stehen.

EILMELDUNG: Die Firma Mowen Chemical hat heute den vorübergehenden Abschluß ihres pyrolytischen Abgasprojektes bekanntgegeben, bis mögliche Auswirkungen auf die Umwelt völlig geklärt sind. Lynn Saunders, die Direktorin des Projekts, deutete an, daß die Anlagen vorübergehend stillgelegt wurden, um während einer Reorientierungsphase verläßliche Vorhersagekriterien zu entwickeln. Unbestätigten Meldungen zufolge hat P. B. Mowen, der Präsident der Mowen Chemical, die bevorstehende Hochzeit zwischen seiner Tochter Sally und Ulric Henry bekanntgegeben, dem Vizepräsidenten und Verantwortlichen für sprachliche Effektivitätsdokumentation.

Aus dem Amerikanischen übersetzt von Jürgen Langowski

Gary Kilworth

Der unsichtbare Feind

Schatten und Sonnenschein gleichen sich.
Und eins sind Schande und Ruhm für mich.

Ralph Waldo Emerson: »Brahma«

Singapur, meine Wahlheimat, machte sich langsam auf dem Weg, den ihm die ersten Sonnenstrahlen wiesen. Es war Monsunzeit, und die Luftfeuchtigkeit war hoch: ein nasser Sonnentag.

Die Straßenkehrer waren unterwegs; sie schoben ihre Handkarren aus Buchsbaumholz in alle Himmelsrichtungen, um den Unrat des nächtlichen Getümmels wegzufegen. Als ich die Boogey Street hinunterging, winkte ich einigen Transsexuellen und Transvestiten zu, die immer noch an Tischen am Straßenrand saßen. Die *Kai Tai*: Weibliche Hormone verliehen vielen von ihnen einen Teint und eine oberflächliche Schönheit, die noch betörender waren als bei Frauen. Es war nichts Ungewöhnliches, daß Matrosen der Handelsmarine bei der Suche nach Huren ein Irrtum unterlief. Es war ohnehin ein schönes Volk: eine Mischung aus mehreren Kulturen des Ostens. Ich besaß eine Wesensverwandtschaft mit den *Kai Tai,* weil wir ähnliche Geheimnisse hatten: Wir gaben den Anschein von etwas, das wir nicht waren. Sie und ich, wir versteckten uns hinter aufgeschichteten Unwahrheiten: die *Kai Tai* hinter dem Erscheinungsbild von Frauen, und ich selbst ... ich gab vor, ein Mensch zu sein.

Einer von ihnen nickte mir zu, als ich vorbeiging.

»Guten Morgen, Dünner Chai!« sagte er.

»Morgen, Lucy!« lächelte ich. Ich sprach mit leiser Stimme. Die Nachtmenschen waren keine Rabauken oder Grobiane. Der ganze Lärm stammte von den Langnasen. Sie tranken unmäßig, schrien mit krabbengefülltem Maul herum, übergaben sich, wo sie gerade waren, und erfüllten die Luft der Straßen mit Gekreisch und heiserem Gelächter. Jansen war ein *Wai Lo:* ein Abendländischer. Vielleicht hatte ich deshalb einen galligen Geschmack im Mund? Ich war unterwegs, um ihn in der Rolle des Untergebenen zu treffen. Ich betrachtete es als Schande, daß ein *Wai Lo,* eine *Geisterperson,* sich für meinen Vorgesetzten hielt.

Japanische Motorräder brummten irgendwo hinter einer Reihe von Geschäften. Ein Ladenbesitzer, der auf der Veranda seines Anwesens in einem Bett aus Raffiabast döste, rührte sich und kratzte sich an seinem schmutzigen Unterhemd.

Die Stadt begann zu erwachen.

(Ich war am vorangegangenen Abend dagewesen, neben mir ein Mädchen, dessen Atem nach Orangen roch. Wir hatten abseits von den aufgehängten Laternen im Halbdunkel gesessen und den raschen Umwandlungsprozeß betrachtet: die Metamorphose, die Geld zu Gossenabfall machte. Ich spürte keinen Abscheu, nur ein distanziertes Interesse an der Narretei. Ich studierte die Künstlichkeit, wie ich sie nannte, obwohl Jansen behaupten würde, es sei eine Wissenschaft. Wie man es auch nennt, das Studieren der Schwäche kann für einen Unterwanderer wie mich nur von Vorteil sein. Es ist nützlich, ein Laster wie einen Dolch auf den anzusetzen, der es geschaffen hat.

Als die nächtlichen Gestalten durch die Säufergasse fortgetaumelt waren, folgte mir Nancy Ho auf mein Zimmer. In meiner kahlen kleinen Behausung schmiegte sie sich an meinen schmächtigen Körper.

An der Wand gab es Risse, in die die Hauseidechsen schlüpften. Ihr Körper fühlte sich an wie Seide. Insekten raschelten in den Falten der Papiervorhänge. Trockene, dünne Seufzer kamen mir über die Lippen. An der schwachen Außenverkleidung bahnte sich eine Schabe kratzend ihren Weg zum First des Hauses. Nachher mußte ich die Jalousien öffnen, damit der heiße Atem des Raumes mit seinen Gerüchen in die Nacht hinausströmen konnte; dann streichelte ich ihr Haar, bis wir einschliefen.)

Als ich zu den Kaianlagen kam, waren die Straßen schon voller Fahrzeuge und Menschen. Ich war zufrieden mit mir, denn ich hatte nicht ein einziges Mal zum Li Hoe-Hügel und zu meinem häßlichen Bauwerk hinaufgeschaut, das dessen Kamm zierte wie die verächtliche Krone den Despoten. Obwohl sich die weißen Säulen auf der Hornhaut meines geistigen Auges unauslöschlich eingeprägt hatten, konnte ich mich, solange ich mich von der Existenz des Gebäudes nicht überzeugt hatte, selbst belügen. Vielleicht hatte der nächtliche Regen es weggeschwemmt? Vielleicht hatte es ein gigantischer Drache am vergangenen Abend im Licht der untergehenden Sonne verschlungen? Vielleicht war es einem magischen Zauber zum Opfer gefallen, den der Geomant heraufbeschworen hatte, welcher seine Gegenwart mehr haßte, als er den Tod fürchtete?

Er stand bei einer Ankerwinde und war mit seinem dunklen europäischen Anzug völlig unpassend gekleidet. Es konnte nur Jansen sein, dessen Korrektheit schon an Dummheit grenzte. Sein einziger Kompromiß gegenüber der Hitze war offenbar der weiße Panamahut, doch dieser paßte nicht zu seinem schmalen Kopf, und er riß ihn herunter, sobald er mich erblickt hatte. War es möglich, daß er meine Gedanken lesen konnte? Vermutlich lag es aber an meinem Gesichtsausdruck. Meine Gefühle lassen sich nicht unterdrücken und kommen rasch an die Oberfläche.

»Chai?« fragte er in unsicherem Ton. »Sie haben abgenommen.«

»Ein bißchen«, erwiderte ich.

Er streckte die Hand aus. Ich schüttelte sie, und er reichte mir mit der anderen Hand seinen Hut, als wäre es das Natürlichste auf der Welt, daß ich mich mit einer untergeordneten Rolle abfände. Ich war sein Lakai: ein Hutträger. Zweifellos würde er mir bald sein Jackett reichen.

»Keine Koffer?« erkundigte ich mich.

Er schüttelte den Kopf. »Nicht nötig. Ich fliege heute nacht nach London. Ich habe die Leute auf dem Schiff gebeten, mein Gepäck direkt zum Flughafen zu schicken.«

Jansen war per Schiff von Australien gekommen. Auf dem Schiff hatte man ihn bestimmt wie einen König behandelt, und ich sollte die Tradition weiterführen.

Er rieb sich mit den Fingerspitzen der linken Hand an der Handfläche und runzelte die Stirn. Es war eine sonderbare Geste, doch ich versuchte eine Auslegung.

»Ja, die Luft hat hier eine besondere Beschaffenheit. Es liegt an der Feuchtigkeit. Sie werden durchnäßt sein, wenn Sie dieses Jackett noch länger anbehalten.«

»Nein, nein«, sagte er mit leicht ärgerlicher Stimme. »Es ist dieser durchdringende Geruch. Man kann ihn fast mit Händen greifen. Ich könnte schwören, daß er in meine Poren eindringt.«

Was stets Teil meines Lebens war, fiel mir normalerweise nicht auf; ich versuchte, den Gerüchen um mich herum auf die Spur zu kommen. Fisch? Gekochter Reis? Tintenfisch? Ich konnte nichts Widerwärtiges daran finden. Mit einem Achselzucken schlug ich den Weg von den Docks zu den Straßen ein. Jetzt herrschte Lärm, doch er stammte vom Geschäftsleben.

Janson stand mit entsetztem Gesichtsausdruck da, während unübersehbare Menschenmassen auf der Straße vorbeifluteten. Die Szenerie hatte eine Atmosphäre stiller Panik, als drohten an bestimmten Orten eine Reihe von Katastrophen, wobei die Leute rasch von einer sicheren Gegend zur nächsten zogen.

»Sie sagten doch, Sie hätten alles erledigt?« meinte er mit zorniger Stimme. »Haben Sie mich den ganzen Weg hierhergebracht, damit ich das sehe? Sie sagten ...«

Ich unterbrach ihn. »Ich sagte Ihnen die Wahrheit. Warten Sie! Ich werde es Ihnen zeigen.« Ich drückte ihm den Hut wieder in die Hand, was ihn zu überraschen schien. »Setzen Sie ihn auf. Sie werden ihn brauchen. Und bitte: Legen Sie das Jackett und die Krawatte ab. Sie erregen Aufmerksamkeit.«

»Gehen wir *zu Fuß*?« fragte er ungläubig, als ich voranschlenderte.

»Das ist schneller!« rief ich über die Schulter zurück. »Wir gehen durch die Gassen. Selbst für Rikschas ist es dort zu eng.«

Als er mich einholte, sah ich, daß er hemdsärmelig war und sein Jackett über dem Arm trug. Ich lächelte insgeheim. War es denn möglich, daß wir denselben Lenden entstammten? Dieser arrogante, aufgeblasene Spinner und ich? Wie weit lag die Weggabelung zeitlich zurück, an der wir verschiedene Richtungen eingeschlagen hatten, er nach Europa und ich in den Fernen Osten? Gemessen an dem, was uns unterschied, mußte es ein Jahrtausend her sein; und doch wußte ich, daß es erst zehn Jahre her war. Zehn kurze Jahre. Davor waren wir im Geistigen identisch gewesen wie eineiige Zwillinge, mein anarchistischer Bruder und ich.

Bevor ich die Erlaubnis bekam, menschliche Formen anzunehmen, hatten meine Ausbilder in kultureller Sabotage darauf bestanden, daß ich viel von der chinesischen Geschichte in mich aufnahm. Echtheit in der Darstellung, sagte man mir, sei wesentlich, wenn wir diese Emporkömmlinge verdrängen wollten, diese Usurpatoren unserer alten Erde. Zu meinen Studien gehörten auch alte Sagen – eine Mischung aus Wahrem und Erfundenem, so wie ich auch werden sollte, unteilbar zu einer Einheit verschmolzen.

Es gibt eine chinesische Legende, die meiner Meinung nach unserem Sündenfall ähnelt.

In den Tagen der ersten Ritter trafen zwei Krieger zum Kampf Mann gegen Mann zusammen. Statt die Klingen zu kreuzen, hielten sie Abstand voneinander und erforschten einander mit versteinertem Gesicht nach körperlichen Mängeln und geistigen Schwächen.

Psychologische Kampfführung.

Drei Tage lang standen sie mit äußerster Konzentration da. Am Morgen des vierten Tages war einer der beiden Ritter verschwunden. Nur sein Schwert lag auf der Erde, ein Symbol seiner Schande. Die Schlacht war gewonnen und verloren worden, ohne daß Schwertstreiche nötig gewesen wären. Einer kannte den anderen und seine Geschichte – sein Geschick, seine Stimmungen, seine Bewaffnung, seine

Stärke, sein Durchhaltevermögen und seine Taktik –, all diese verwickelten und intimen Faktoren, die zusammen den Krieger ausmachen. Wie Schachspieler schätzten sie das Potential des anderen ab und beurteilten Reaktionen auf jeden denkbaren Zug und Gegenzug. Tat der eine dies, dann konterte der andere so oder so, oder so ... und auf diese Weise würde jede körperliche Aktion und jede seelische Reaktion in Betracht gezogen, bis schließlich feststand, wer gewonnen und wer verloren hatte.

So verlief der Kampf zwischen den Menschen und uns um den Besitz der Erde. Wir unterlagen in uralten Zeiten in dieser psychologischen Kampfführung und mußten uns später zurückziehen in abgelegene Schlupfwinkel in Wäldern, Bergen und Ödland. Jetzt sind wir nur noch wenige, doch wir erheben uns wieder, um uns zu rächen. Unsere Vorfahren waren friedlich von einer fernen, sterbenden Welt jenseits der Kurve des Oriongürtels eingetroffen, zu einer Zeit, als man unsere Wissenschaft als Magie akzeptierte. Man nannte uns Hexen und Zauberer; obgleich wir die Fähigkeit besitzen, unser Erscheinungsbild zu wechseln, handelt es sich dabei um nichts Künstliches, sondern um eine *Wissenschaft*.

Wir nahmen eine Abkürzung durch einen Park voll hemdsärmeliger Geschäftsleute. In Zeitlupe übten sie die Kriegskunst des *Tai Chi Chuen* mit unsichtbaren Gegnern. Die Übung war seelisch und körperlich von Nutzen und ermüdete nicht. Jansen schaute ihren Bewegungen mit zorniger Miene zu. Dann murmelte er: »Verdammte Schwule!«, und warf einen finsteren Blick auf den Mann, der sich in seiner Nähe befand, als ob von ihm eine Gefährdung seiner zukünftigen Pläne für Singapur ausginge.

Eine Frau sagte, als ich vorbeiging, etwas auf Kantonesisch und schaute dabei Jansen fragend an. Ich murmelte eine Antwort.

»Wer war das?« fragte mein Bruder. Auf seinen fahlen Gesichtszügen zeigten sich argwöhnische Falten.

»Die Schwester eines Freundes. Seien Sie unbesorgt.«

»Was hat sie gesagt?« Er eilte neben mich und versuchte, sich so wie ich durch die Menge zu schlängeln, doch ohne großen Erfolg.

»Sie sagte: ›Hallo, Dünner Chai!‹,« erwiderte ich geduldig. »Was ist denn los? Rechnen Sie damit, daß jemand aus dem Boden schießt und uns als Anarchisten anklagt?«

»Ich dachte«, sagte er mißtrauisch, »Chai sei Ihr Nachname. Warum sollte ein Freund Sie beim Nachnamen rufen?«

»Weil sie Chinesin ist ... wir verwenden immer die Familiennamen.«

»Warum?«

»Warum denn nicht? So ist es Brauch. Wenn es sich um eine große Familie wie Wong oder Li handelt, fügen wir eine kleine Beschreibung bei, etwa Dicker Wong oder Großer Wong. Das wird Teil des Namens. Innerhalb der Familie nennen wir einanderer Älterer Bruder oder Zweite Schwester, je nach dem Alter.«

»Haben sie denn keine Taufnamen?«

»Manche von uns schon ... wenn wir Christen sind. Einige von uns haben nur ein oder zwei Nachnamen.« Ich wollte ihn verwirren. Seit ich in Singapur lebte, hatte ich eine einfache, wirksame Waffe entwickelt, die ich normalerweise gegen jenen häßlichen Eindringling, die Langnase *Wai-Lo,* verwendete. Ich sagte die reine Wahrheit, ohne irgendwelche Erläuterungen hinzuzufügen. »Wie Lucy *Li* Man Lo. Er ist ein guter Freund, aber ich nenne ihn Lucy, weil er Christ ist.«

»Lucy?« Sein verschwitztes Gesicht wirkte verwirrt, aber er stellte keine Fragen mehr. Er nahm den Hut ab und fächelte sich beim Gehen Luft zu. »Warum sagen Sie fortwährend *wir* und *uns*?« bemängelte er. »Sie reden, als wären Sie einer von denen. Ich hoffe, Sie haben mir etwas vorzuweisen.«

In seiner Stimme lag eine unverhüllte Drohung, und ich nickte absichtlich.

»Ja, Ältester Bruder«, erwiderte ich artig. »Natürlich habe ich etwas.«

Wir fanden den Weg zu den Gassen der Mietskasernen. Bis zum Himmel hinauf ragten von jedem Fensterbrett mit Wäsche bedeckte Bambusstangen. In Singapur ist jeden Tag Waschtag. Unrat floß träge die Gosse entlang, der um vier Uhr mit einem Wolkenbruch des Monsuns verschwinden würde. Die Straßen waren schmierig, und Janson rutschte mit seinen lederbesohlten Sandalen fortwährend aus. Eine Frau in einem Choeng Sam, dessen Schlitz bis zum Oberschenkel reichte, ging vorbei.

»Nicht hinstarren!« warnte ich ihn, als sich sein Blick darauf richtete. »Die Chinesen mögen das nicht, und sie sind jähzornig.«

Als Antwort erhielt ich ein Grunzen, sonst nichts.

»Der *Lärm*!« nörgelte er etwas später. Ich mußte zugeben, daß der Geräuschpegel ziemlich hoch war, selbst für diesen Stadtteil. Zimmerleute, Blechschmiede, Eisenschmiede und ein Dutzend weiterer Handwerksberufe lagen in lärmendem Wettstreit mit Kindern und Säuglingen. An den Gassen schließt niemand ein Fenster. Wer möchte schon ersticken?

»Da ist eine!« Ich zeigte auf eine leere Mietswohnung. »Weiter vorn noch zwei.«

Er ergriff meinen Arm, um mich anzuhalten, und zog ein Taschentuch heraus, mit dem er sich das Gesicht und den Hals abwischte.

»Eine?« fragte er. »Eine? Was zum Teufel soll das? Ich dachte, Sie hätten die Sache im Griff. Ich hatte etwas anderes erwartet als ein paar leere Wohnungen.«

Ich sagte in mildem Ton: »Ist Ihnen klar, daß wir ein gewaltiges Problem mit der Überbevölkerung hatten? Hunderte schliefen in den Straßen.«

»Und?«

»Und die meisten Obdachlosen sind weg – nicht nur das, auch einige von denen, die Wohnungen hatten, sind gegangen. In den Villenvierteln ist die Zahl leerstehender Häuser viel höher, aber ich dachte, dies würde Sie eher beeindrukken. Die Leute hier können sich das Wegziehen nicht leisten ... aber sie ziehen trotzdem weg.«

»Hmm. Also, ich bin noch nicht überzeugt. Diese Operation muß fein abgestimmt sein. Sie muß das richtige Timing haben, damit sie mit den anderen Planungen in Einklang steht. Sonst ...«

»Wir wollen uns doch nichts vormachen, Jansen«, erwiderte ich. »Singapur gehört zu den unwichtigen Gebieten. Es spielt fast gar keine Rolle ...«

»Jedes Gebiet spielt eine Rolle«, unterbrach er mich. »Sie müssen die Dinge richtig sehen. Wir wollen sie überall treffen. Und wenn Singapur der kleine Finger von diesem häßlichen, wuchernden Körper ist, der sich Menschheit nennt, dann muß er zermalmt werden.«

Ich zeigte Verständnis für seine Besorgnis, versicherte ihm aber, es sei alles unter Kontrolle. Da ich zehn Jahre unter diesen Menschen verbracht hatte, kannte ich ihre Haltungen und Ansichten wie meine eigenen. Ich wußte, daß mein Timing richtig war. Natürlich gab es ein Element der Ungewißheit, aber ich glaubte, daß durch schlaue statistische Planung eine vage Möglichkeit fast zu einer sicheren Tatsache gemacht worden war. Wie jeder Spieler weiß, ist die Wahrscheinlichkeit, daß aus dem Würfelbecher sieben Augen auftauchen, sechsmal größer, als daß zwei Augen herauskommen. Ich richte meine Planung immer auf sieben ein.

»Wo werden sie hingehen?« fragte er. »Diese Leute?«

»Manche von ihnen werden aufs Land ziehen – von dem sie sich unmöglich ernähren können. Andere in Gegenden, die schon überbevölkert sind, wie Changi. Dort wird das Leben schwieriger werden. Natürlich werden wir die Stadt nicht völlig räumen ... aber im großen und ganzen wird sie bevölkert sein. Die Menschen sind auf dieses große lärmende Untier angewiesen, um ihre Wirtschaft auf dem gegenwärtigen Stand zu halten ... der nicht übermäßig hoch ist. Wenn die Menschen die Stadt in großer Zahl verlassen, wird dies die gesamte Insel schwächen.«

»Gut, gut. Mehr verlange ich nicht.« Er kniff mich brüderlich in den Arm. »Ich möchte nur sicher sein, daß es funktioniert, das ist alles. Ich glaube, ich habe Vertrauen zu Ihnen, Chai ...«

Er versuchte es mit Humor, was für ihn eine große Anstrengung bedeutete. »... Sie sind, Moment mal, mein siebenhundertster Bruder, ein paar hin oder her. Wir stehen einander recht nahe, wenn man es so betrachtet.«

»Ich glaube, es ist mehr als das«, sagte ich. »Aber Ihr Zeichen der Zuneigung ehrt mich. Wollen wir jetzt gehen? Und das Kasino anschauen?«

Er steckte das Taschentuch ein und schob den lächerlich aussehenden Panamahut auf den Hinterkopf.

»O ja, das Kasino!« sagte er. »Ich freue mich darauf. Ist es das? Dort oben auf dem Hügel?«

Das Chinesische in mir erfüllte meine Seele mit Scham. Ich starrte an seiner Schulter vorbei in einen Torweg, wo einige Kinder spielten. Eines schaute zu mir auf und lächelte.

»Ja«, sagte ich. »Auf dem Hügel.«

Lächle den Verräter an, Kind, denn in Wirklichkeit ist er kein Verräter – an euch nicht –, sondern ein Wesen aus einer anderen Art. Ich bin kein Unbefugter auf dieser Erde. Es ist genauso meine Welt wie deine. Lächle, Kind, lächle den Saboteur an! Jaja, dann also auch ein Verräter, denn wenn ich mir so vorkomme, bin ich es.

»Was ist los mit Ihnen? Sind Sie krank?« fragte Jansen.

»Nein, nicht krank. Erschöpft.«

»Gehen wir, oder gehen wir nicht?«

»Übrigens«, sagte ich im Weitergehen, »im chinesischen Kalender ist dies Ihr Jahr.«

Auf seinen plumpen Gesichtszügen zeigte sich ein Grinsen. Er holte mich ein.

»Tatsächlich? Sie meinen, mein Glücksjahr – astrologisch betrachtet? Sie glauben doch nicht an diesen Unsinn, oder? Sie sind schon zu lange hier, Chai.«

»Nein, nicht richtig. Ich dachte nur, es würde Sie interessieren.«

Es war das Jahr des Affen. Es hatte nichts mit Sternen zu tun, sondern mit Spottbildern.

Wir nahmen ein Taxi zum Li Hoe-Hügel. Der Fahrer benutzte seine Hupe, als hätte er mit den Naturgesetzen ein magisches Übereinkommen getroffen, das sein Fahrzeug aufsteigen und über die verstopften Straßen schweben ließe.

»Wie heißt dieser Kniff, den Sie anwenden? Ich weiß schon, Sie haben mich in Ihrem letzten Bericht darüber informiert, aber ich habe es vergessen. Ich muß an so vieles denken.«

»*Fung Shui.* Es ist weniger ein Kniff, sondern eine Sache von Überzeugungen. Nämlich die Kunst, den Wohnsitz der Lebendigen – und der Toten – so anzuordnen, daß er mit den örtlichen Strömungen des kosmischen Atems kooperiert und harmoniert.«

Er nickte und lehnte sich in dem Mercedes zurück.

»Wenn ich das richtig verstehe, holt sich ein Mann, der ein Haus bauen möchte, einen Experten in *Fung Shui*?«

»Einen Geomanten. Er wird den Baumeister oder die Architekten anweisen, wohin das Gebäude gerichtet sein muß, um das Wohlergehen der Bewohner zu sichern. *Fung Shui* umfaßt noch viele weitere Aspekte des Lebens und des Todes ... auch das Grab gehört dazu.«

»Verstehe.« Das bedeutete keine Unterstützung der Idee. Er räumte lediglich ein, daß man die Konzeption durchaus in Betracht ziehen könnte. Wie die meisten Westeuropäer hielt sich Jansen mit seinem Urteil über orientalische ›Magie‹ zurück. Ich war, in meiner Rolle als Chinese, von diesem Glauben natürlich sehr angetan, jedoch ohne mich ihm völlig auszuliefern.

»Wissen Sie, es ist nicht bloß Hokuspokus. Es beruht auf gewissen Fakten – der besten Lage für die Sonneneinstrahlung und der Nähe eines Gewässers. Auf Kantonesisch bedeutet *Fung Chui* wörtlich ›Wind und Wasser‹. Der Geomant verwendet auch einen Kompaß, um das Magnetfeld der Erde zu untersuchen.« Nach einer Pause fügte ich hinzu, geomantische Kompasse seien in alte gebrannte Tonscheiben eingelassene Instrumente mit konzentrischen Kreisen.

»Und?«

»Und wer will entscheiden, ob es nicht wohltuend ist, in dem Fluß des Magnetfelds zu leben? Körperlich, seelisch und geistig. Die Leute mögen glauben, das Feld sei ein unsichtbarer mythischer Drache, doch das ändert nichts an der Wahrscheinlichkeit realer Auswirkungen.«

»Stimmt, doch würde ich das Wort *Wahrscheinlichkeit* nicht verwenden. Es gehört viel dazu, um mich davon zu überzeugen, daß diesem Glauben irgendwelche Tatsachen zugrunde liegen. Immerhin«, räumte er ein, »ich bin bereit zuzugeben, daß der Geist ein sehr mächtiges Instrument ist, das Wirkungen ohne Ursache hervorbringen kann, besonders beim individuellen Menschen. Ich bin jedoch nicht so sicher wie Sie, daß dieser Glaube an *Fung Shui* allgemein bei der Bevölkerung so tief verwurzelt ist. Manche wollen vielleicht nur auf Nummer Sicher gehen; und wenn sie dann vor der Wahl stehen, in der Stadt zu bleiben, wo sie ein gewisses Maß an Sicherheit haben, oder wegzuziehen und ihr Überleben aufs Spiel zu setzen ... nun, da könnte die Sache anders aussehen.«

»Ich will Ihnen das erklären. Wir haben es nicht mit Logik zu tun, zumindest nicht mit europäischer Logik. *Fung Shui* handelt von den gegenseitigen Beziehungen der Dinge und der Natur. Ein neues Gebäude kann das bereits bestehende *Fung Shui* der Umgebung stören. Die Gartenanlage in Form eines Schwertes wird das Herz eines benachbarten Hauses durchbohren. Unglück wird fast immer einem nicht übereinstimmenden *Fung Shui* zugeschrieben, selbst wenn die Ursachen nicht ersichtlich sind.«

»Ein Geomant ist also eine Art Priester?«

Damit hatte er mich überrascht. Unter seiner Schädeldecke arbeitete doch ein feiner Mechanismus.

»Das ist eine scharfsinnige Feststellung«, erwiderte ich. »Nicht ganz zutreffend, aber sie stimmt schon in etwa.«

Ich spürte, daß er von mir einen Versuch erwartete, ihn zu überzeugen. Dann könnte er meine unbegründeten Argumente zerpflücken und mir beweisen, wie albern ich sei. Ich überließ den Logiker seinen eigenen konkreten Gedanken, während wir den Rücken des Drachen emporstiegen, an Bars vorbei, vor denen die üblichen Mah Jongg-Spieler saßen.

Spatzen. Die vier Winde. Drachen. Überall in unserem Land war Schönheit; selbst das Spielen war in anmutige Worte gekleidet. Meine Freunde, die aus verschiedenen Rassen stammenden Bewohner von Singapur, würden zwar nicht meine Motive, aber mein Geschick anerkennen, mit dem ich Unglück ins Land brachte. Ich war der unmenschliche Anarchist in menschlicher Form. Der unsichtbare Feind. Ein geschickter Angehöriger der Fünften Kolonne. Ich war hier, um ihre Gesellschaft zu untergraben, um sie von innen heraus zu zerstören. Wir sind wenige, und ihre Zahl ist groß ... aber ich finde es trotzdem widerlich. Ich weiß, was meine Vorgesetzten dazu veranlaßte, mir eine unwichtige Aufgabe zu übertragen. Ich war ein zu eifriger Schüler, zu begierig, die Art der Menschen kennenzulernen. Statt den Feind zu erkennen, *wurde* ich wie mein Feind. Jansen hat sich nicht verändert. Ich bin ... für Eindrücke empfänglich. Das Siegel des Dünnen Chai ist in meine Seele geprägt. Wo hört der Dünne Chai auf? Wo fangen die alten Bräuche an?

»Ist es das?« fragte Jansen, als wir um die letzte Kurve fuhren.

Ich klopfte dem Taxifahrer auf die Schulter. »Hier anhalten!« verlangte ich. Jansen und ich stiegen aus und gingen ein paar Schritte bis zum Schatten einer Palme.

»Sie haben Englisch mit ihm gesprochen. Weshalb?« fragte mein Bruder, als wir außer Hörweite waren. »Er war ein Chinese, wie Sie.«

»Sie sind wirklich ein höchst ...«

»Ich muß vorsichtig sein. Beantworten Sie bitte meine Frage.«

Ich war irritiert. Wir brauchten beide einen Vertrauensvorschuß, Jansen ebenso wie ich.

»Er spricht meinen Dialekt nicht«, erwiderte ich. »Er stammt von der malaischen Halbinsel, und dort wird Hok Yen gesprochen. Wie kann ich's Ihnen bloß recht machen?

Soll ich alle Sprachen der Welt sprechen? Das würde dann überhaupt nicht auffallen, was?«

»Sparen Sie sich den Sarkasmus. Okay, Schwamm drüber! Es ... tut mir leid. Das ist also das Kasino?«

»Ja.« Ich war immer noch nicht ganz besänftigt und sprach nach wie vor mit scharfer Stimme.

»Ich finde es ganz großartig«, sagte Jason, der offenbar versuchte, das schauderhafte Bauwerk durch meine Brille zu betrachten.

»Die Fassade ist ein Abklatsch der griechischen Antike«, erwiderte ich.

»Na und?«

»Hier ist der Orient. Sie ist so fehl am Platz wie ... Sie ist einfach ein *Fremdkörper,* wenn Sie den Ausdruck entschuldigen.«

»Selbstverständlich, aber das sind doch wohl alle«, sagte er mit Humor.

»Außerdem ist es ein Mischmasch klassischer Stilrichtungen. Diese Säulen bilden eine Mixtur aus der korinthischen, dorischen und ionischen Ordnung. Es ist einfach geschmacklos und kitschig. Um einen Ihrer eigenen Begriffe zu verwenden. Schließlich ist es auch noch so groß und so weiß wie ein Albinowal, und man kann es auf diesem Hügel von jeder Ecke der Stadt aus sehen. Die Sonne bestrahlt dieses häßliche Untier und sticht allen in die Augen, die zu den widerlichen Marmorsäulen aufschauen müssen.«

»Aber das ist noch nicht alles, oder? Da gibt es auch noch ... *Fung Shui?*«

»O ja«, sagte ich traurig und bedeckte vor Schande fast das Gesicht mit den Händen. *»Fung Shui.«*

»Sie ließen den Geomanten wahrsagen – wenn man es so ausdrücken kann –, was die passende Lage und Richtung für unser griechisches Kasino wäre, und dann machten Sie absichtlich ...«

»Ich ließ es so bauen, daß es in die falsche Richtung zeigte. Die Lage ist völlig falsch. Es verkörpert Unglück, und man kann ihm nicht entrinnen, weil es die ganze Stadt beherrscht.« Es war ein Symbol der Dissonanz und durchdrang das Leben all derer, die in Sichtweite dieser seltsamen Narretei wohnten und arbeiteten.

»Bei Nacht wird es von Scheinwerfern so gut bestrahlt, daß man es im Hafen von den Schiffen aus sehen kann.«

»Hätte ich das gewußt«, sagte Jansen, »ich wäre eigens an Deck gegangen, um es zu sehen. Aber wieso gibt es diesen hohen Zaun und die Männer mit den Hackenstielen? Machen da einige Ihrer Spieler Schwierigkeiten, die sich ihr Geld wieder holen wollen?«

Ich schüttelte den Kopf.

»Brandstiftung. Jemand hat zweimal versucht, das Gebäude niederzubrennen, doch hat das nichts mit dem Glücksspiel zu tun ...«

»Schlechtes *Fung Shui*? Leute aus der Stadt drunten? Das ist ein gutes Zeichen, Chai. Es bedeutet, daß sie eine Gefängnisstrafe riskieren, weil ihr Haß so groß ist.«

»Ich weiß.«

Ich blickte zum Taxi zurück. Der Fahrer hatte das Gesicht abgewandt und blickte über die vor Hitze verschmachtende Stadt hinaus zum Meer. War das eine unbewußte Handlung? Meine Pläne waren darauf angelegt, die Sinne zu verwirren: das unbewußte Untergraben des Selbstvertrauens und das Einimpfen von Beklommenheit. Jeder noch so kleine Hügel würde wie ein Drache wirken, und die an bestimmten Stellen des Untiers errichteten Gebäude wären wie ein Vergehen gegen natürliche Formen. Das Kasino war auf dem Schwanz des Drachen erbaut und brachte Disharmonie in die Welt des Betrachters. Wenn wir uns gegen die Menschen erheben würden, wären sie seelisch und geistig geschwächt.

Jansen sagte: »Und deswegen ziehen sie weg?«

»Der Anfang ist gemacht. Die meisten werden den Grund für das Abwandern wahrscheinlich nicht einsehen, aber sie werden einem mächtigen Instinkt folgen. Wenn die Lage sich verschlechtert, sucht man nach einer Ausrede, nach einem Sündenbock. Allmählich werden diejenigen, die den

Einfluß am stärksten spüren, sich davonmachen. Andere werden folgen. Selbst solche, die über *Fung Shui* spotten oder den Glauben nicht teilen, werden schließlich abreisen. Wer möchte schon in einer sterbenden Stadt leben?«

»Nun, ich hoffe, daß es klappt. Wir müssen unsere Arbeit erledigen, unsere Vorbereitungen. Das kostet Unsummen. Hat Sie irgend jemand in Verdacht?«

»Zerbrechen Sie sich nur nicht den Kopf über mich! Ich habe über eine europäische Agentur ausländische Baufirmen eingesetzt. Ich möchte nicht, daß meine Freunde denken, ich sei *dafür* verantwortlich.«

Es waren auch viele Schmiergelder ausgeteilt worden, doch ich war in Sicherheit. Bei meinen Kontakten mit Beamten und Behörden hatte ich mehrere Leute zwischengeschaltet, die jetzt nicht mehr auf der Insel waren.

»Ihretwegen machte ich mir keine Sorgen. Nur wegen unserer Beteiligung.«

Unsere Beteiligung. Wir mußten das System schwächen, ohne Verdacht zu erregen. Mit raffinierten, gerissenen Methoden. Mit den Neurosen der westlichen Welt gab es keine Schwierigkeiten, und Jansen hatte dort als Koordinator große Erfolge. Im Osten, wo es nur wenige starke Wirtschaftssysteme und eine noch kleinere Zahl von stabilen Regierungen gab, standen wir vor keiner so großen Aufgabe. Wenn wir den Eindruck bekämen, daß die Menschen auf der ganzen Welt genug geschwächt wären, dann sollte unser Aufstand stattfinden. Wir würden uns an vorher vereinbarten Orten sammeln und wie glühende Sicheln der Menschheit in die morschen Flanken fallen. Dann würden wir sie in die Zange nehmen und sie erledigen, wie sie uns erledigt hatten.

So lautete der Plan, doch zur erfolgreichen Ausführung brauchte man natürlich Organisationstalent. Uns fehlte es meist an Koordination und Einigkeit. Jansen – oder Ertois, wie er bei seiner Geburt hieß – hatte dieses Organisationstalent. Wir bauten auf ihn, daß er alles abstimmte und einen wirksamen Plan vorlegte, mit dem wir trotz unserer zahlenmäßigen Unterlegenheit den Sieg erringen würden. Unsere Waffen – die Erdrutsche, Beben und Eruptionen – waren so zerstörerisch wie ihre Raketen. Doch wir brauchten dieses Genie Jansen, damit alles funktionierte. Als Egozentriker bewahrte er die Pläne in seinem Gedächtnis, damit ihm niemand den Ruhm streitig machen konnte. Er war unser General – oder, wie er sich nennen ließ: der Koordinator. Vor zehn Jahren hatte er seine Pläne im Kern offengelegt, und wir begannen, sie in die Tat umzusetzen. *Demoralisiere den Feind, und dann schlage zu.*

Als wir dastanden und das Gebäude anstarrten, erblickte ich einen kleinen Mann, der an der Ecke des Zaunes stand. Er beobachtete uns genau. Ich kannte ihn. Wir trugen beide den Namen Chai. Die Chais vermehrten sich stark; viele trugen diesen Namen. Man kann sich in einem Namen verlieren, dachte ich.

»Ich will, daß das klappt«, sagte Jansen nahe an meinem Ohr. »Es darf nichts schiefgehen. Nicht an diesem Punkt.«

»Natürlich nicht«, sagte ich ohne Überzeugung. »Das wäre katastrophal. Wir Anarchisten haben eine heilige Pflicht zu erfüllen ... weiß Gott.«

Ich hätte da fast mein größtes Geheimnis preisgegeben. Schließlich war er, in einem anderen Leben, mein Bruder.

Er sagte: »Unsere Aufgabe ist Ihnen bekannt, Chai. Sie wissen, was wir tun müssen, um ihre Gesellschaft zu untergraben. Im Westen habe ich Jugendpsychologen und Wirtschaftwissenschaftler, die ihr Fachwissen einsetzen, um die Menschheit auf Wege zu bringen, die zur Selbstzerstörung führen. Hier müssen Sie die Kultur der Menschen umkrempeln, um sie ins Verderben zu stürzen.« Er versuchte, unseren Standpunkt zu rechtfertigen. »Wir wollten diesen Krieg nicht, als wir von Mocte zur Erde kamen. Er wurde uns durch jahrhundertelange Verfolgung aufgezwungen.«

»Welche Verfolgung denn?«

Er funkelte mich an. »Wir müssen in diesen häßlichen Körpern leben, oder nicht? Wir müssen uns ihrer Lebensweise anpassen, ihrem Denken, ihrem verdammten ... Also mir ist es zuwider, unterdrückt zu werden. Sollen *die* sich doch ein paar hundert Jahre lang verstecken. Wir wollen auch mal Macht auskosten.«

»Was Sie sagen, bezieht sich auf unsere Vorfahren; aber wer sind denn *wir*, Jansen? Was sind wir – in unserem Selbstverständnis, in unserem Menschendasein?«

Er lachte. »Den Menschen gegenüber? Wir sind die Geister der einsamen Straßen, die Sagen von Übernatürlichem im Wald, im Moor und in der Höhle. Die Fußabdrücke im Schnee des Gebirges. Die kleinen Kulte obskurer Völkerstämme. Wir sind die Geschichten, die mit ›Wer ist da?‹ enden und nie eine Antwort geben. Den Zuhörern. Den Aufpassern.«

»Aber wer sind wir?« beharrte ich. »Ich habe vergessen, was ich bin.«

»Wir könnten der unsichtbare Feind sein, und unter tausend Fällen sind wir das auch mal.« Er war offenbar in einer nachdenklichen Stimmung: »Wissen Sie, manchmal zweifle ich. Manchmal frage ich mich: Müssen wir ihnen das antun? Wenn wir uns zeigten, in unseren natürlichen Formen, würden sie uns dann nicht akzeptieren? Würden sie uns vielleicht sogar mögen?«

Mein Herz klopfte mir wie rasend in der Brust.

»Und was ist Ihre Antwort?«

Er blickte mich durchdringend an, und seine Erwiderung machte alle Hoffnungen zunichte, die seine Worte zuvor geweckt hatten.

»Mir ist im Gedächtnis geblieben, wie sehr ich sie hasse.«

Kurz nach vier Uhr setzten die Regengüsse ein: eine warme Wasserflut, begleitet von Regenschirmen aus Wachspapier, dann von Ochsenfröschen. Geraume Zeit später führte ich Jansen zur Boogey Street, als der Betrieb langsam einsetzte. Er mochte die Viertel mit roten Laternen und sprach begeistert vom Gut in Malta, von der Reeperbahn, von Soho und vielen anderen Vergnügungsvierteln, von denen ich noch nie gehört hatte.

Wir kamen zu einem handgemalten Schild, auf dem geschrieben stand ›Getränke zu logischen Preisen‹ – eine direkte Übersetzung aus dem Chinesischen.

»Was ist das für ein Geräusch?« fragte er, als wir den Dschungelklub betraten, eine kleine Bar, in der ich mich gelegentlich mit meinen Freunden traf.

»Was für ein Geräusch?«

»Dieses ... Klicken.«

Ich horchte. »Oh! Hauseidechsen. Da oben, an der Dekke.«

Er schaute hoch und erschauerte.

»Frösche. Eidechsen. Fledermäuse. Dieses Lokal ...« Er schüttelte sich wieder. »Ich habe mich naßgeschwitzt, und das ganze Lokal stinkt nach angebranntem Essen und starkem Parfüm. Wie können Sie hier leben?«

»Ich muß mich ... erinnern?«

»Hmmm ...«

Eine tiefe, rauhe Stimme sagte: »Hallo, wer sein feiner Mann, den du mitgebracht, Dünner Chai?«

Wir drehten uns beide um. Lucy saß an einem kleinen Tisch in der Ecke und trug ein Kleid mit einem silikongefüllten Ausschnitt. Er lächelte uns an und blies einen Rauchring aus den bemalten Lippen.

Ich machte die beiden bekannt und ging weg, um Drinks zu holen. Als ich zurückkehrte, hatte Jansen die Hand auf Lucys Knie gelegt. Es war fast ein häuslicher Anblick. Wir hatten zwar nur menschliche Formen angenommen, aber damit ging eine ganze Skala von Emotionen und Wünschen einher. Wir waren genauso schwach oder stark wie jeder unserer potentiellen Feinde. Unsere Zuneigung für Individuen war ebenso tief wie ihre, auch unsere Bindungen und unsere Treue. Was bewirkte einen Verrat? Und wem gegenüber? War ich der Dünne Chai? Oder war ich ein anderer, an den ich mich nur schwach erinnern konnte? Erinnerungen, die sich dagegen sträubten, einen Zeitpunkt zu passieren, der zehn Jahre zurücklag? Würde sich etwas ändern, wenn ich die Zerstörung des Kasinos anordnete, heute oder vielleicht morgen? Ich wußte, daß sich dadurch nicht das geringste ändern würde. Meinen einheimischen Freunden würde man trotzdem Gewalt antun, und mich würde man entfernen: Es blieb die Frage: Wer war der Betrüger und wer der Betrogene?

Wenn zwei Seelen in meiner Brust gewohnt hatten, so war jetzt keine Teilung zu erkennen. Ich war in menschlicher Gestalt erschaffen und nicht hineinverpflanzt worden. Ich war kein Parasit. Ich war sowohl der Betrüger als auch der Betrogene. Jansen mochte damit zurechtkommen, wenn mit Asien gleichgültig umgesprungen wurde, aber wie stand er zu seinem Teil der Welt? Zu dem Land, das in den vergangenen zehn Jahren seine Heimat gewesen war?

Paradoxie. Schizophrenie. Echter Wahnsinn. Ich hatte zehn Jahre lang mit ihnen gelebt, mit diesen gespenstischen Erscheinungen, die mir entgegengesetzte Treuepflichten auferlegten. Vielleicht waren Jansen und ich wahnsinnig, und die Welt war in Sicherheit, bis auf eine Verschwörung von Verrückten und deren hinterhältigen Spielchen.

»Wo starren Sie denn hin?« fragte er.

Unter seinen finsteren Blicken entschwanden meine Gedanken. In Jansen tobte kein Kampf der Geister. Seine beiden Seelen waren Vorbilder an Verträglichkeit: Sie waren von Pflichtbewußtsein geprägt.

»Mögen Sie Lucy?« fragte ich. Er hatte offenbar die Unterhaltung vergessen, die wir am selben Tag geführt hatten; das war symptomatisch für seine Angewohnheit, nur das zu behalten, was ihm wirklich wichtig erschien.

»Sie ist ein nettes Mädchen«, sagte Jansen und zog widerstrebend seine Hand weg, als ich mich setzte und die Drinks verteilte.

»Klar, das ist sie.« Ich lächelte Lucy an. »In Lucy steckt mehr Wärme als in einer ganzen Brigade von Europäern.« Lucy schaute mich an und rümpfte die Nase.

»Du schlechter Mann, Dünner Chai. Nie bringen einen Freund für mich. Dieser Mann sagt, er gehen nach Hause in halbe Stunde.«

Wenn nicht, dachte ich, erlebt er die Überraschung seines

Lebens. Das Überwinden heterosexueller Vorstellungen gehörte nicht zu seiner Indoktrination.

»Auf Singapur!« sagte Jansen plötzlich und erhob sein Glas. »Wie heißt sie gleich ... die *Löwenstadt.*«

»Die Löwenstadt«, murmelte ich. Lucy und ich stießen mit ihm an. Der nächtliche Lärm auf der Boogey Street war lebhaft wie immer. Ich nippte an meinem Drink und versuchte meine Traurigkeit hinter dem kleinen Glas zu verstecken. Eine Krankheit brachte der Stadt das schleichende Verderben, und alles, was mir wichtig war, starb mit ihr, darunter auch ich. Es mußte etwas geschehen.

»Entschuldigen Sie mich«, sagte ich. »Ich rufe das Taxi. Wenn Sie mir etwa in zwei Minuten nach draußen folgen könnten ...«

Jansen nickte kurz und lächelte dann Lucy an.

»Er ist schon in Ordnung«, sagte er.

Ich ließ sie allein und ging auf die Straße hinaus. Ich blieb einen Moment stehen und nahm die Umgebung in mich auf. Budenbesitzer bereiteten sich auf den Ansturm der Langnasen vor; sie hängten Tintenfisch an Haken auf und stapelten Enteneier zu kleinen Häufchen. Ihre Laternen bewegten sich in der abendlichen Brise hin und her.

Die Nacht umdrängte mich. In den vorangegangenen Minuten hatte ich eine Entscheidung gefällt, doch konnte ich sie nicht ausführen. Mein Gehilfe stand am Ende einer Gasse. Er war mir schon seit vielen Wochen gefolgt, mißtrauisch, aufmerksam, abwartend. Ein kleiner Mann. Chai Leung, der Geomant. Die Agentur für den Bau des Kasinos hatte seinen Rat verworfen. Er war ein Mann, der von der Schande tödlich getroffen war, und ich wußte, daß er an seinem rachsüchtigen Herzen eine dünne Klinge verwahrte. Ich überquerte die Straße und begab mich zu ihm ins Halbdunkel.

»Er kommt«, sagte ich. »Der Mann, der die Agentur eingeschaltet hat.« Die Lüge kam mir leicht über die Lippen.

Dic Augen des Geomanten begegneten meinem Blick. Er betrachtete mich einen Moment; dann starrte er wieder auf den Eingang, aus dem Jansen auftauchen würde.

»In die Milz«, riet ich ihm mit leiser Stimme. Sie ... wir sind nicht unsterblich. Wir sind so verletzlich wie die Form, die wir verwenden.

Ich konnte ihn nicht töten. Er war mein Bruder. Von meinen Verwandten war Jansen als Koordinator der einzige, der mein menschliches Aussehen kannte. Die Kunst der Unsichtbarkeit liegt im Vermischen. Auf den Gassen verschmelzen wir miteinander. Ein paar Namen reichen für viele: Chai, Cheung, Wong, Chan. Ich konnte für immer hinter dem Namen verschwinden, den ich mir zugelegt hatte. Die Hauptsache war: Mir machte es nichts aus. Meine Zielsetzung hatte sich geändert. Grundlegend.

Jansen würde den Geomanten nicht einmal zu Gesicht bekommen; kaum jemand kommt den Chinesen als Attentäter gleich. Wir ... sie sind der unsichtbare Feind. Ich hörte aus der Bar sein lautes Lachen und machte mich außer Sichtweite davon.

Beim Weggehen bemerkte ich, wie der Geomant mit der linken Hand ein Zeichen gab. An einem Fenster über mir bewegte sich jemand schnell. Ich hatte Chai Leung und auch *Fung Chui* unterschätzt. Unglück ist meist der Sündenbock für ein Dutzend andere Mißstände. Unfähigkeit und mangelnde Tüchtigkeit sind zwei der Hauptgründe für einen geschäftlichen Zusammenbruch; doch welcher kleine Händler glaubt schon, daß er am Mißerfolg selbst schuld ist? Rasch und lautlos pflanzten sich die Handzeichen auf den Gehwegen fort. Als ich um die Ecke der Boogey Street bog, standen in Torwegen und Gassen mindestens dreißig Gestalten, die zusammen mit dem Geomanten warteten. Der arme Jansen würde sie doch zu Gesicht bekommen, wenn sie sich haufenweise auf ihn stürzten und jeder darauf hoffte, mit seiner Klinge das Unglück zu beseitigen. Je länger er drinnen blieb, desto mehr würden es sein.

Am nächsten Tag würden wir mit dem Abriß beginnen.

Aus dem Englischen übersetzt von Rüdiger Hipp

Tanith Lee

Medra

I

Im Herzen einer verlassenen und teilweise zerstörten Stadt erhob sich ein altes Hotel neunundachtzig Stockwerke hoch in die klare Luft des Sonnenuntergangs. Das Hotel war nicht unbedingt das höchste erhaltene Gebäude in der Stadt. Es war eine sehr moderne Metropole gewesen; viele ihrer Bauwerke besaßen eine große Höhe. Doch zufällig waren mehrere Blocks in der Umgebung des Hotels aus dem einen oder anderen Grund eingestürzt. Nun war das abgestufte weiße Gebäude, das einem gigantischen Hochzeitskuchen glich, von nahezu jedem Aussichtspunkt in der Stadt aus zu sehen, und aus mehreren Meilen Entfernung, über die umliegenden staubigen Ebenen hinweg, konnte man das Hotel ausmachen.

Auf diesem Planeten dauerte der Sonnenuntergang mehrere Stunden, und er war sehr schön. Das Hotel schien sich in dem duftenden rosigen Licht aufzulösen. Seine Girlanden und Ornamente, in langer Zeit vom Wind stumpfgeschliffen, waren mit den Jahren zu Nistplätzen für Kletterechsen geworden. Während der Stunden des Sonnenuntergangs tauchten sie auf und kletterten an dem Gebäude auf und ab, an den leeren Fenstern vorbei, hinter denen leere Zimmer lagen. Ihre Schuppen glänzten golden, ihre Wasserspeiergesichter starrten über die Aussichtspunkte der Stadt hinweg, deren hohe verlassene Blocks golden zu ihnen zurückblitzten. Die großen Echsen waren nicht so dumm, die Wolkenkratzer für Lebewesen zu halten. Das einzige Lebewesen außer ihnen selbst und einem gelegentlich vorbeiziehenden abgemagerten Vogel befand sich im neunundachtzigsten Stock. Manchmal sahen die Echsen durch die Doppelverglasung, wie sich das Lebewesen drinnen bewegte, und manchmal lief das Pochen von Maschinen oder Musik in den Wänden des Hotels hinab, so daß die Steine bebten und die schwankenden Echsen sich anklammerten und mit ihren fächerförmigen, verdrehten Ohren lauschten.

Medra lebte im neunundachtzigsten Stock. Sie war häufig durch die Glasportale zu sehen; ihrem Äußeren nach war sie eine junge Frau von der Erde, mit pechschwarzem hüftlangen Haar. Ihre Erscheinung war klassisch, ruhig und verhalten. Den größten Teil des Tages und oft auch lange Zeit in der Nacht saß oder lag sie vollkommen reglos. Sie schien sich nicht zu bewegen: kein Zucken eines Fingers, kein Lidschlag. Erst nach sorgfältiger Beobachtung wäre es möglich gewesen, sie atmen zu sehen.

Bei diesen Gelegenheiten, die durchschnittlich vielleicht siebenundzwanzig Stunden jeder dreißigstündigen Tag/Nachtperiode auf diesem Planeten in Anspruch nahmen, erlebte Medra – während sie bewegungslos dalag – seltsame Bewußtseinszustände. Sie bereiste geistig eine Vielzahl von geographischen Räumen, physikalische und nichtphysikalische, reiste über Gebirge und unter Ozeane, sogar durch und zwischen Galaxien. Sie glitt durch die flammenden Koronen von Sternen und durch die kalten Regionen des Weltraums, in denen die letzten Welten winzig wie die feuchten Tröpfchen hingen, die sich auf den Fensterscheiben ihrer Behausung sammelten. Unzählige Spielarten von Geschöpfen kamen und gingen auf den Wegen von Medras geistigen Reisen. Kreaturen des Landes, des Wassers und der Luft und der klaffenden Weite zwischen den Sonnen. Städte und andere Merkmale tauchten auf und verschwanden genauso leicht, wie die Wälder und Anbaugebiete auf sie zu und vorbeirasten. Sie hatte das Gefühl, von all diesen Visionen berührt und aufgenommen zu werden und etwas in sie hineinzuflechten, etwas von sich selbst, wenn sie sie nicht sogar formte und so ein Teil ihres eigenen Flechtwerks, ein Teil von ihnen wurde. Sie durchströmte sie alle mit Liebe, ohne jede Angst, und wenn sie hinter ihr trieben, spürte sie einen Augenblick lang einen kleinen Verlust. Aber nur in diesem Augenblick. Nur wenn sie ›aufwachte‹, fühlte Medra sich wirklich beraubt.

Ihre Augen öffneten sich. Sie sah sich um. Nach kurzer Zeit stand sie auf und wanderte in ihrer Suite umher, die die Maschinen des Hotels für sie peinlich in Ordnung hielten.

Alle Zimmer waren komfortabel, und zwei oder drei waren elegant. Aus einer Seite des Gebäudes sprang ein Treibhaus mit bunten Glaswänden hervor. Enorme Pflanzen blühten hier und trugen Früchte. Es gab ein Badezimmer mit einer versenkten Marmorbadewanne, in der man sogar schwimmen konnte. Die Literatur und die Musik, die Kunst und das Theater vieler Welten standen im Überfluß zur Verfügung. Auf Knopfdruck wurden Medra exquisite Speisen (das Hotel war seinerzeit in zwanzig Sonnensystemen berühmt gewesen) aus den Tiefen da unten serviert.

Sie selbst ging nie nach unten. Vor Jahren hatte sie es ab und zu getan. Sie war durch die staubigen Flußbetten der Straßen gelaufen oder hatte ein kleines Luftkissenfahrzeug bestiegen und war zwischen den Wänden, an den leeren Fenstern vorüber, über die Brücken und wieder zurückgeglitten. Am Abend hatte sie dann neunundachtzig Stockwerke tiefer auf der geschmückten Veranda des Hotels gesessen und an einem Kaffee oder Sorbet genippt. Die Sterne über dem Planeten standen hell und dicht. Wehrlos an ihren Generatoren hängend, gingen immer noch einige Lichter in der Stadt an, wenn der Sonnenuntergang verblaßte. Sie machte sich keine Sorgen darüber, daß in jenen fernen beleuchteten Gebäuden noch irgend jemand leben könnte. Manchmal stahl sich eine der Echsen zu ihr herauf. Sie waren trotz ihrer Größe sehr vorsichtig. Sie streichelte diejenigen, die nahe genug herankamen und es zuließen. Aber die Echsen brauchten sie nicht, und wenn sie ›wach‹ war, verstand sie sie nicht.

In den letzten Jahren war sie ständig oben in ihrem Turm geblieben. Es hatte keinen Sinn, ihre Wohnung zu verlassen. Sie akzeptierte es.

Aber jedesmal, wenn sie ›aufwachte‹, wenn sie die Augen öffnete und den Verlust fühlte, weinte sie. Sie war einsam und allein. Sie fühlte immer den Schmerz, obwohl er jedesmal anders war: scharf wie eine Rasierklinge, spitz wie eine Nadel, dumpf wie eine heilende Quetschung. »Ich bin allein«, sagte sie. Sie schaute von der Höhe ihres Balkons hinab und sah die Echsen, die sich endlos auf und ab bewegten. Sie sah die Stadt und die Dunstglocke, die die Ebenen dahinter markierten. Das Flechtwerk ihrer Träume war ihr Trost. Aber es reichte nicht.

»Allein«, sagte Medra mit weicher, tragischer Stimme. Sie drehte sich mit dem Rücken zum Fenster.

Und verpaßte so den Anblick eines neuen goldenen Funkens, der wild durch die Luft des Sonnenuntergangs taumelte, und die weiße Dampffahne, die seinem Abstieg folgte.

Jaxon landete sein Shuttle ungefähr eine halbe Meile vor den Ausläufern der Stadt. Er trat in voller Bewaffnung in den langen Sonnenuntergang und schaltete, Macht der Gewohnheit, den Selbstverteidigungsmechanismus des Gefährts ein. Es war fast völlig sicher, daß es hier draußen nichts gab, gegen das eine Verteidigung nötig wäre. Der Planet war während des Anflugs sorgfältig vom Mutterschiff aus untersucht worden.

Jaxon begann zur Stadt hinunterzubummeln. Er war ein Abenteurer, der überall anheuerte, wo die Bezahlung gut war. Was ihn zu diesem abgelegenen Ort verschlagen hatte, der weit von den Pionierwelten und Handelsrouten entfernt lag, auf denen er normalerweise seinen Lebensunterhalt verdiente, war das Wohlwollen eines unabhängigen Kapitäns, dessen Schiff jetzt über ihm schwebte. Sie hatten sich in einer Spelunke am Rande der Lyra kennengelernt; Jaxon wie immer als goldene Gestalt, wenn auch das Gold durch die blutende Nase und das blaue Auge etwas litt, die er sich bei einer anschließenden Prügelei einhandelte.

»Na denn, vielen Dank, daß Sie mir die Haut gerettet haben. Was wollen Sie?« Der Kapitän zeigte ihm eine alte Sternkarte und deutete auf einen Planeten. »Warum?« fragte Jaxon. Der Kapitän erklärte es ihm. Es war in diesem Augenblick nicht mehr als eine Geschichte; doch Geschichten führen manchmal zu Tatsachen. Es schien so, als wäre ein Jahrhundert zuvor eine Maschine mit gewaltigen Energien auf dieser kleinen Welt versteckt worden. Die Kolonie auf dem Planeten hatte man kurz darauf mit der Entschuldigung evakuiert, es gäbe gefährliche Erdbebenaktivitäten. Eine ganze Stadt wurde aufgegeben. Niemand kam mehr dorthin. Der Planet wurde gesperrt und aus den Karten gestrichen, so daß er übersehen und vergessen wurde. Nur die Geschichte über die Maschine war geblieben und schließlich wieder aufgetaucht.

Jaxon vermutete mit Recht, daß der Kapitän jemanden (Jaxon) mit Nachforschungen betrauen wollte. Welche Kapazität besaß die versteckte Maschine? Es mußte doch Sicherungen geben? Welche? »Es ist wahrscheinlich eine Kriegsmaschine. Deshalb wurde sie dort abgesetzt. Wer sie in die Finger bekommt, der sitzt am Drücker.« (»Oh, hübsch«, sagte Jaxon sarkastisch, während er in den ausgegebenen Drink blutete.) »Auf der anderen Seite ist vielleicht auch gar nichts dran. Aber wir möchten den Gerüchten auf den Grund gehen, ohne unsere Nase zu weit hineinzustekken.«

»Also wollen Sie, daß ich statt dessen meine Nase weit reinstecke.« Der Kapitän machte genauere Angaben über die Entlohnung. Jaxon dachte darüber nach. Erst als er schon an Bord des Schiffes gegangen war, fragte er noch einmal: »Sie haben mir auf meine beiden speziellen Fragen noch keine spezielle Antwort gegeben. Was tut diese Maschine? Wie ist sie geschützt?«

»Also gut. Aber es ist nicht sicher. Ich habe gehört, daß es ein Zerstäuber sein soll.« ›Zerstäuber‹ – ein Slangausdruck für etwas, das seit Jahrzehnten ein Alptraum und von allen solaren und galaktischen Regierungen gebannt worden war und das auf keinen Fall existieren konnte.

Jaxon sagte: »Dann sprechen wir jetzt also über einen Materie-Auslösungs-Zerstörer?«

»Ja. Und jetzt kommt der Witz dabei. Machen Sie sich drauf gefaßt, daß Sie gleich losbrüllen. Die einzige Wache bei dem verdammten Ding ist eine einsame Frau in einem weißen Hotel.«

Der Weltraum quoll über von Legenden, die, in Bars und entlegenen Gegenden geboren, von den verrückteren Raumfahrern wie Saatgut getragen und in fruchtbare Geister geimpft wurden, um normalerweise überhaupt nichts zu bewirken. Doch Jaxon, der hinter dem Handel etwas Ungewöhnliches gerochen hatte, wurde endlich die ganze Wahrheit enthüllt. Der unabhängige Kapitän war nur ein Trick. Die ganze Fahrt war ebenso von der Regierung finanziert wie die Mission: diese Maschine zu finden und zu zerstören, falls sie existierte. Alles andere war nur Täuschung. Ein Beinahe-Pirat auf einem Vergnügungsflug, ein notorischer Abenteurer, der nach einem Computerschatz suchte – das war alles, nach dem es aussehen sollte. Wenn die Mächte, die die Maschine geschaffen hatten, von ihrem Schicksal erfuhren und darüber in Rage gerieten, dann durfte der Vorfall keine galaktische Konfrontation auslösen. Man zieht nicht in den Krieg, weil man Besuch vom Katzenklau bekommen hat.

»Die andere Möglichkeit ist, daß jemand den Katzendieb pulverisiert.«

»Oder es ist gar nichts dran. Alles erfunden. Gelogen. Ein Sturm im Wasserglas.«

»Haben Sie schon mal einen Sturm im Wasserglas erlebt?« fragte Jaxon. »Ich hab's mal gesehen. Es war ein Trick, den jemand eines Nachts in einer Bar vorführte. Die Bar hat danach ausgesehen wie eine Müllkippe.«

Als er die Stadt betrat, die von den himmelhoch aufstrebenden Pylonen der Brücke eingerahmt wurde, sah Jaxon das Hotel.

Er stand da und schaute es an, und er dachte über die Idee nach, daß nur eine einzige Frau einen MAZ-Chaosbringer bewachte, der buchstäblich den Zusammenhalt aus allem reißen konnte – aus Planeten, Sonnen, aus dem Raum selbst. Wenn irgend etwas davon zutraf, dann mußte sie ein Roboter oder ein Androide sein. Er hatte einen Scanner bei sich, der in dem glatten goldenen Ring verborgen war, den er immer trug. Der würde ihm aus einer Entfernung von dreihundert Fuß genau sagen, was sie war; falls sie überhaupt existierte.

Eines der Luftkissenautos glitt vorbei. Jaxon rief es zu sich und stieg ein. Es beförderte ihn rasch zu dem exzentrischen alten Hotel. Als er noch zweihundert Fuß entfernt war, befragte Jaxon den Ring. Er sagte ihm sofort, daß sie wirklich existierte und – wie erwartet – auch, was sie war. Ihr Name war in der Vergangenheit auf dem Planeten registriert gewesen; es war Medra. Sie war kein Roboter, kein Androide, man hatte nicht einmal (sagte die Schnellanalyse) an ihrer Biologie herumgepfuscht. Sie war eine junge Frau. Sie hatte schwarze wallende Haare, eine helle Bernsteinhaut und dunkle Bernsteinaugen. Sie wog ... »Moment mal«, sagte Jaxon. »Etwas Wichtigeres: Was ist mit Implantaten?« Aber es gab keine Implantate. Das Auto befand sich jetzt nur noch dreißig Fuß vom Gebäude entfernt und begann sanft wie ein Aufzug an den Stockwerken emporzusteigen; sechzig, neunundsechzig, siebzig ... »Noch einmal überprüfen«, sagte Jaxon. Die Echsen, an denen er vorbeiglitt, beobachteten ihn mit vorstehenden Augen, doch er hatte sie schon überprüft: Es gab mehr als zweitausend von ihnen, die in und auf dem Gebäude hausten. Sie waren wie Saurier, nicht aggressiv, von geringer Intelligenz, harmlos, und nichtmechanisch. Über ihm, ein paar hundert Fuß höher, flog ein Vogel vorbei. »Und überprüfe *das*«, schnappte Jaxon, während er die Echsen mit finsterem Blick bedachte. Doch es war nur ein Vogel.

Neunundsiebzig, achtzig, neunundachtzig ... Und der Wagen hielt an.

Jaxon betrachtete die Frau, die Medra genannt wurde. Sie stand an einem Fenster und starrte durch das dicke Doppelglas zu ihm heraus. Ihre Augen waren wunderschön und weit aufgerissen.

Jaxon beugte sich lächelnd vor und bewegte den Mund: *Kann ich reinkommen?*

Er war aus Gold gemacht. Goldene Haut, goldgelbe Augen, eine goldene Mähne. Auch die uniformähnliche Kleidung, die er trug, bestand aus einem lohfarbenen strahlenden Material. Er schien jeden zu blenden, der ihn ansah.

Medra trat vom Fenster zurück und drückte auf den Schalter, der die Druckblase vom Balkon hob. Der Mann trat anmutig von dem Wagen auf das Geländer und hinüber. Die Blase schloß sich wieder. Medra fragte sich, ob sie ihn dort lassen sollte, gefangen und sicher, ein interessantes Musterexemplar. Doch seine Gegenwart war zu mächtig, und außerdem war das innere Glas ziemlich empfindlich und konnte leicht zerbrechen. Sie gab ihre Erlaubnis, die Scheibe hob sich, und der goldene Jaxon stieg hindurch und betrat ihr Zimmer.

Es gab eine Reihe möglicher Eröffnungszüge. Er hatte sich schon für den wirkungsvollsten entschieden.

»Guten Abend«, sagte Jaxon. »Ich glaube, der Name, unter dem Sie sich selbst kennen, ist Medra, M-E-D-R-A. Meiner lautet normalerweise Jaxon, J-A-X-O-N. Man hat mich aber auch schon anders genannt. Ihre Suite ist bezaubernd. Ist der Service hier immer noch so gut? Ich bin sicher, er ist es. Und das Klima muß sehr angenehm sein. Wie kommen Sie mit den Echsen zurecht?« Er arbeitete sich beim Sprechen vor. Als er nur noch einige Fuß vor ihr stand, hielt er inne. »Und die Maschine«, fragte er, »wo ist sie?«

»Welche Maschine?« fragte sie. »Es gibt mehrere.«

»Nun, Sie wissen, welche Maschine. Nicht die Maschine, die das Bett macht oder den Salat anrichtet oder die Musik einschaltet. Nicht der Stadtcomputer, der die Wagen am Laufen hält, nicht die Generatoren, die das Licht für die Geschäfte erzeugen.«

»Sonst gibt es nichts«, sagte sie.

»Doch, es gibt noch etwas. Oder warum sonst sind Sie hier?«

»Warum ich ...« Sie sah ihn erstaunt an.

Die ganze Zeit über schickte ihm der Ring kleine Impulse durch die Haut, durch das Fingergelenk; Botschaften, die er vor langer Zeit schnell und unauffällig abzulesen gelernt hatte. Sie log nicht. Sie war von seiner Ankunft so überrumpelt worden, daß sie nicht emotional reagierte; in Kürze würden die Gefühle durchbrechen. Ihr Puls beschleunigte sich bei diesem und jenem, wurde schneller, schneller. Aber sie log nicht. (Ist vielleicht ihr Gehirn behandelt?) Möglich. Der Puls schlug heftiger, schneller und schneller.

»... ich bin hier«, sagte sie, während sie ein unsicheres kleines Lachen von sich gab, »weil ich zurückgeblieben bin. Das ist alles. Der Kern des Planeten ist instabil. Man hat uns gesagt, wir müßten ihn verlassen. Aber ich entschloß mich ... hierzubleiben. Verstehen Sie, ich wurde hier geboren! Und meine ganze Familie ist hier gestorben. Mein Vater war der Architekt, der das Hotel entwarf. Ich wuchs in dem Hotel auf. Als die Schiffe starteten, flog ich nicht mit. Ich kannte keinen anderen Ort, an den ich gehen konnte. Keinen anderen Ort, keinen anderen Menschen ... wie seltsam, bleiben zu wollen. Aber die Erdbebenaktivitäten ... sie sind nicht so gefährlich, wie man voraussagte. Ein paar leichte Erschütterungen. Das Hotel ist stabilisiert; die anderen Gebäude hingegen ... manchmal ... Erst vor sechs Monaten ist einer der Blocks gegenüber eingestürzt; es gab eine Staubwolke, die eine halbe Stunde in der Luft stand. Ich rede zuviel«, sagte sie. »Ich habe keine Menschenseele mehr gesehen seit ... ich weiß nicht mehr ... ich glaube ... seit zehn Jahren?« Das letzte war eine Frage, als wüßte er es besser als sie und als könnte er es ihr sagen. Sie legte eine Hand über die Augen und begann ganz langsam vornüber zu fallen. Jaxon fing sie auf und hielt sie fest, während sie ihm weinend im Arm lag. (Keine Lügen. Echt. Emotionaler Impuls bestätigt: Der Ring stach und tickte ihm die Informationen durch.) Es war auch schon lange her, daß er eine Frau auf *diese* Art gehalten hatte. Er genoß es abwesend, während seine Gedanken schon in anderen Bahnen verliefen und nach anderen Rückschlüssen suchten. Wie aus großer Entfernung erfreute er sich an ihrem warmen Duft, an ihrem weichen dunklen Hexenhaar; er fand Freude daran, sie zu trösten.

II

Es hatte Zeit, alle Zeit einer ganzen Welt. Einmal drängte ihn nichts und niemand zur Eile. Das einzig Wichtige war, daß er sich sicher sein mußte. Und von Anfang an war er ziemlich sicher gewesen, und nun mußte er nur noch einen Beweis für diese Sicherheit finden, mußte sich der Sicherheit versichern. Von den Miniaturgeräten, die er ständig bei sich trug, einmal abgesehen, besaß er auch noch seine eigenen scharfen Sinne. Jaxon wußte binnen zehn Minuten, daß es hier nichts gab, was auch nur entfernt an die machtvolle Technik dieses sagenhaften MAZ erinnerte. Mit anderen Worten: schlechte Karten für Nemesis. Das Regierungsschiff kreuzte und forschte immer noch weit droben, verfolgte die Hohlräume in Hügeln, die tiefen Orte im Untergrund, die natürlichen Dachböden und Kellergewölbe des Planeten. Und währenddessen spazierte er durch die Stadt, fuhr mit den allgegenwärtigen kleinen Wagen herum und nahm nicht das kleinste Echo auf.

Aber doch, da war etwas! Etwas Seltsames, das nicht hineinpassen wollte.

Oder war das nur eine Entschuldigung dafür, ein wenig länger bleiben zu können?

Am ersten Abend, als sich der Sonnenuntergang endlich in der Nacht zu verlieren begann, hatte sie zu ihm gesagt: »Du bist hier, und ich weiß nicht, warum. Ich kann dich einfach nicht verstehen. Aber wir werden Champagner trinken. Wir werden den Ballsaal eröffnen.« Und als er amüsiert das Gesicht verzog, sagte sie: »Oh, sei doch freundlich zu uns! Sei freundlich zu dem Hotel. Es sehnt sich so nach einem Gast.«

Und es war wahr. Das Hotel erwachte auf Knopfdruck zum Leben. Es schmückte sich und machte sich bereit und legte Juwelenlichter an. Im Ballsaal aßen sie vom guten Service. Jeder Teller, jede Tasse, jede Serviette, jedes Messer waren mit dem aufgedruckten Relief des Hotelwappens geschmückt. Sie tranken aus Kristallpokalen und tanzten auf dem Kristallparkett die lässigen Schlangentänze, die vor zehn Jahren in Mode gewesen waren, während die Musik über sie rieselte wie ein Springbrunnen. Jaxon, hinter seiner selbstsicheren Pose amüsiert, war nicht im geringsten verlegen oder peinlich berührt. Medra wurde wieder zum Kind oder zu einem sehr jungen Mädchen. Dies war ihre reale Jugend gewesen, und sie war glücklich gewesen: bevor die Außenweltler mit ihren Warnungen, der Tod der Stadt, der Abschied der Schiffe und alles andere, gekommen waren.

Aber sie war kein Kind. Und wenn sie auch auf ihre Weise die Unschuld eines sehr jungen Mädchens besaß, so war sie doch eine Frau, die sich beim Tanzen an ihn drückte, während die Strahlen der Beleuchtung über sie hinwegglitten. Er war überwiegend an einen anderen Frauentyp gewöhnt, an harte, kluge, manchmal sogar intellektuelle Frauen, an beiläufiges Werben und was sonst noch dazugehörte – und an die vorauszusehenden Abgänge aus den Schnapspalästen, die er auf einem Planeten oder in den großen Tiefraumschiffen besucht hatte. Ein- oder zweimal hatte es Liebesaffären gegeben, das heißt, Affären mit Liebe. Und bei Medra (ihr wacher Verstand und ihre durch seine Nähe erblühende Lieblichkeit!) war er absolut nicht immun dagegen. Und auch nicht gegenüber der offensichtlichen Tatsache, daß sie ihm mit einer Art Bauernschläue vertraut hatte, da ihr sowieso nichts anderes übrigblieb.

Und was war mit Medra? Sie verliebte sich auf den ersten Blick in ihn. Es war unvermeidlich, und sie, die das Klischee sah und die Wahrheit, die hinter dem Klischee steckte, war nicht dumm und leugnete es nicht.

Nach dem ersten Abend, nach der ersten Verabredung, der die wiedergeborene Pracht des Hotels anbetungsvoll aufwartete, trennten sie sich, und jeder wandte sich seiner Suite zu. Während Jaxon sich wie ein goldener Hai in dem riesigen Badezimmer ergötzte, während er alte Brandys und andere Getränke aus Schränken holte, nach einer Weile den miniaturisierten Kommunikator einschaltete und mit dem Schiff Kontakt aufnahm, das nichts zu berichten hatte, während all dies geschah, lag Medra, immer noch in ihrem Ballkleid, auf dem Bett und hatte einen Wachtraum. Der Wachtraum schien allen früheren Träumen von Sternen und Ozeanen und Anhöhen überlegen zu sein. Der Mann, der ihre Welt betreten hatte – ihren Planeten, den Planeten ihres Bewußtseins –, er war jetzt Stern, Sonne, Ozean und himmelhoher Gipfel. Als sie einschlief, war es nur Schlaf, und in ihrem Schlaf träumte sie von ihm.

Dann begannen die Tage, die langen warmen Tage. Picknicks in den Ruinen, wo ihnen der Staub zugleich Teppich und Sonnenschirm war. Oder Abendessen in den wenigen Restaurants, die wie das Hotel noch auf menschliche Befehle reagierten. Sie bummelten zusammen durch die Stadt, erforschten ihre geräumten Büchereien und fanden gelegentlich, eingewickelt oder in einer Kiste, ein Meisterwerk, das in dem Durcheinander der Evakuierung übersehen worden war. In den Geschäften waren die Mannequins und die Solarcadillacs zu komischen mutierten Skulpturen verschmolzen.

Jaxon begleitete sie überallhin, testete, hielt Umschau, immer auf der Hut, ob irgend etwas einen Hinweis auf das Ziel seiner Suche geben würde. Doch eine andere Ebene in ihm war völlig auf Medra konzentriert. Sie war nicht mehr weit weg. Mit jedem Tag rückte sie näher. Die Suche war zur Nebensache geworden, zum Vorspiel.

Medra wanderte durch die verlassene Stadt und eroberte sie von neuem. Sie war sehr traurig und gerührt. Sie hatte erkannt, daß sie fortgehen würde. Obwohl kein Wort gefallen war, wußte sie, daß er sie mitnehmen würde, wenn er ging.

Die Nächte waren warm, doch es war eine kühlere, stärker duftende Wärme. Die Echsen kamen auf die beleuchtete Plaza vor dem Hotel und starrten, während sie die Ohren wie seltsame Blumen aufstellten und öffneten. Sie fraßen Medra aus der Hand, nicht, weil sie das Futter brauchten, sondern weil sie sie erkannten und weil sie ihnen etwas anbot. Es war fast schon eine Tradition zwischen ihnen. Sie genossen es, aber das Abenteuer wollten sie nicht. Sie gingen Jaxon aus dem Weg.

Medra und Jaxon durchforschten die nächtliche Stadt. (Das Hotel strahlte aus vielen Blickwinkeln wie ein Leuchtturm.) An anderen hochgelegenen Plätzen, wo der sanfte Wind zwischen ihnen und der sternüberkrusteten Dunkelheit entlangstrich, legte er einen Arm um sie, und sie lehnte sich an ihn. Er erzählte ihr Dinge, die er normalerweise niemandem anvertraute. Schwarze Dinge. Dinge, die er vor sich selbst akzeptierte, auf die er aber nicht stolz war. Er prüfte sie wieder; er wollte jetzt sehen, wie sie auf diese Dinge reagierte. Sie wies sie nicht zurück, sie bekam keine Angst und verschloß sich nicht vor ihnen. Schließlich begann sie ihn zu verstehen, weil sie ihn liebte. Er wußte, daß sie ihn liebte. Und es war ihm nicht gleichgültig. Ihm kam in den Sinn, daß er sie nicht hier allein zurücklassen würde, wenn er den Planeten verließ. An einem anderen Ort, nicht so ausgestorben wie dieser, wären sie beide viel besser in der Lage festzustellen, was zwischen ihnen war.

Und endlich, als sie eines Abends zusammen im Aufzug zu den oberen Stockwerken des Hotels hinauffuhren, sagte ihr Jaxon dies: »Der Auftrag, den ich hier zu erfüllen hatte, ist erledigt. Ich werde morgen fortgehen.«

Obwohl sie wußte, er würde nicht ohne sie gehen, dachte sie in diesem Augenblick, er würde selbstverständlich ohne sie gehen.

»Ich werde alle Lichter einschalten«, sagte sie nur. »Und wenn dich dein Schiff fortnimmt, wirst du sehen, wie sich ein Schatten über die Stadt breitet.«

»Du kannst das auch beobachten«, sagte er. »In einem

Shuttle ist genug Platz für uns beide. Es sei denn, du willst ein paar von diesen verdammten Echsen mitnehmen.«

Das Ritual war vollzogen, und so näherten sie sich einander, nicht mehr zum Trost, nicht zum Tanzen. Auch nicht als Prüfung. Er küßte sie, und sie erwiderte den Kuß.

Sie erreichten die neunundachtzigste Etage und betraten ihre Suite. Auf dem Bett, auf dem sie geschlafen hatte und zwischen Galaxien gewandert war, auf dem sie geschlafen und von ihm geträumt hatte, liebten sie sich. Und im leuchtenden Wirbelwind dieses Aktes hielt die Stadt inne wie eine angehaltene Uhr. Das Hotel war eine reine Feuersäule mit feurigen Wasserspeiern, die heiß gefroren an seinen Seiten hingen, während im neunundachtzigsten Stock eine einsame Nova brannte.

III

Einige Stunden vor Sonnenaufging verließ Jaxon Medra, seine schlafende Geliebte. Er kehrte in seine Zimmer im vierundsiebzigsten Stock zurück und nahm den Kommunikator in Betrieb. Er teilte dem Mutterschiff Einzelheiten über den Zeitpunkt seiner Rückkehr mit. Er teilte dem Regierungsbeamten mit, der den Interkom besetzt hatte, daß das Shuttle einen Passagier mitbringen würde. Der Offizier hatte ein offenes Gesicht und einen unverbindlichen Ton, und er klang nicht entmutigend. »Sie ist die Letzte der Kolonie«, sagte Jaxon sachlich, unterschwellig drohend. Es würde keine Schwierigkeiten geben. Die Geschichte über den MAZ war erledigt und konnte zu den Akten gelegt werden. Man würde erfreut reagieren, und Jaxon wäre der Mann der Stunde. Vielleicht sogar reich, für kurze Zeit. Sie würde es mögen: die Harmonie, die das Geld ihr bieten konnte, und keine Notwendigkeit, für Geld zu schuften ...

Nachdem er den Kommunikator ausgeschaltet und transportfertig zusammengelegt hatte, warf sich Jaxon auf sein Bett. Er dachte über die Frau nach, die fünfzehn Stockwerke über ihm lag, fünf Minuten entfernt. Er dachte genauso unverbindlich und locker über sie nach wie der junge Mann auf der Brücke des Schiffs. Aber dennoch – oder vielleicht gerade deshalb – durchströmte ihn eine Woge von Begehren. Jaxon wollte gerade aufstehen und zu ihr zurückkehren, als er hörte, wie die Tür geöffnet wurde und Seide raschelte. Medra war zu ihm gekommen.

Sie kam langsam auf ihn zu. Ihr Gesicht war sehr ernst und gefaßt. In dem schwachen Licht der einsamen, niedrig gestellten Lampe, die er angelassen hatte, schien ihr schwarzes Haar die Schatten aufzusaugen und sie mit ihnen einzuhüllen. Sie war, nicht weniger als er selbst, eine mythische Gestalt. Nicht weniger als er. Sogar mehr als er. Und dann sah er – mit einem Adrenalinstoß, der ihn auf die Füße brachte –, daß die einsame schwache Lampe durch sie *hindurchschien*.

»Was«, fragte er, während er eine Hand auf die kleine nutzlose Pistole legte, die neben dem Bett lag, »ist denn jetzt los? Ein echter Geist oder nur ein unvollkommenes Hologramm? Wo bist du wirklich, Medra? Falls du Medra *bist*.«

»Ja«, sagte sie. Es war genau ihre Stimme, dieselbe Stimme, die wenige Stunden zuvor leidenschaftlich und drängend auf seine Worte geantwortet hatte. »Ich bin Medra. Ich bin wirklich Medra. Kein Hologramm. Ich muß genauer sein. Kannst du dich mit einer astralen Projektion abfinden – dem Unterbewußtsein, vom Körper befreit?«

»Oh, wie hübsch! Und der Körper? Wir wollen ihn nicht vergessen. Ich bin ziemlich scharf auf deinen Körper, Medra. Wo ist er?«

»Oben. Er schläft. Er schläft sehr tief. Eine Art von Tiefschlaf, an den er gut gewöhnt ist.«

»Wenn du irgendein Spiel spielst, warum erklärst du mir dann nicht die Regeln?«

»Ja, ich weiß, wie gefährlich du bist. *Ich* weiß es besser als ich selbst – soll heißen, als mein physisches Selbst. Tut mir leid«, sagte das durchscheinende Abbild von Medra sehr höflich zu ihm. »Es kann nur auf diese Weise getan werden.

Bitte, hör zu! Du wirst feststellen, daß du alles begreifst, was ich dir sagen werde. Auf einer Ebene hast du es auch die ganze Zeit schon gewußt. Die Tiefen des Geistes sind immer stärker und elastischer als das bewußte Denken, das wir dummerweise Verstand genannt haben.«

Er setzte sich wieder aufs Bett. Er forderte sie auf, fortzufahren. Irgendwann ließ er die Pistole aus der Hand gleiten.

Danach, während der kurzen Spanne, an die er sich erinnerte, schien er alles, eine Unterhaltung oder einen Dialog, durch ihre Stimme gehört zu haben. Es war nicht unwahrscheinlich, daß sie ihn irgendwie hypnotisiert hatte, damit er besser achtgab.

Sie verstand (*sie*, Medras Essenz!), warum er auf den Planeten gekommen war, und sie verstand die Natur der Maschine, die er gesucht hatte. Die Legende über einen MAZ war genau das. Ein solches Gerät existierte nirgendwo. Die Geschichte beruhte jedoch auf einer viel komplizierteren und interessanteren Tatsache. Das Riesengefüge des Universums, wie jeder große Teppich verschlissen, ausgetreten und geplündert, hatte im Lauf der Jahrhunderte gewisse Schwachstellen bekommen. An diesen Stellen begann die Gewebestruktur auszufransen und wurde durchlässig – das war der springende Punkt. Es gab keine gefährliche Zerstörungsmaschine, sondern der durchgetretene Makrokosmos schuf die Katastrophen selbst, spontan. Natürlich war dieses Nachgeben von Atomen sowohl eine örtliche wie auch, auf lange Sicht, eine allgegenwärtige Gefahr. Eine Laufmasche in einem solchen Gewebe – es konnte nur eine Lösung geben. Jeder Riß mußte geflickt und danach überwacht, mußte sorgfältig zusammengehalten werden; wenn nötig, bis in alle Ewigkeit. Oder wenigstens, bis das letzte bewußte Leben des physischen Universums verblichen war.

»Du mußt an Wächter denken«, sagte sie. »Wächter, die für alle Zeit auf ihrem Posten bleiben, soweit uns die Zeit bekannt ist. Wächter, die weithin mathematisch und esoterisch weben und ständig das Gewebe des kosmischen Lebens flicken und stärken. Nein, sie sind keine Computer.

Was das Leben erhält, muß *selbst* leben. Wir kommen aus vielen galaktischen Rassen. Wir bewachen viele Öffnungen. Dieser Planet ist eine solche Öffnung, und ich bin ein solcher Wächter.«

Er erinnerte sich, daß er gesagt hatte: »Du bist eine Frau, eine Frau von der Erde.«

»Ja. Ich wurde hier geboren, in der terranischen Kolonie, als Tochter eines Architekten, der eines der prächtigsten Hotels in zwanzig Systemen entwarf. Als sie kamen – sie, die die Wächter auswählen, sind natürlich selbst fühlende Wesen –, entdeckten sie, daß mein Verstand, meine gedanklichen Prozesse für diese Aufgabe geeignet waren. Deshalb bildeten sie mich aus. Und hier ist noch eine Wahrheit: Wenn der menschliche Geist seine Fähigkeiten voll ausschöpft, dann ist er größer, komplexer und zu mehr erstaunlichen Dingen fähig als jeder Mechanismus, den die Menschen jemals entwickelten. *Ich* bin der Computer, nach dem du gesucht hast, Jaxon. Keine Macht des Chaos, sondern eine Blaupause für Erneuerung und Sicherheit. Aus diesem Grund blieb ich zurück, und aus diesem Grund muß ich immer bleiben. Denen, die gingen, wurde eine Erinnerung mitgegeben, eine ganze Palette von guten Gründen für den Aufbruch. Auch dir wird ein Grund gegeben werden. Ich werde ihn dir geben. Es wird kein Bedauern geben. Trotz all der Freude, die du mir brachtest.«

»Ich bin nicht allein gekommen«, sagte er. »Der Himmel da oben ist voller mißtrauischer Typen, die wohl nicht glauben werden ...«

»Doch. Sie werden glauben, was immer du ihnen erzählst. Ich habe dafür gesorgt, daß sie es tun werden.«

»Guter Gott. Was bist du denn dann? Eine menschliche Maschine? Die Sklavin irgendeines ...«

»Keine Sklavin. Zu Beginn bot man mir eine Wahl. Ich wählte: dies. Und auch, zu vergessen, so wie du vergessen wirst.«

»Du bist immer noch eine Frau und kein ...«

»Beides. Und ja, die Frau ist in ihrer Vergeßlichkeit

manchmal verzweifelt und sehr traurig. Wenn sie ›wach‹ ist, weiß sie nicht mehr, was sie ist. Sie weiß es nur, wenn sie ›schläft‹. Es immer zu wissen, es auch im ›Wachsein‹ zu wissen, bringt Schwierigkeiten in bezug auf die Macht mit sich, und ich traue mir da selbst nicht. Gelegentlich traurig zu sein, ist besser.«

»Vielleicht kann ich das alles nicht annehmen.«

»Ja«, sagte sie. »Nichts davon. So ist es immer. Mein Geliebter, du bist nicht der erste, der meine physische Einsamkeit lindert. Wenn der rechte Augenblick gekommen ist, rufe ich, und ich bekomme eine Antwort. Was glaubst du denn, wer dich hergezogen hat?«

Er fluchte. Sie lachte.

Sie sagte: »Sie nicht so entsetzt! Diese Episode ist voller Charme und Vergnügen. Noch einmal, vielen Dank. Alles Gute!«

Und sie war weg. Mitten in der Luft verschwunden. Das Öffnen der Tür, das Stoffrascheln waren Beruhigungen, waren eine List gewesen. Er sagte sich, daß er übertölpelt worden war. Seine Nerven gerieten unter dem Eindruck von Fallen und Hinterlist in Aufruhr, doch dann beruhigten sich diese Regungen wieder, und mürrischer Protest erhob sich. Auf einer Ebene, die er erkannt und akzeptiert hatte, mußte es so sein, wie sie gesagt hatte. Es hatte einmal einen Witz gegeben, daß Gott eine Frau sei ...

Er schlief im Sitzen auf dem Bett ein.

Jaxon dirigierte das Shuttle durch die reine Luft des Sonnenaufgangs, dann über den Sonnenaufgang hinauf in die tintenschwarze Nacht des Weltraums. Er ließ alles hinter sich zurück, den Planeten, die Stadt, das Hotel und die Frau. Er fühlte sich schlecht, weil er sie zurückgelassen hatte, doch er hatte den Abgrund vor seinen Füßen vorausgesehen. So, wie sie gelebt hatte, war sie bestimmt ein wenig verrückt und sicherlich mehr als nur ein bißchen abhängig. In seinem Leben war kein Raum dafür; er wäre nicht fähig, damit umzugehen. Ihre feenhafte Art hatte ihn erfreut, aber es war sinnlos, es fortzusetzen. Nach einer Weile hätte sie sich an ihn geklammert, und er hätte sie im Zorn geprügelt. Es hätte einen Wutausbruch gegeben, mehr als nur ein böses Wort: einen bösen Hieb, und die Krankenhäuser in der Gegend, in der er sich meistens herumtrieb, waren nicht sehr gut. Sie war nichts für ihn, und es war besser, etwas pathetisch Abschied zu nehmen, als ins Chaos zu stürzen. Sie hatte ihm erzählt, daß ab und zu Schiffe vorbeikämen. Ein anderer würde sie retten – oder auch nicht.

»Welche Frau?« fragte er den Kapitän des Mutterschiffs. »Prima. Sie wollte doch nicht mitkommen. Kommen Sie schon, Sie haben gekriegt, was Sie haben wollten, ich habe für Sie gearbeitet. Und jetzt unterhalten wir uns über die Bezahlung.«

Er hatte sie schlafend zurückgelassen. Ihr Haar lag über die Kopfkissen gebreitet, schwarze Ströme und Flüsse. Augen wie dunkelroter Bernstein, von zwei Lidern wie mit Blütenblättern verschlossen. Er dachte an die Fassaden der leeren Gebäude, an das bedeutungslose Lichtergefunkel, an die Echsen, die nicht mit ihr sprachen. Er dachte an das Treibhaus mit dem bunten Glas. Er hatte eine Erinnerung an fremde, wilde Träume, die sie ihm gegenüber erwähnt hatte, und die den Stellenwert des Lebens einnahmen. Sie war eine schwierige Frau, keine, mit der man leben konnte, und wenn man sie liebte, dann nur für kurze Zeit. *Ich bin halb krank von den Schatten,* sagte sie ihm jetzt in sein inneres Ohr. Aber das war eine Zeile aus einem uralten Gedicht von der Erde, oder nicht? Diese Schatten waren für Medra sehr real.

In der verlassenen, teilweise zerstörten Stadt, im neunundachtzigsten Stockwerk des weißen Hotels, weinte Medra.

Sie weinte, weil sie schrecklich verletzt war, verzweifelt, weil der Verlust so schmerzte. Und vor Scham. Denn sie hatte ihm vertraut und war ihm offen, ohne Verstellung entgegengetreten, und der Schlag hatte sie voll getroffen, hatte sie gebrochen und hatte sie – so schien ihr – für immer verkrüppelt. Sie war betrogen worden. Alles hatte sich verschworen, um sie zu betrügen. Sein Lächeln, seine Worte, seine höflichen und begehrenden Gesten hatten nichts bedeutet. Sogar ihr Planet hatte sie verraten. Mit der Art, wie das Sonnenlicht auf gewisse Dinge fiel, mit dem Klang der Musik. Die Blätter, die in dem Treibhaus wucherten, hatten sie mit ihrem Geruch betrogen. Und auch sie selbst war schuldig. Hoffnung ist eine strafbare Handlung. Die Strafe ist immer der Tod; ein weiterer Tod des Herzens.

Medra weinte.

Später wanderte sie in ihren Räumen umher. Und sie bedachte, eine etwas praktische Erwägung, die Möglichkeiten für ihren endgültigen Tod. Es gab Medikamente, die für einen anständigen Abgang sorgen würden. Oder brutalere Hilfsmittel. Sie konnte sogar unter Qualen sterben, falls sie es wünschte, um mit den rasenden Schmerzen den zu verfluchen, der sie betrogen hatte.

Doch alle gewaltsamen Methoden erforderten Energie, und sie fühlte sich ausgelaugt. Ihr Körper, eine Glocke, läutete Elend. Nach einer längeren Schlaflosigkeit gab es keine andere Zuflucht als den Schlaf.

Medra schlief.

Sie schlief, und also ... *schlief* sie. Tief hinab, tiefer und tiefer, weiter und weiter. Die Ketten ihrer körperlichen Bedürfnisse, ihre Pulsschläge, Seufzer, Hormone, blieben zurück, wie die goldenen Hüllen der Stadt zurückgelassen wurden, wie sie selbst zurückgelassen worden war, von einem, den zu lieben sie sich entschlossen hatte. Dann erwachte, voll bewußt, geschult, motiviert, gewöhnt an große Konzepte und außergewöhnliche Verbindungen, ihr *Geist*.

Medra bewegte sich jetzt hinaus wie ein Vogel, der über die See fliegt, mit kräftigen, tragenden Schwingen. Zu den Aussichtspunkten, zum Licht und zum Schatten, zum Murmeln und zur Begleitmusik. Sie reiste durch eine Vielfalt von geographischen Räumen, über Gebirge, unter Ozeane, durch Galaxien ...

Sie glitt durch Sonnenkoronen, durch die kalten Bereiche

des Weltraums. Sie webte den Teppich und war der Teppich. Die Bilder erfüllten sie mit Glück. Das Universum war ihr Geliebter. Und hier, im Geheimnisvollen, hörte die Weberin ein weit entferntes, schwindendes Echo. Es mußte zwischen dem Glas zurückbleiben. Sie sah sich selbst, Teil des Musters, und an anderen Stellen ihr zufälliges Leben. Sie sagte freundlich zu ihm: Du bist mein Trost, aber du bist nicht genug. Die Sterne trieben an ihr vorbei, und ihr Geist liebte ihr Feuer und wurde von ihnen wiedergeliebt. Sie dachte: Aber dies – *dies* ist genug.

Aus dem Amerikanischen übersetzt von Jürgen Langowski

IAN WATSON

Geisterlesungen

Kaum hatte Lucretius splitternackt im Zentrum des Roseberry-Feldes materialisiert, lief einer der Instituts-Techniker auf ihn zu und legte ihm einen Bademantel um. Ein anderer zog unserem alten Römer ein paar Sandalen über die Füße.

Ihm eine echte Toga anzuziehen, dauerte anscheinend zu lange, also mußte ein Bademantel genügen. Dann erschien Jim Roseberry, um unseren hohen Gast zu begrüßen und ihm die Anlage zu erklären. In Latein, versteht sich. Jim strahlte im wahrsten Sinne des Wortes Wohlwollen aus; man fühlte richtig, daß man ihm vertrauen konnte. Mit diesen zwinkernden blauen Augen, seinem schlürfenden Gang und den widerborstigen grauen Haaren wirkte er wie ein friedlicher Bär, dessen einziger Wunsch es ist, einen zu umarmen.

»Wir heißen Sie willkommen, Meister«, erklärte er.

»Wir aus der Zukunft grüßen Sie, der im Sterben liegt. Mit Hilfe unserer Wissenschaft haben wir Sie vom Sterbebett hierhergeholt, um Ihre Weisheit zu preisen ...«

Und so ging es weiter.

Titus Lucretius Carus lauschte unbeweglich mit gesenktem Kopf. Er war ein kleiner schlanker Mann. Sauber gelegte Haarlocken wellten sich um die hohe gefurchte Stirn. Er hatte eine lange dünne Nase; unter hängenden Lidern blickte ein lebendiges Augenpaar neugierig in die Welt.

Er sah nicht aus wie ein Sterbender, doch hatte mir Jim am Abend zuvor erklärt, daß man einen sterbenden Menschen, den man der Vergänglichkeit entreißt und dessen Todesmoment man um sieben Tage hinauszögert, durch den Roseberry-Effekt um die Zeit wiederbelebt, die er bei uns weilt.

Ich war dagegen der Ansicht, daß die Wiederbelebten keine wirklichen Menschen seien, sondern eher eine Art Ektoplasma-Gestalten, ähnlich den Geistern bei Seáncen. Jim hatte das verneint und behauptet, sie seien wirklich aus Fleisch und Blut. Wäre ich ein Kontinuum-Kundiger wie er, würde ich auch erkennen, warum das so sei.

Wirklich aus Fleisch und Blut also! Das brachte mich auf die eine oder andere Idee, den Dingen den richtigen Schwung zu verleihen. Denn natürlich standen wir vom Sender vor dem Problem, daß Roseberrys Dichterlesungen aus der Vergangenheit kein erstklassiges Fernsehprogramm darstellten. Selbstverständlich war die Vorführung des Roseberry-Effektes und der phantastischen wissenschaftlichen Entdeckung, die dahinter steckte, eine Sensation gewesen. Doch die Folgesendungen wurden problematisch, weil sich ein solcher Erfolg nicht beliebig fortsetzen ließ. Charles Darwin war eben kein Unterhaltungskünstler, und was den zweiten Wiederbelebten, Galilei, betraf ... Nun, Computer-Übersetzungen mit ihrer monotonen, synthetischen Maschinensprache sind ein wahres Schlafmittel. Und wir konnten schwerlich erwarten, daß Millionen von Zuschauern sich Lerngeräte liehen, um mit Hilfe von Hypnoseunterricht urzeitliches Italienisch zu lernen. Ausschließlich das Gerücht, daß Jim vorhatte, Jesus Christus wiederzubeleben, veranlaßte uns auch zum Erwerb der TV-Rechte für Lucretius, weil wir damit eine Option auf die weiteren Wiederbelebungen erwarben. Denn, mal ganz ehrlich, wen interessierte schon Lucretius oder das, was er der Welt zu sagen hatte?

Mir hatte man die schöne Aufgabe angehängt, diese Show lebendig zu präsentieren. Wir sollten uns ausschließlich auf den weiteren Programmablauf nach der Lesung konzentrieren: auf die Woche, die der Römer ganz privat bei der Roseberry-Familie verleben würde. Und ich wußte auch schon, daß es meine Aufgabe sein würde, diesem Besuch einen persönlichen Anstrich zu geben.

Nachdem der erste Schock abgeklungen war, ließ Lucretius das ganze Theater um seine Wiederbelebung mit bewundernswerter Haltung über sich ergehen – obwohl es für meine Zwecke gar nicht so erfreulich sein konnte, wenn er diese Beherrschung die ganze Woche über an den Tag legte.

Danach begaben wir uns vom Wiederbelebungsraum mit seinen Stromkabeln, dem Motor mit der Kontinuum-Matrize sowie anderen Geräten in einen Nebenraum und stärkten uns, bevor die eigentliche Gastlesung begann, an einem Büfett mit kalten Platten, Pasteten und Cola.

Muhammed und Carl zeichneten die Sendung auf, während Lucretius auf einem Podium den geladenen Gästen in Lateinisch einen Vortrag über die Atom-Theorie und die Beschaffenheit des Universums hielt. So, wie es aussah, würden wir neunundneunzig Prozent von diesem Quatsch senden müssen. Da gab es nichts zu schneiden. Meine Gedanken wanderten zu Tony, der anhand der Checkliste, die ich ihm gegeben hatte, das Roseberry-Haus irgendwo auf dem Institutsgelände mit automatischen Mini-Kameras und versteckten Mikrofonen bestückte. Nach einer Weile begann ich Jim Roseberry zu beobachten und bemerkte, wie er während der Lesung ab und zu verschlagen lächelte und wissend mit dem Kopf nickte. Mir kam der Verdacht, daß an Jim irgend etwas nicht ganz koscher war ...

Später, als die geladenen Ehrengäste sich verabschiedet hatten, verließen wir – Jim, Lucretius und ich – das Institutsgebäude mit seiner Spiegelglas- und Betonfassade und gingen durch den Park mit den Rhododendronsträuchern zum Roseberry-Haus hinüber. Carl und Muhammed filmten eifrig jeden Schritt, den wir taten.

Entweder war Lucretius unsere Sandalen mit dem Halteband zwischen den Zehen nicht gewöhnt, oder der Schock zeigte eine verspätete Wirkung. Wir waren erst ein paar Schritte gegangen, als er stolperte und gegen mich taumelte. Ich nutzte die Gelegenheit, ihn unterzuhaken.

»Stimmt es, daß Sie durch einen Liebestrank verrückt geworden sind?« fragte ich ihn flüsternd.

(Diese Weisheit hatte meine Reporterin Karen ausgegraben, was mich sehr erheiterte. Unser Römer war angeblich im Fieberwahn gestorben, durch Aphrodisiaka geisteskrank geworden. Außerdem sollte er sehr stark manisch-depressiv gewesen sein, ständig zwischen der Ekstase über die Schönheit der Welt und dem Entsetzen über das Unrecht und die Greuel des Lebens hin und her schwankend. Trotzdem hatte er beständig versucht, eine philosophische Distanz zu allem zu wahren.)

Jim hatte meine Bemerkung mitbekommen.

»Um Gottes willen!«

Lucretius warf Jim einen schmerzlichen Blick zu.

»Glaubt ihr immer noch an Götter?«

Dabei drückte er meinen Arm fest an sich. Meine Schaftstiefel, Mikroshorts und der breite Gürtel mußten es ihm angetan haben. Gott allein wußte, was er von Muhammed denken mußte, der an seiner Minikamera herumhantierte. Ein schwarzer Sklave, der um uns herumdienerte?

Zwei der Studiogäste vom Nachmittag waren an diesem ersten Abend auch zum Essen geladen: der dickbäuchige Astrophysiker Max Stein und die Atomphysikerin Ingrid Langholm. Sie trug ein langes orangefarbenes Abendkleid mit Organdy-Besatz am dezenten Ausschnitt. Unsere Gastgeberin Martha Roseberry war dagegen ein echter Rubens-Typ: Rundlich, rosig, perfekt geschminkt. Die Tochter Harmony Roseberry, eine junge Besserwisserin, war ebenfalls rundlich und besaß dank einer unbezähmbaren Vorliebe für klebrige Krapfen eine ziemlich pickelige Haut. Ehefrau und Tochter hielten Jim Roseberry ganz offensichtlich für den perfektesten und besten Menschen nach Gott.

Muhammed und Carl hatten sich in das Motel abgemeldet, Tony war in die Küche verbannt worden. Machiko, das japanische Mädchen, servierte Drinks und trug das Essen auf, das der philippinische Koch der Familie zubereitet hatte. Jedesmal, wenn Machiko das Speisezimmer betrat, betrachtete Lucretius ihre orientalische Gestalt mit steigender Verwunderung. Beim geräucherten Lachs mit Spargelspitzen schließlich konnte er seine Neugier nicht mehr bezähmen und fragte, ob sie Ägypterin sei. Was Jim dazu veranlaßte, umgehend in sein Studio zu eilen und mit einem Globus zurückzukehren: einem weiteren modernen Wunderwerk, mit dem man unseren Römer – neben elektrischem Licht, Fernsehen und Toiletten mit Wasserspülung – beeindrucken konnte.

Und während ich Jims Erklärungen von der Erforschung auch des letzten Quadratmeters unserer Erde und ihrer kartographischen Erfassung lauschte, wobei er nicht unsere Landung auf dem Mond zu erwähnen vergaß, dämmerte mir langsam, was mir an ihm suspekt erschien.

Genau das war's: Jims großer Durchbruch als Wissenschaftler basierte auf der Entwicklung einer technischen Möglichkeit, Geistergrößen aus der Vergangenheit herüberzuholen, um ihnen vordergründig das Bewußtsein zu vermitteln, daß ihr Leben und Wirken in den Augen der zukünftigen Generationen wertvoll und wichtig gewesen war. Doch dann begann er ihnen – natürlich in der allerfreundlichsten Art – klarzumachen, wo sie geirrt oder kurz vor dem Ziel aufgegeben hatten. Und wieviel mehr wir doch heute wußten.

»Sie lagen fast genau richtig, mein Junge, Sie waren der Sache auf der Spur, daran gibt's keinen Zweifel. Wirklich! Aber ...«

Dies war der eigentliche Grund, warum er Wissenschaftler wiederbelebte und zu sich zu Gast lud. Einen Künstler wie Mozart oder Shakespeare hätte man nie so überlegen behandeln können wie einen Wissenschaftler – eben aufgrund des besseren Wissens. Auf diese Weise war Jim Roseberry Darwin, Galilei und sonst wem stets überlegen. Sicher, Lucretius war ein Dichter, doch dichtete er nur, um die Wissenschaft zu erläutern und den Menschen näherzubringen. Er war in etwa der Carl Sagan des alten Rom.

Als nächster Gang folgte Bœuf Stroganoff auf Pilaw-Reis. Max Stein ließ sich zweimal nachlegen, Lucretius dagegen stocherte nur in seinem Essen herum.

»Wie schmeckt Ihnen das Essen, Meister Lucretius?« fragte Martha auf lateinisch.

(Selbstverständlich hatten wir uns alle einer Nacht mit dem Hypnose-Lerngerät unterzogen.)

»Es ist bitter, schmeckt säuerlich«, antwortete der Römer.

Sie reichte ihm den Salzstreuer. Harmony erklärte ihm seinen Gebrauch. Lucretius kostete von seinem Mahl und zog eine Grimasse.

»Beleidigen diese groben Atome Ihre Zunge?« fragte Jim augenzwinkernd.

Jedenfalls war der Burgunder exzellent. Beim Dessert (Zitronencreme – und für Harmony ein paar Krapfen) drehte sich die Unterhaltung um Elektronen und Quarkspeise ... und um den großen Knall. Ingrid Langholz erwies sich bei der lateinischen Erklärung der Kernspaltung als sehr einfallsreich in ihrer Wortwahl.

Kaffee und Cognac wurden gereicht. Lucretius runzelte die Stirn und bat um mehr Cognac. Immer noch zeigte er seine kühle Zurückhaltung, doch wie lange noch?

Ich saß neben ihm, rieb wie unabsichtlich mein nacktes Bein an seinem Bademantel. (Heute nacht war es noch zu früh. Vielleicht morgen ...?)

In diesem Augenblick hörte ich den Donner. Jim sprang auf und zog die Vorhänge beiseite. Die Nacht draußen war dunkel und mondlos, kein einziger Stern stand am Himmel. Wind kam auf.

»Es braut sich ein Unwetter zusammen«, sagte Jim, zu Max und Ingrid gewandt.

Max warf einen Blick auf seine Uhr und erhob sich.

»Ich mache mich jetzt besser auf den Weg.«

Er streckte Lucretius seine Hand hin.

»Die Unterhaltung war mir ein Vergnügen, Meister!«

»Ich schließ mich dem an«, sagte Ingrid und erhob sich ebenfalls.

Lucretius starrte auf Max' ausgestreckte Hand.

»Schon gut, ich habe noch nicht das Bedürfnis, mich draußen zu erbrechen.«

»Großer Gott!« entfuhr es Martha.

»Die Feste im alten Rom waren eben sehr gewagt, Mutter«, klärte Harmony sie auf. »Die Esser pflegten zwischen den Gängen das Gegessene wieder zu erbrechen.«

»War dies jetzt ein Fest? fragte Lucretius. »Dann bewundere ich die allseitige Bescheidenheit und Mäßigung, wenn auch nicht die Stimmung.«

»Nun, ich nicht«, bemerkte Martha trocken.

Und so löste sich die Gesellschaft auf.

Ich verbrachte eine unruhige Nacht in einem der Gästezimmer. Der tobende Sturm weckte mich immer wieder. Jede Stunde, so schien mir, lebte der Donner wieder auf, Blitze zuckten grell hinter den Vorhängen. Dazu war unablässig das Heulen des Windes zu hören. Gelegentlich vernahm ich einen Schrei oder das Krächzen einer Eule. Ich war unruhig und verkroch mich, obwohl es mir zu warm war, tief unter der Decke.

Als ich am nächsten Morgen aufstand, tobte der Wind immer noch wild. Riesige Wolkenschiffe trieben über den Himmel, bis hoch in die Stratosphäre reihte sich Segel an Segel. Vor meinem Schlafzimmerfenster dehnte sich ein Wald und schirmte das Haus gegen den Highway ab. Mitten in dem Graugrün des Gehölzes entdeckte ich auf einmal einen leuchtenden orangefarbenen Fleck.

Plötzlich schienen sich mir die Bäume, zu denen ich hinüberschaute, entgegenzuwerfen, schüttelten ihre grünen Schleier ab, die auf mich zusegelten. Ich fühlte die Wucht dieser Eindrücke wie heftige Schläge auf meine Augen. Das Bild, das meine Augen aufnahmen, strahlte sein ›Gesicht‹ auf mich ab. Einen Augenblick glaubte ich mich in der Erinnerung an einen LSD-Trip gefangen, den ich vor Jahren einmal gemacht hatte. Doch dann konzentrierte sich mein Blick auf den orangefarbenen Fleck.

Es war Ingrid Langholm, und sie saß in halber Höhe auf einem Baum!

Hatte ich Halluzinationen? Es kam mir nicht so vor. Ich zog

mich an und weckte rasch Tony und Jim Roseberry. Wenn Ingrid die ganze Nacht in diesem Sturm auf einem Baum verbracht hatte, mußte sie schon einen verdammt guten Grund dafür gehabt haben.

Als wir die durchnäßte und erschöpfte Atomphysikerin zum Haus brachten, erwartete uns Martha Roseberry vor der Tür, trotz des stürmischen Wetters nur in ihren Hausmantel gehüllt. Auch Lucretius in seinem Bademantel war aus dem Haus getreten.

»Was ist geschehen?« zeterte Martha.

»Mein Vorderreifen ...«, keuchte Ingrid. »Ich hatte einen Plattfuß.«

»Ihr Rad löste sich«, erklärte Jim in Latein, sich an seine Pflichten als Gastgeber erinnernd.

»Ich hatte keine Taschenlampe dabei ... also ging ich zu Fuß zurück ... und ein gottverdammter Löwe ...«

»Ein Löwe jagte sie auf einen Baum. Er streunte hier herum.«

»Löwen fürchten den Schrei des jungen Hahnes«, bemerkte Lucretius weise.

»Was?« fragte Martha verständnislos.

»Deshalb ist er im Morgengrauen geflohen. Schweine hassen Parfüm und Majoran, Löwen fürchten den Hahn.«

Lucretius betrachtete die arme Ingrid mit seltsamer Zufriedenheit. Ihr Kleid war schmutzig und zerrissen, ihr sorgfältiges Make-up völlig zerlaufen. Das Haar hing ihr in Strähnen vom Kopf. Sie sah aus wie eine heruntergekommene Schlampe.

Genau in diesem Moment machte sich Ingrids Gesicht selbständig und flog auf meines zu – wieder und wieder. Es war, als trüge sie einen Stapel unendlich vieler Masken, die sich nacheinander lösten und durch die Luft segelten, ohne daß der Stapel abnahm. Auch Martha rieb sich ungläubig die Augen.

Jim dagegen war zu sehr damit beschäftigt, zu den zerrissenen, jagenden Wolken hinaufzusehen. Er deutete zitternd nach oben. Ein riesiges Gesicht grinste hinter einer Wolke hervor. Es verwandelte sich in einen knurrenden Löwenkopf, dann zerfloß es wie heißes Wachs.

»Habt ihr das gesehen?«

»Zerbrechliche Visionen reproduzieren sich manchmal ganz spontan am Himmel«, erklärte Lucretius hilfsbereit. Als ob das alles noch nicht reichte, gingen in diesem Augenblick zwei nebeneinander stehende Douglas-Fichten in Flammen auf. Jim fuhr zu Lucretius herum.

»Und was ist die Ursache dafür?«

»Ganz einfach. Im Wind haben sich die Bäume aneinander gerieben, und die Reibungshitze hat sie angezündet.«

Just in dem Moment lösten rhythmische Windstöße die Atome meines Geistes und Körpers so schnell aus ihrer Verankerung, daß ich meinte, die ganze Nacht kein Auge zugetan zu haben. Ein großer Teil meiner Körperdichte verflüchtigte sich, und ich empfand das Bedürfnis, die Hohlräume zu füllen. (Und ein Teil von mir fragte einen anderen Teil: »Was zum Teufel denke ich da? Windstöße? Losgelöste Atome? Verlust von Körperdichte?«)

Meine Glieder schlotterten. Ich bemerkte nicht die durchs Gras gleitende Schlange, bis Tony rief:

»Vorsicht, paß auf!«

Hastig stieß ich meinen Überlebenswillen an, damit er meinen Körper zur Seite springen ließ. (Ich tat ... was?) Lucretius spuckte wie beiläufig auf die Schlange. Sofort rollte sie sich zusammen und biß sich in den Schwanz, brachte sich selbst zu Tode. Lucretius gluckste zufrieden.

»Glücklicherweise war es eine, für die menschlicher Speichel Gift ist.«

Um mich drehte sich alles, mir war schwindlig. Und im Hochofen sich rammender Wolken wurde immer neue Feuersglut entfesselt. Ein Blitz zuckte grell auf und schlug krachend dicht neben uns in den Boden.

»Was zum Teufel geht hier vor?« schrie Tony.

»Ich brauche sofort ein gutes Frühstück«, wandte ich mich

an Martha. »Bitte, ich habe zu viele Atome verloren. Mein Überlebenswille erlahmt.«

»Ist das eine neue Art von Psychotherapie?« fragte Martha verblüfft.

»Wir gehen besser schnell ins Haus«, befahl Jim.

Wir aßen Waffeln mit Ahornsirup zum Frühstück. Lucretius schien Geschmack an den zähen Siruptropfen zu finden.

Langsam ließ die Wucht des Sturmes nach. Jim starrte mich über den Tisch hinweg böse an.

»Was eigentlich geschehen ist, wollen Sie wissen? Ich sage es Ihnen. Diese ›Filme‹, die Sie sehen, die abhebenden Masken, die auf Sie zusegeln ... – so hat sich unser Freund hier das Funktionieren von Visionen vorgestellt. Und nun sehen wir sie, als seien sie wirklich. Den ganzen verrückten Kram. Seine Weltanschauung haben wir jetzt zu ertragen. Irgendwie projiziert sie sich selbst. Und ich sage Ihnen auch, warum. Sie haben ihn sexuell erregt, durch die Art, wie Sie bekleidet sind ... oder besser gesagt, unbekleidet sind.«

»Was ist gegen Shorts mit Gürtel einzuwenden? Ich bin ja nicht gerade nackt, und meine Kleider sind nicht nur mit Körperfarbe auf die Haut aufgemalt.«

»Ich habe Sie beim Dinner beobachtet. Sie waren der Auslöser für einen Liebesrausch.«

»Einen was?« fragte Harmony.

Mit sanfter Stimme schaltete sich Martha in das Gespräch ein.

»Willst du wirklich dieses Thema im Beisein unseres Gastes ausdiskutieren?«

»Ach, zum Teufel damit!«

Ich sprach tief aus meinem Körper heraus. Ich verwandelte Töne mit meiner Zunge in Worte und formte sie mit meinen Lippen. (Zumindest fühlte es sich so an.)

»Zum Teufel mit meiner Kleidung und der Moral! Wieso passiert dies alles hier mit uns?«

»Es ist seine Einstellung zur Welt, wortgetreu ausgelegt

und bis in die Extreme verzerrt ... Dies ist ein Punkt beim Roseberry-Effekt, den ich anscheinend übersehen habe. Bei Darwin und Galilei lagen wir auf derselben Wellenlänge: einer modernen, wissenschaftlichen Weltanschauung«, brummte Jim.

Ich bekam fast einen Lachkrampf.

»Das ist ja irre. Lucretius wird nicht durch Sie aufgeklärt, sondern er ändert lustig die Dinge gemäß seiner unausgereiften, antiquierten Erkenntnisse?«

Jim wurde blaß.

»Entschuldigen Sie, aber ich habe einige Telefonanrufe zu erledigen.«

Harmony erdolchte mich mit ihren Blicken, dann eilte sie hinter ihrem Vater her. Ich hoffte inständig, daß die Mini-Kameras und versteckten Mikrofone funktionierten und alles aufzeichneten.

Ingrid, in einen knappen Bademantel gehüllt, kippte Unmengen von Kaffee in sich hinein, solange Jim wegblieb. Nach einer Weile räusperte sich Lucretius, um, wie ich glaubte, seine Kehle von klebrigen Atomen zu befreien.

»Ich muß gestehen, daß mich tatsächlich Gefühlsanwandlungen überwältigten. Werden wir wirklich nie den Zustand der Ausgeglichenheit erreichen? Werden wir nie die Worte des Meisters beachten?«

»Des Meisters?« fragte Ingrid.

»Epikur.«

»Oh!«

»Aber ja ... Wenn man sich auf die Fehler einer Frau konzentriert, so unfehlbar sie auch am Anfang zu sein scheint ...«

Er blickte Ingrid, die nach ihrer Nacht im Freien einer ertränkten Ratte ähnelte, dabei unentwegt an. Und mir wurde zu meinem Ärger bewußt, daß Lucretius von ihr mehr erregt wurde als von mir.

Vielleicht war das auch ganz gut so. Sonst wäre ich möglicherweise die Angeschmierte gewesen. Trotzdem, die Schlange war auf mich zugekrochen ...

Ich empfand fast körperlich, wie ich anschwoll, im Fieberwahn phantasierte und schwarzer Ausfluß aus meinen Eingeweiden tropfte ... Woher kamen diese Bilder? Ich durfte nicht an solche Dinge denken!

Schließlich kam Jim zurück, gefolgt von Harmony.

»Das Telefon funktioniert. Diese kleinen Atome rauschen wie gewöhnlich durch die Drähte. Der Effekt ist nur örtlich begrenzt.«

Er setzte sich, ohne mein Blickfeld zu stören ... denn ich hatte durch ihn hindurchgesehen.

»Ich habe nachgedacht.«

»Ich auch«, sagte Ingrid.

»Wenn Jesus Christus statt Lucretius jetzt hier wäre, wenn dies seine zweite Geburt wäre, erführen wir Freude, Frieden und echte Liebe. Für eine Weile. Und nur in einer winzigen Ecke der Welt.«

Sehr schön, dachte ich. Vielen Dank, Ingrid! Reite noch ein wenig weiter auf diesem Thema herum!

Ich hatte immer wieder auf eine Wiederbelebung von Jesus gedrängt, doch jedesmal, wenn ich dieses Thema aufs Tapet brachte, war Jim geschickt ausgewichen. Mir war schon der Verdacht gekommen, er habe selbst dieses Gerücht verbreitet, um möglichst lange die dicken TV-Honorare für sein Institut kassieren zu können.

Ingrid errötete.

»Ich glaube, ich habe in der vergangenen Nacht sogar gebetet. Eine längst vergessene Angewohnheit. Es hat mich getröstet.«

Und vielleicht wärde die Sache mit Jesus auch gar nicht so schön gelaufen. Lucretius dagegen war ein unreligiöser Mensch. Wollten wir wirklich umherschwirrende Erzengel sehen oder Satan persönlich, der an die Tür klopfte?

»Wie ich schon sagte«, überlegte Jim, »ist dies alles nur örtlich begrenzt. Die Wirklichkeit in der näheren Umgebung unseres Freundes wurde nur ein wenig aus den Angeln gehoben. Und damit auch plastischer. Seine Vorstellungskraft formt sie – er hatte schon immer eine starke Einbildungskraft. Zu klären, warum dies alles so ist, wäre zum jetzigen Zeitpunkt sicher verfrüht. Darüber werden wir vom Institut ein wenig nachdenken müssen. Doch ich möchte fast meinen Kopf verwetten, daß dies alles eine Folge unseres tieferen Eindringens in die Vergangenheit ist. Je weiter der Knabe, den wir wiederbeleben, aus der Vergangenheit geholt wird, desto größer ist der Kontinuum-Verlust. Doch macht euch keine Sorgen, nachher stabilisiert sich alles wieder.«

»Wenn er wieder dort ist, wo er hingehört«, keifte Harmony giftig.

»Bis dahin müssen wir jeden unserer Schritte sorgfältig abwägen. Vermeiden Sie es daher bitte, ihn zu sehr zu erregen oder aus der Fassung zu bringen.«

Lucretius fragte: »Wer ist Jesus Christus?«

»Hm, das ist eine lange Geschichte. Ich glaube, Sie würden ihn als Lehrer bezeichnen, wie Epikur«, antwortete Jim.

»Er war der Sohn Gottes«, sagte Ingrid mit verhängtem Blick.

»Ein Gott?« rief Lucretius gereizt. »Dann bin ich, weil ich Stürme und Gewitter hervorrufen kann, vielleicht auch ein Gott? Ich habe doch schon in überzeugender Weise darauf hingewiesen, daß dies Unsinn ist. Der Blitz schlägt dort ein, wo er will. Wollt ihr euch über mich lustig machen?«

»Nein, natürlich nicht«, versicherte Jim hastig.

»Doch leider ist die Realität ein wenig anders, als Sie sie sich vorstellen. Schauen Sie nur ...«

Jims Stimme troff förmlich vor Wohlwollen ...

»Es klart auf. Wir sollten alle einen Spaziergang im Park machen, um wieder einen klaren Kopf zu bekommen.«

Er ging vom Lateinischen ins Englische über.

»Ich hole nur mein Jagdgewehr, für alle Fälle. Ihm sage ich, es sei ein Spazierstock.«

Und fuhr in Latein fort:

»Wir werden doch keine Löwen mehr treffen, nicht wahr, Meister?«

Lucretius war beleidigt.

»Ich bin nicht verantwortlich für Halluzinationen. Wilde

Tiere sieht man manchmal auch, wenn keine da sind, weil der Geist ständig von Vorstellungen belagert wird. Und wenn eine Frau nun mal ängstlich ist und dabei immer an wilde Tiere denkt – vielleicht, weil ihr Rad abgebrochen ist –, dann wählt der Verstand von diesen Vorstellungen ...«

»Natürlich, ganz richtig«, unterbrach ihn Jim. »Wir werden bestimmt nicht an Löwen denken, nicht wahr? Keiner von uns! Wir denken einfach an schöne Dinge ... Blumen oder Gedichte. Wir gehen zum Seeufer, füttern die Gänse. Das beruhigt. Hol ein paar Krapfen für die Vögel!« befahl er Harmony.

Jim scheuchte uns so rasch nach draußen, daß mir keine Zeit blieb, Muhammed und Carl im Motel einzusammeln. Doch Tony begleitete uns, die Mini-Kamera hastig auf einer Schulter, auf der anderen das Abhörmikrofon festgeklemmt. Ingrid hatte sich abgesetzt und war von Martha ins Bett gesteckt worden. Also gingen nur wir fünf: Ich, Tony, Lucretius, Jim und seine Tochter.

Der Wind hatte sich gelegt. Die Wolken segelten rasch davon. Als wir aus dem Haus traten, kam plötzlich die Sonne hervor. Leider schaute ich zu ihr empor ... und eine Unzahl von Sonnenscheiben traf mit Wucht mein Gesicht. Feuerpartikelchen versengten meine Augäpfel.

»Die Sonne!«

Ich schrie laut auf. »Niemand darf zu ihr aufsehen.«

Es dauerte eine ganze Minute, bis ich meine Sehkraft einigermaßen wiedererlangte, und auch dann konnte ich mich nicht auf sie verlassen. Meine Augen tränten, gaben meine Umgebung nur unscharf wieder. Tony führte mich eine Weile am Arm, doch dann schüttelte ich ihn ab. Er sollte filmen und nicht mich führen wie einst Antigone den blinden Ödipus.

Auf unserem Weg zum See gingen wir durch einen Wald, in dem es feucht und schwül war. Die Farbe des Waldbodens, vom Sonnenlicht gesprenkelt, tat den Augen gut.

Etwas, das ich zuerst für einen riesigen Bovist hielt, der

dort auf dem Waldboden wuchs, brach, als wir etwa auf gleicher Höhe waren, plötzlich auf und spie ein blökendes junges Geißlein aus. Das Tier taumelte ungelenk zu einem kleinen Erdhügel, aus dem wie von Zauberhand eine weiße Flüssigkeit herausrann. Spreizbeinig senkte das Jungtier den Kopf und begann mit dem Maul gierig an dem Erdhaufen zu saugen. Ja, wirklich, es saugte Milch aus einer Brust von Mutter Erde!

Der Haufen war also der Brustnippel. Was bedeutete, daß der Bovist, inzwischen zusammengefallen, nicht ein Pilz, sondern ... eine im Boden verwurzelte Gebärmutter sein mußte.

Erstaunt beobachteten wir das rasche Wachsen des Tieres. Bald rupfte es zufrieden an giftiger Nieswurz, die ringsum aus dem Boden gebrochen war.

Lucretius runzelte die Stirn.

»Wie seltsam. In diesem letzten Stadium des Verfalls, in dem sich die jetzige Welt befindet, sollten nur Würmer und Kleinsttiere in solcher Schnelle von dem Erdreich gezeugt werden. Dies ist außergewöhnlich.«

»Nur dies?« schnappte Jim.

»Und wenn Ziegen aus der Erde geboren werden können«, warf Harmony ein, »warum dann nicht auch Löwen? He, Daddy, alles mögliche könnte da herauskommen! Das ist ja zum Fürchten.«

Seltsamerweise aber schien die Vorstellung sie weniger das Fürchten zu lehren, als – wie soll ich es ausdrücken – sie zu ermutigen.

Lucretius schüttelte den Kopf.

»Ich bleibe dabei, der Löwe muß eine Halluzination gewesen sein. Man muß sich immer die einleuchtendste Erklärung für ein Phänomen heraussuchen. Obwohl in diesem Fall ...«

»Seien Sie endlich still!« brummte Jim leise.

Und doch sah auch er (wenn ich daran zurückdenke) dabei seltsam zufrieden aus.

Wir gingen weiter.

Der See war umgeben von Wiesen. Unsere kleine Gruppe befand sich noch im Schatten der Bäume, doch vor uns brannte die Sonne herab. (Ich gab mir Mühe, nicht mehr in ihre Richtung zu schauen, doch an eine Sache erinnere ich mich noch ganz genau. Die Sonne schien nur wenige Meilen entfernt am Himmel zu hängen – und war nicht größer, als sie aussah.)

Der Regen der letzten Nacht verdunstete in dichten Schwaden. In dem Augenblick konnte ich recht gut sehen.

Ein Schwarm Kanadagänse flog auf das Wasser zu. Gerade flatterten sie noch fröhlich am Himmel, doch im nächsten Moment torkelten sie herab, stürzten wie Felsen auf den Rasen. *Bumm, bumm,* mausetot.

Einen Augenblick hatte ich den verrückten Gedanken, daß Jim sein Gewehr in Anschlag gebracht hatte und die Gänse mit unglaublicher Treffsicherheit und völlig lautlos ... abgeschossen habe. Aber nein, wie der alte Mann im Rätsel der Sphinx benutzte er das Gewehr immer noch als Wanderstab.

»Meister, was ist nun wieder die Ursache dafür?« fragte Jim eisig. »Ich mochte diese Vögel.«

»Ach ...«, Lucretius kratzte sich am Kinn. »Da muß sich wohl ein Vakuum gebildet haben. Der Boden hat eine für diese Jahreszeit ungewöhnliche Regenmenge aufnehmen müssen, die nun in der Sonnenhitze verdunstet. Der aufsteigende Dunst verdrängt logischerweise alle Luftmassen über sich.«

»Natürlich! Wie dumm von mir! Was könnte es auch für eine andere Erklärung geben?«

Lucretius beobachtete das Phänomen gleichmütig.

»Wir müssen an die Reize glauben, die unsere Sinne übertragen, so wie sie unser Verstand interpretiert. Aber da habe ich eine Frage.«

»Fragen Sie ruhig!«

Bumm, bumm. Ein Trio Stockenten schlug auf dem Rasen auf.

»Durch den Gebrauch meines Verstandes entdeckte ich

die Ursachen der Seuchen: umherfliegende Wolken, verseucht von Atomen, die wir nicht vertragen. Und doch treten in der unterschiedlichen Luft verschiedener Länder immer wieder charakteristische Krankheiten auf. Elefantiasis trifft man nur in Ägypten an, während die Gicht in Attika zu Hause ist. Sagt mir, welche charakteristische Krankheit ist hier, in Amerika, beheimatet?«

»Krebs und Herzkrankheiten in der Hauptsache«, bemerkte Tony, der sonst damit beschäftigt war, den hier und da abstürzenden Vögeln auszuweichen.

»Jesus, warum erzählen Sie ihm das? Meister, Seuchen werden nicht durch Atome in der Luft hervorgerufen, zumindest für gewöhnlich nicht ...«

»Vielleicht doch, hier in diesem Waldausläufer.« Tony zeigte nach oben.

»Da kommen noch mehr Kamikaze-Vögel.«

In diesem Moment trübten sich meine Augen, als hätten Wasserfälle erzeugende Atome sie angegriffen. Ich hörte den Aufschrei Harmonys: »Hilfe, ein Monster!«

Ich hörte den Gewehrschuß, dann einen dumpfen Aufprall.

»Heiliger Moses!« Ich erkannte Tonys Stimme. »Sie haben ihn erschossen.«

Mein Blick klärte sich wieder. Jim stand mit seinem Gewehr am Abhang. Harmony hatte die Hände in einer theatralischen Geste des Entsetzens über den Mund gelegt, wobei ihre Krapfen zu Boden gefallen waren. Lucretius lag mit ausgebreiteten Armen auf dem Rücken. Er sah sehr tot aus.

»Habt ihr das Monster gesehen?« stammelte Harmony.

»Es spie Feuer! Mein Daddy hat uns alle gerettet.«

»Was heißt denn hier ›gerettet‹?« fragte Tony. »Die Kugel traf Mister Lucretius.«

»Welch ein schrecklicher Unfall!« sagte Jim.

»Gott, ist das schrecklich! Ich hoffe, Sie haben alles auf dem Film.«

»Natürlich nicht. Ich habe dort hinübergeschaut. Da war kein Gespenst.«

»Es sah aus wie ein Löwe!« rief Harmony. »Aber viel schlimmer. Es spie Feuer. Jetzt ist es verschwunden.«

»Hast du etwas gesehen?« fragte mich Tony.

Ich schüttelte den Kopf. Ich hegte den schlimmen Verdacht, daß Jim Roseberry Titus Lucretius Carus vorsätzlich erschossen hatte. Aus übermächtigem Zorn über die hochmütige Art, in der er, Jim, abgekanzelt worden war. Wahrscheinlich hatte er auch geglaubt, dies sei der perfekte Mord. Denn wie kann man des Mordes beschuldigt werden, wenn das Opfer schon vor zweitausend Jahren gestorben ist?

Trotzdem, es herrschte eine ganz nette Aufregung. Wir liefen zum Haus zurück, wo Jim längere Zeit das Telefon mit Beschlag belegte. Sobald ich konnte, rief ich Carl und Muhammed im Motel an. Wenig später tauchten in einem Buick ein fluchender Captain und ein Lieutenant auf. Beide schienen stark angeheitert. Um ein Haar hätten sie den Minibus des Senders gerammt.

Doch Jim mußte schon die Vorgesetzten informiert haben, ehe er der zuständigen Abteilung der Polizei den fatalen Unfall meldete. Das schloß ich aus dem respektvollen und höflichen Verhalten der Beamten. Der Eindruck wurde noch verstärkt durch die Tatsache, daß die Beamten, noch während wir alle zum See hinuntergingen, entschieden, dieser Fall liege außerhalb ihrer Zuständigkeit.

Jim nickte bestätigend und sagte, der Körper müsse aus wissenschaftlichen Erwägungen heraus sofort zur Dematerialisation ins Institut geschafft werden. Trotzdem habe er es für seine Pflicht als guter Staatsbürger gehalten, zuerst ... und so weiter ... und so weiter.

Als wir zum See kamen, warteten dort schon Angestellte des Instituts mit einer Bahre. Die Polizisten stellten ein paar kurze Fragen, winkten den Leuten vom Institut zu, den Leichnam zu entfernen, und verschwanden.

Auch der tote Lucretius verschwand. Um in seine eigene Zeit zurückzukehren. Zurück dahin, wo er schon im Sterben lag. Niemand aus dem Altertum würde einen wirklichen Unterschied feststellen können, außer, daß Lucretius nun ein Loch in der Brust trug. Wenn er sich tatsächlich im Liebeswahn selbst erstochen hatte, machte das keinen großen Unterschied. Oder hatte vielleicht der Mörder aus der Gegenwart die Geschichte vom Selbstmord nur erfunden? Denn keiner aus der Vergangenheit hatte ein Messer finden können: weil es nämlich keins gab …

Sehr nett, Jim!

Nur daß es absolut nicht nett war.

Als wir der Leiche zum Institut folgten, bemerkte ich als erste, wie Jims Gesicht plötzlich abhob und mehrfach gegen meine Augen flog.

»He!« schrie Carl auf und starrte erschrocken auf mein Gesicht.

Ich berührte Jim am Arm.

»Merken Sie was?«

»Sie meinen, der Effekt hält immer noch an? Hm, ich dachte, das würde mit seinem Tod aufhören …«

»Tatsächlich?«

Er verfärbte sich.

»Dann gibt es sich eben, wenn wir den Körper losgeworden sind. Sie sollten mit Ihren Andeutungen sehr vorsichtig sein.«

»Vorauf Sie sich verlassen können!«

Und so verabschiedeten wir alle gemeinsam den Römer Lucretius, sechs Tage zu früh.

Im Wiederbelebungsraum verschwand er im Knistern der Luft, mit Blitz und leisem Donner. Und unsere Show ist im Eimer, dachte ich.

Nachher, auf unserem Weg durch die Rhododendren zum Roseberry-Haus, glaubte ich das schwache Brüllen eines Löwen zu hören.

»Das ist nur Donner«, sagte Jim wegwerfend und schaute zum Himmel empor.

Sein Gesicht wurde fahl, er erstarrte. Seitwärts hinter der nächsten Wolke schimmerte ein vertrautes Gesicht. Der

Wolkenmund von Lucretius öffnete sich, und heraus tropfte Blut, rot wie beim Untergang der Sonne, ehe sie ganz erlöscht.

Also war der Effekt trotz allem immer noch vorhanden. Und ich konnte mir auch denken, warum. Weil Lucretius hier in der Gegenwart gestorben war. Sein vitaler Geist hatte schon die Umwelt auf übersteigerte Weise durchdrungen, mit freundlicher Hilfestellung des Roseberry-Effektes und seinem Durcheinander von Raum und Zeit. Da er hier getötet worden war, war seine Erscheinung auch hier eingeschlossen. Nur einen Klumpen Fleisch hatte Jim in die Vergangenheit zurückgeschickt.

Auf dem Institutsgelände spukte es nun: ein meteorologischer, optischer, psychologischer Spuk. Stürme begannen zu toben, Bäume standen plötzlich in Flammen, Vögel fielen von Zeit zu Zeit vom Himmel. Phantombilder schwebten umher, in den Wolken erschienen Fratzen. Die Bewohner der Umgebung wurden vom Liebeswahn befallen.

Eins war sicher: Lucretius' Name lebte in der modernen Welt fort. Dafür hatte Jim gesorgt. Ein paar Quadratkilometer waren endgültig lucretianisch.

Welch eine Ironie, daß gerade Lucretius die Vorstellung eines Lebens nach dem Tode immer verächtlich abgetan hatte! Ich stieß darauf, als ich wenig später sein Buch ›Die Beschaffenheit des Universums‹ las.

Ich entdeckte auch, daß unser Römer nie an feuerspeiende Ungeheuer geglaubt hatte.

›Wenn Feuer alle bekannten Tier, also auch Löwen, verbrennt‹, argumentierte er sehr rational, ›dann kann kein Tier jemals Feuer atmen.‹

Harmony war da über das Ziel hinausgeschossen. Was bewies, daß sie mit ihrem Vater unter einer Decke steckte und ihm im Park eilig Schützenhilfe geleistet hatte. Was mußten sie für einen Spaß gehabt haben, als das Geißlein aus dem Bach des Bovists sprang!

An einer Stelle ragte die ›Lucretius-Zone‹ über das Institutsgelände hinaus, belegte eine kurze Strecke der Staatsstraße. Da niemand sicher fährt, wenn plötzlich seltsame Erscheinungen vor seinen Augen tanzen, erstarb der Verkehr auf dieser Straße völlig. Auch ein paar angrenzende Grundstücke waren verhext.

Jim hatte Sorgen.

Zwar nicht aufgrund des Mordes. Wie ich schon sagte: Man kann einen Toten nicht mehr umbringen. Doch bald würden ihm eine Reihe Schadenersatzforderungen von den Nachbarn ins Haus flattern, deren Grundstücke im Wert rapide gesunken waren. Ganz zu schweigen von den Straßenbaubehörden, die eine sehr kostspielige Umleitung der Staatsstraße ins Auge fassen mußten.

Die Institutsmitglieder, die nicht davongelaufen waren, studierten fleißig den neuen Roseberry-Effekt – eine durcheinandergebrachte Wirklichkeit. Eine Tatsache fanden sie sehr schnell heraus. Der alte Roseberry-Effekt war durch den Zauber blockiert, der auf dem Institut lag. Es gab keine Wiederbelebungen mehr.

Eines Tages rief mich Jim im Sender an. Seine Stimme klang gehetzt.

»Ich habe da eine gute Idee«, sagte er. »Ihr könntet doch hier in der Roseberry-Zone einen verdammt guten Horrorfilm drehen.«

(Klar, daß er das Gelände nicht Lucretius-Zone nannte!)

»Ich meine, wir haben hier doch ein ganz echtes Phänomen.«

»Glauben Sie wirklich, daß auch nur ein Schauspieler dort drehen wird, wenn er damit rechnen muß, sich eine Seuche einzufangen oder vom Blitz erschlagen zu werden?«

»Dann dreht den Hintergrund ohne Schauspieler. Baut das Drehbuch auf dem Phänomen auf. Die Szenen mit den Schauspielern könnt ihr doch dann an einem ähnlichen, aber sicheren Ort nachdrehen.«

Seine Stimme klang fast flehend.

»Ich glaube, ich höre nur noch ein paar Münzen in einer

fast leeren Geldbörse klimpern«, antwortete ich bewußt ironisch.

»Hören Sie, das ist doch viel interessanter als Dichterlesungen oder gar eine Live-Show mit Jesus, wie er gerade das Badezimmer benutzt.«

»Ja, aber wir können Jesus nicht als Gast begrüßen. Jetzt nicht mehr. Und offen gesagt, würde ich das auch nicht wollen. Im Gegenteil, ich würde persönlich eine Publikumskampagne gegen ein solches Vorhaben starten. Nein, Jim. Aber ich gebe Ihnen, weil ich ein freundlicher Mensch bin, einen guten Rat. Verschwinden Sie schnell von Ihrem Besitz.«

»Wie bitte?«

»Nehmen Sie die Beine in die Hand, Mann. Ich weiß, daß Sie Lucretius ermordet haben, und seine Zone weiß das auch. Sie lauert schon auf ihre Gelegenheit.«

O ja, schon bald würde Jim sein Schicksal ereilen! Ein Schicksal, schlimmer als alle Richtersprüche. Vielleicht würde er ein ähnliches Los erleiden wie die Athener, die von ekelhaften Geschwüren und Geschlechtskrankheiten befallen wurden, so daß einige Männer ihre Rettung in der Kastration suchten, während der Verstand anderer sich total verwirrte. Wie Lucretius es im blutigen, psychotischen Höhepunkt seines Buches ›Die Beschaffenheit des Universums‹ beschrieb.

»Sie sind nicht bei Sinnen«, sagte Jim ärgerlich.

»Doch, ich bin völlig klar. Doch Sie denken schon wie er, Sie sind eine Ausgeburt seiner verrücktesten, überdrehtesten Vorstellungen, die Wirklichkeit geworden ist.«

Natürlich hörte Jim nicht auf mich. War er nicht der Hüter eines dunklen Mysteriums der Natur?

Ehrlich, was sich der arme alte Lucretius im Leben immer gewünscht hatte, waren Frieden und Ruhe. Ihn wiederzubeleben, war von daher schon ein recht bösartiges Unterfangen. Doch ihn wiederzuerleben und ihn dann zu ermorden, war wirklich der Gipfel der Gemeinheit. Kein Wunder, daß

Lucretius mit einer irren Wut im Bauch gestorben sein mußte – Wut auf Jim.

Eine Woche nach dem Telefonat wurde Harmony von einer Schlange gebissen. Doch sie erholte sich wieder nach intensiver Pflege, weit weg von der Zone. Vierzehn Tage später schlug der Blitz in das Roseberry-Haus. Es brannte völlig nieder. Jim zog ins Institut um und wohnte fortan dort.

Gerade gestern erfuhr ich, daß Jim – jawohl – sich eine Seuche zugezogen hat. Und eine lucretianische Seuche dürfte nicht gerade angenehm sein. Aber niemand kann behaupten, ich hätte ihn nicht gewarnt.

Aus dem Amerikanischen übersetzt von Peter Pape

RICK JOHNSON

Die letzte Stimme

Da sind unter uns jene, die die Geschichte von Jered Anson nicht richtig wiedergeben; sie machen ihn zur Zielscheibe ihres Spotts und behaupten, seine Handlungen stünden im Widerspruch zu allen anderen persönlichen Charaktereigenschaften, die er je gezeigt hat, und seien daher als das Tun eines Wahnsinnigen zu betrachten. Sie ignorieren das, was er getan hat, und den Grund, weshalb er es getan hat, einfach weil es ihren Zwecken nicht dienlich ist, die Erinnerungen an seine Motive wachzuhalten.

Und dann sind da die anderen, welche die Geschichte von Jered Anson eilig an jene weitergeben, die ihnen in Korridoren und Hallen entgegenkommen. Ehrerbietig erzählen sie sie ihren Kindern und drücken hingekritzelte Bruchstücke davon jenen in die Hand, die sie noch nicht kennen. Das sind die Menschen, die ihn niemals vergessen werden – und sie dürfen es auch nicht, denn die Menschheit wird immerzu ihre Helden brauchen, ganz besonders in sorgenvollen Zeiten wie diesen …

Jered Anson war so etwas wie ein Altwarenhändler. Er übte sein einsames Gewerbe bei den weit verstreuten Sternen aus, wo er voller Hoffnung tote und verlassene Planeten und menschliche Anlagen umkreiste, um nach Souvenirs und verwertbaren Teilen zu suchen. Dieses Leben gefiel ihm, denn er war noch nie gut mit anderen Menschen ausgekommen. In Basaren und auf Märkten fühlte er sich unbehaglich, beengt von der Vielzahl der Körper, seine Sinne niedergeknüppelt von den Miriaden Geräuschen, Gerüchen und Gesichtern von Menschen und ihren Geschäften. Lange zuvor schon hatte er eingesehen, daß dies nicht das richtige für ihn war. Die dunkle Öde des Raumes, das Gefühl, das ihm die Enge seines kleinen Schiffes vermittelte, wenn es unter ihm bebte, die Aussicht, irgendwo im nächsten Sonnensystem ungeahnte Reichtümer zu entdecken:

das waren die Dinge, nach denen Jered Anson trachtete. Was machte es schon aus, wenn sich seine Ladung meist als wertlos herausstellte? Die Freiheit war es, auf die es ankam, nicht die Mittel, mit denen er sie sich erkaufte. Seine Bedürfnisse waren nicht groß, und um das Leben zu führen, das er sich wünschte, brauchte er nicht viel Profit. Jered Anson war ein zufriedener Mann: er lebte nach seinen eigenen Regeln am Rande der Menschheit. Er wollte und brauchte kein Mitleid.

Ein einziges Mal führte ihn sein Weg in die Nähe der Erde, und aus dieser einfachen Tatsache, die von jenen überliefert wurde, die nach ihm kamen, erwuchs die Legende.

Es war ein Routineeinsatz. Man hatte ihn beauftragt, im Asteroidengürtel von Sol bestimmte Artefakte zu suchen, die sich ein reicher Sammler auf dem dritten Planeten von Procyon sehnlichst wünschte. Anson kannte den Namen des Sammlers nicht, und er wollte ihn auch nicht wissen. Er fand es begreiflich, daß der Sammler solch großen Wert auf Anonymität legte. Lange zuvor schon war die Erde von den regierenden Ratsversammlungen der äußeren Planeten zum Sperrgebiet erklärt worden, denn keine der terrestrischen Kolonien hegte den Wunsch, sich in den blutigen Konflikt einzumischen, der auf ihrem alten Heimatplaneten wütete. Aus Furcht vor Konfiszierung der Schiffe und Gefängnis für die Besatzung flog niemand mehr in die nähere Umgebung von Terra, und daher war der Sammler gezwungen gewesen, sich an jemanden wie Anson zu wenden, um zu seinem heißersehnten Plunder zu kommen.

Anson kannte die Strafe genau, die ihn erwartete, wenn man ihn faßte, aber er betrachtete sie mit der gleichen Nonchalance wie die jährlichen Steuern für sein Schiff und sich selbst. Es war ein Risiko, aber er hatte schon schlimmeren Situationen gegenübergestanden und war ihnen dennoch entkommen. Die Strafen nach bürgerlichem Recht bedeuten wenig für einen Mann, der sich um das Gesetz nicht kümmert.

Seine Reise zu Sol verlief ohne besondere Vorkommnisse, und er fand, weswegen er gekommen war. Während seine Robodroiden die Souvenirs in die Laderäume füllten, begann er mit der Berechnung des Kurses zu dem Ort, wo er seine Fracht entladen und seinen Lohn entgegennehmen sollte.

Das Patrouillenschiff erschien so plötzlich neben dem seinen, daß er erschrak. Er wollte sofort damit beginnen, seine Ladung über Bord zu werfen, hielt aber inne, als die Mitteilung vom Patrouillenschiff aus seinem Funkgerät kam.

»Vergessen wir mal fürs erste Ihren kostbaren Schund, Anson. Wir wollen Sie nicht verhaften.«

Anson überlegte, bevor er antwortete. Offensichtlich hatte es keinen Sinn zu lügen: man hatte ihn auf frischer Tat ertappt. Wenn man ihn nicht verhaften wollte, dann hatte man sicherlich gute Gründe dafür. Er entschloß sich, abzuwarten und sich anzuhören, welche Gründe das waren.

»Hören Sie uns, Anson?«

»Ich höre.«

»Ich habe eine Botschaft von der Hochkommission für Sie. Bleiben Sie auf Empfang.«

Nun wurde Jered Anson argwöhnisch. Eine persönliche Botschaft von der regierenden Körperschaft der Konföderation? Nicht recht vorstellbar, und das beunruhigte ihn. Er begann zu schwitzen und drehte das Kühlsystem des Schiffes auf höhere Leistung.

»Vom Büro für Öffentliche Sicherheit der Hochkommission an Bürger Jered Anson, Kapitän des Bergungsschiffes *Kyrie*. Es wurde uns zur Kenntnis gebracht, daß Sie vorsätzlich ohne entsprechende Genehmigung in die Sperrzone Terra eingedrungen sind. Diese Straftat zieht Sanktionen nach sich, deren Ausmaß Ihnen bekannt sein muß. Das Patrouillenschiff hat den Auftrag, Sie ins Schlepptau zu nehmen und zu einem Ort zu bringen, an dem Sie so lange in Gewahrsam bleiben, bis weitere Schritte gegen Sie unternommen werden, es sei denn, Sie erklären sich zu einem Akt der tätigen Reue bereit, den wir Ihnen hiermit anbieten.

Ehe wir fortfahren, ersuchen wir Sie, uns zu unterrichten, ob Sie dieses Gespräch zu beenden wünschen und Ihre Bestrafung entsprechend den Gesetzen der Konföderation annehmen.«

Anson war mehr als willens, sich das Angebot anzuhören. »Nein, ich bin sehr interessiert. Bitte fahren Sie fort.«

»Seit drei Wochen empfangen wir einen Notruf, der von der Erde gesendet wird. Wir haben jetzt die Koordinaten dieses Senders. Bedauerlicherweise ist es bereits zu spät, wir können nichts mehr tun. Die letzten Berichte, die uns zugekommen sind, lassen darauf schließen, daß auf Terra hochentwickelte Waffensysteme eingesetzt und die Bewohner des Planeten ausgelöscht wurden. Unser Vorschlag besteht darin, daß Sie sich auf Terra begeben und das Notsignal abschalten; als Gegenleistung werden wir Ihnen gestatten, in Freiheit zu verbleiben, vorausgesetzt, Sie lassen Ihre Fracht zurück. Sind Sie mit diesen Bedingungen einverstanden?«

Die Sache gefiel Anson nicht. Warum sandten sie nicht eines der Patrouillenschiffe hinunter, um dieses Notsignal abzuschalten? Warum ihn, einen Zivilisten?

An die Erde verschwendete er keinen Gedanken. Wie alle Bürger der Konföderation zahlte auch er einen Teil seiner Steuern nur für die Unterstützung der Völker von Terra. Diese Bürde wurde von allen geteilt und von allen gehaßt, und er wußte, daß die Hochkommission – ungeachtet dessen, was offiziell dazu festgestellt wurde – insgeheim froh sein mußte, daß ihre Verantwortung für den Planeten der Väter zu Ende war.

Aber die Politik war nicht seine Angelegenheit. Hier hatte er das Angebot, in Freiheit zu bleiben, und er wäre wohl ein Narr gewesen, es nicht anzunehmen.

»Ich akzeptiere die Bedingungen. Bitte geben Sie die Koordinaten meinem Bordcomputer ein, damit ich das Notsignal finden kann.« Er erhielt die Information und speicherte sie in die automatische Steuerung.

»Wir ersuchen Sie, mit uns in Verbindung zu treten, sobald Ihre Aufgabe erfüllt ist. Bis dahin erwarten wir keine Nachricht von Ihnen«, hörte Anson. »Vom gleichen Augenblick an, in dem der Notruf endet, wird das Verbrechen, dessen Sie sich schuldig gemacht haben, nicht weiter verfolgt werden.« Dann brach ein Sprühregen von Funken aus seinem Empfänger, als das Patrouillenschiff die Leitungen überlastete und die Schaltungen durchbrennen ließ.

Anson war wütend. Hielten sie ihn für einen Idioten? Er hegte nicht die Absicht, seinen Auftrag irgendeinem anderen Schiff in der Gegend bekanntzugeben. Er hatte schon während seiner einmonatigen Reise zu den Asteroiden Funkstille eingehalten, denn er gehörte ganz sicher nicht zu jenen, die ihren jeweiligen Aufenthaltsort lauthals ausposaunen.

Das Patrouillenschiff entschwand in den Hyperraum, und Anson war allein. Er programmierte den Kurs zu Terra und lehnte sich zurück, um seine Mission zu überdenken.

Ganz offensichtlich wollte die Hochkommission nicht offiziell in die Angelegenheit verwickelt werden. Das ließ er gelten; er wußte, daß die Arbeit von Regierungen nicht immer vor den Augen ihrer Bürgerschaft stattfand. Doch warum gerade er? Weil er sich hier in unmittelbarer Nähe von Terra befand? Aber es gab gewiß noch weitere Bergungsschiffe, die sich zugleich mit dem seinen im Sol-System bewegten und von denen er nichts wußte. Und wenn sie da waren, dann mußte man aus einem bestimmten Grund gerade ihn gewählt haben. Galt er als entbehrlich? Rechnete man mit Gefahren auf der Erde und wollte jemanden hinschicken, den keiner vermissen würde? Mit kühler, distanzierter Objektivität prüfte Anson diese Möglichkeit. Er kannte niemanden, dessen Verschwinden weniger Wellen schlagen würde als das seine. Doch eine schlüssige Antwort konnte er nicht finden, also ließ er das Problem fallen und verfolgte seine Annäherung an die Erde.

Vielbesungen ist dieser Moment, als Jered Anson zum Planeten der Väter zurückkehrte; wir wissen, daß er angesichts dieser blaugrünen Welt, die ihm entgegenzurennen schien wie eine Mutter, die ihren verlorenen Sohn in die Arme schließen will, irgendwo in seinem Innersten ein seltsames Schmerzgefühl verspürte. Sehr viel später, als er seine Geschichte für die Nachwelt aufzeichnete, sprach er lange von diesem Augenblick und von dem Seelenfrieden in seinem Herzen, als er auf der Welt landete, von der die Menschheit aufgebrochen war, und seine Füße zum ersten Mal über den Boden des Geburtsortes seiner Rasse schritten.

Rundum standen die Ruinen eines Volkes, das sich selbst aufgegeben hatte. Beim Anblick der geborstenen und in sich zusammengestürzten Gebäude, der zu verbogenem Schrott zerschmetterten Bodenflitzer und der Leiber, die der Umarmung eines grimmigen Liebhabers zum Opfer gefallen waren, erbleichte er.

Sein Computer informierte ihn, daß der relativ niedrige Strahlungspegel ihm erlaubte, sich frei und ohne Schutzanzug durch die Stadt zu bewegen. Der Computer riet ihm nur zu bestimmten vorbeugenden Injektionen gegen Krankheiten, die er sich von verwesenden Leichen hätte zuziehen können. Auf Ansons Befehl tastete er die nähere Umgebung ab und setzte ihn davon in Kenntnis, daß einzelne Menschen noch am Leben waren; er sagte ihm auch, in welcher Richtung er sie finden konnte.

Die Diskrepanz zwischen dieser Information und der Erklärung der Hochkommission versetzte Anson nicht in Besorgnis. Ein paar Leute konnten bei flüchtigem Abtasten aus der Ferne immer unter den Tisch fallen.

Bewaffnet mit einem kleinen Schweißlaser, machte er sich auf, anfangs sehr vorsichtig, dann immer selbstsicherer, nachdem er ein größeres Stück Weges hinter sich gebracht hatte, ohne ein anderes menschliches Wesen zu entdecken. Er nahm an, daß der Notsender sich im Raumhafen der Stadt befände, also folgte er den Wegweisern zu diesem Bestimmungsort.

Der Gestank war überwältigend, und mehr als einmal, nachdem er auf eine besonders grauenhafte Szene der Verwüstung gestoßen war, blieb er stehen und übergab sich. Langsam ging er durch die Straßen, erstaunt vom Ausmaß der Zerstörung. Überall lagen Tote; einige davon mußten im Laufen vom Tod ereilt worden sein, andere hatten in ihren Bodenflitzern den Tod gefunden beim vergeblichen Versuch, dem allgemeinen Sterben rundum zu entgehen. Anson traf auf ganze Familien, die sich in ihren Bodenflitzern auf der Flucht befunden hatten, und einmal griff ihm der Anblick einer Mutter ans Herz, die sich vergebens über Mann und Sohn geworfen hatte, in dem verzweifelten Versuch, sie vor ihrem Schicksal zu bewahren.

Schließlich erreichte er den Raumhafen. Er mußte den Leichnam eines Mannes zur Seite schieben, der den Tod gefunden hatte, während er versuchte, den Zaun zu zerreißen, um zu den Startrampen zu kommen. Anson fragte sich, ob der Mann vorgehabt hatte, ein Schiff zu stehlen und der Erde zu entfliehen. »Du hast es wenigstens versucht«, sagte er leise. Er legte den Mann sanft auf den Boden und betrat den Raumhafen.

Anson brauchte eine Weile, bis er das Gebäude fand, in dem die Funkzentrale untergebracht war, und es dunkelte bereits, als er es endlich entdeckt hatte. Er beschloß, hineinzugehen und den Sender zu suchen, ihn abzuschalten und den Rest der Nacht drinnen zu verbringen. Der Himmel verfinsterte sich, und es sah nach Regen aus.

Er betrat das Gebäude und war augenblicklich auf der Hut. Die Halle war sauber und duftete süß, verglichen mit dem scheußlichen Gestank im Freien. Rund um den Treppenaufgang, der hinaufführte zu den Funkräumen, stapelten sich Ledersofas und Schränke, und Anson bemerkte Drähte, die über die ganze Länge der Halle gespannt waren und an denen leere Konservendosen hingen. Er sah einige Dosen genauer an und fand in manchen noch frische Reste ihres Inhalts.

»Aha, hier sind sie alle versteckt«, murmelte Anson. Er hob seinen Schweißlaser und ging vorsichtig hinüber zur Treppe.

Das Klicken des Hahnes einer Waffe ließ ihn erstarren. »Bleiben Sie stehen, Mister, und drehen Sie sich um! Und lassen Sie vor allem das Ding da fallen.«

Anson ließ den Laser fallen und drehte sich langsam um die eigene Achse. Ein etwa dreizehnjähriges Mädchen zielte ihm mit dem Gewehr geradewegs aufs Herz. Sie hatte ein schmutziges Gesicht und schmutzige Kleider, und das dichte, kurze braune Haar war auf der rechten Seite des Kopfes blutverkrustet. Ihre Hände zitterten leicht, aber ihr Blick blieb starr auf Anson gerichtet. »Ich habe schon wieder einen gefunden, Daddy!« rief sie.

Ein großgewachsener, hagerer Mann, in dessen Augen Tränen glitzerten, kam aus den düsteren Schatten hinter der Treppe. Er betrachtete Anson schweigend von Kopf bis Fuß, bevor er seiner Tochter die Waffe aus der Hand nahm. »Das übernehme ich, Karen. Du solltest jetzt besser zu deinem Bruder hinaufgehen. Bobby will dich noch einmal sehen, bevor er ...« Seine Stimme versagte, und die Augen flossen ihm über. Wütend wischte er sich die Tränen ab und hielt den Blick auf Anson gerichtet, während Karen nach oben lief und den Namen ihres Bruders rief.

»Was, zum Teufel, suchen Sie hier?« fragte der Mann. »Sie sehen doch recht gut genährt aus. Halten Sie Ausschau nach einem besseren Unterschlupf? Na, dann können Sie genausogut gleich umdrehen und verschwinden, mein Freund. Solange einer von uns noch atmet, werden wir hier nicht weggehen.«

Ansons Finger sehnten sich nach dem Laser. »Ich will Sie nicht vertreiben von hier. Die Hochkommission hat mich hergeschickt, um ...«

»Diese Schweine!« schrie der Mann. »Jetzt erst wollen sie sich blicken lassen? Nachdem alles in die Luft geflogen ist? Und wer sind Sie eigentlich? Der Schätzmeister, der darauf wartet, daß wir alle krepieren, damit die Gegend durchkämmt und der Plunder, den die früheren Besitzer zurückgelassen haben, wiederverwertet werden kann?«

Die Gehässigkeit in der Stimme des Mannes ließ Anson

zurückzucken. »Man hat mir gesagt, daß es keine Überlebenden gäbe. Ich bin nur hergeschickt worden, um das Notsignal abzuschalten.«

Das Gesicht des Mannes wurde zu einer ausdruckslosen Maske. Er packte das Gewehr fester und legte den Zeigefinger auf den Abzug. »Notsignal, ha! Die wissen genau, was es ist. Und es bleibt eingeschaltet.«

Anson hob beschwichtigend die Hände. »Hören Sie, es ist mir egal, was es ist oder nicht ist. Die haben mir befohlen, hier herunterzukommen und es abzuschalten, sonst nehmen sie mir mein Schiff weg.«

»Die Hochkommission würde Ihnen das nicht androhen, wenn sie keinen Grund dazu hätte«, sagte der Mann vorwurfsvoll.

»Sie hatten einen Grund«, entgegnete Anson. »Ich war illegal in diesem System. Aber das löst unser Problem nicht. Warum können wir das Ding nicht einfach abschalten? Es ist doch sowieso zu spät, sie können keine Raumarche mehr senden, oder? Nach diesen Kriegen können nicht mehr viele Leute am Leben sein.«

»Bloß ein paar versprengte Grüppchen«, antwortete der Mann. »Soviel wir wissen. Wir haben von Verbrecherbanden gehört, die außerhalb der Stadt leben und Nahrungsmittel und andere Vorräte horten. Das hatte ich erwartet. Deshalb habe ich mich zusammen mit meiner Familie hier verschanzt. Niemand kommt da herein und schaltet den Sender ab.«

»Aber wozu soll das gut sein?« wandte Anson ein. »Was auch immer geschehen ist, jetzt ist es vorbei. Die Hochkommission hat nicht vor, Rettungsschiffe zu schicken. Sie findet, dafür gäbe es keinen Grund mehr.«

»Um so mehr Grund, daß das Signal eingeschaltet bleibt.« Der Mann lachte grimmig in sich hinein. »Wir gelten ihnen immer noch nichts, was?« Ein schmerzerfüllter Ausdruck huschte ihm über das Gesicht. »Vielleicht haben sie recht.« Er hob den Lauf vor sein Auge. »Aber, zum Teufel, ich will nicht, daß sie glauben, sie könnten es vergessen, weil sie es ignorieren!« Er gestikulierte mit dem Gewehr in Richtung auf die Tür. »Verschwinden Sie besser, Mann! Es ist nicht angenehm, jetzt nachts draußen zu sein. Sehen Sie zu, daß Sie zu Ihrem Schiff zurückfinden, bevor die Herumtreiber auf die Straßen kommen.«

Anson starrte ihn eisig an. »Ich werde Ihretwegen nicht mein Schiff verlieren, Mister. Es ist alles, was ich habe, und kein gottverdammtes Notsignal ist es wert, es seinethalben aufs Spiel zu setzen. Verstehen Sie mich?«

Der Mann feuerte neben Ansons Füßen in den Boden. »Hauen Sie jetzt lieber ab von hier«, sagte er. »Mein Sohn liegt im Sterben, und wenn es soweit ist, will ich nicht hier mit Ihnen meine Zeit vertrödeln.« Er zog den Bolzen zurück und lud erneut. Anson drehte sich um und flüchtete hinaus auf die Straße.

In dieser Nacht lag er schlaflos in seiner Koje und dachte nach über den Mann, dem er begegnet war. Was konnte von solcher Wichtigkeit sein, daß er sich deswegen mit seiner Familie in diesem Gebäude verbarrikadierte? Nichts konnte so wertvoll sein, daß man sich dafür umbringen ließ. Anson hätte das alles verstanden, wenn der Mann damit sein Haus oder seine Familie schützen wollte – aber so? Es schien, als sei ihm das Notsignal kostbarer als irgend etwas anderes auf der Welt.

Anson sah keine andere Möglichkeit, als sich vorsichtig in das Gebäude zu schleichen und den Sender abzuschalten – gewaltsam, wenn nötig. Morgen würde er eine Waffe suchen und das Gebäude so lange umkreisen, bis er einen Weg fand, unentdeckt hineinzukommen. Er wollte nicht, daß jemand dabei zu Schaden kam, aber hatte auch nicht vor, wegen einer solchen Lächerlichkeit seinen Lebensunterhalt zu verlieren.

Die Suche nach einer Schußwaffe am darauffolgenden Morgen erwies sich als erfolgreich. Er fand eine neue Automatic und einen großen Vorrat an Patronen, die er in sein Schiff trug. Nachdem er gegessen hatte, ging er zurück zum Raumhafen und versteckte sich in der Nähe einer Garage, die der Funkleitzentrale gegenüberlag. Er ging in die Hocke und machte sich daran, die Aktivitäten der Familie zu verfolgen.

Nachdem er fast eine halbe Stunde in gebückter Stellung zugebracht hatte, erblickte Anson den Vater, der mit einem großen Bündel in den Armen aus dem Gebäude kam. Aus dem Ende des Sacks ragte ein kleiner Fuß, und Anson nahm an, daß es sich um den toten Sohn des Mannes handelte. Warum blieb er hier? fragte sich Anson. Was konnte es geben, für das es sich lohnte, seine Familie sterben zu sehen? Anson schüttelte diese Fragen ab und rannte schnell hinüber zur Eingangstür. Der Vater trug den Leichnam seines Sohnes nach hinten, zur Rückseite des Gebäudes. Anson hoffte, er würde den Jungen in dem baumbestandenen Mittelstreifen der Zufahrtstraße begraben, denn so hätte er mehr als genug Zeit, hinaufzugelangen in den Funkraum.

Er stürzte in das Gebäude und lief zur Treppe. Von oben hörte er kein Geräusch, also schlich er lautlos hinauf, immer auf der Hut vor möglicherweise auftauchenden anderen Personen.

Er schaffte es bis zum oberen Ende der Treppe und stand in einem langen Korridor, der nach faulenden Nahrungsmitteln stank. Er atmete durch den Mund, bis er den Senderaum erreichte. Die Tür war versperrt.

»Verdammt!« murmelte er. Natürlich hätte er das Schloß herausschießen können, aber dann wäre die ganze Familie herbeigerannt. Was sollte er tun?

Geräusche von der Treppe unter ihm ließen ihn in den nächstbesten Raum stürzen. Er schloß die verglaste Tür hinter sich und ließ sich auf die Knie fallen, so daß man ihn durch das Fenster nicht sehen konnte. Leise Schritte erklangen draußen auf dem Korridor, und Anson nahm an, daß es Karen sei. Verzweifelt hielt er nach einem Platz Ausschau, an dem er sich verstecken konnte.

Der Raum, in dem er sich befand, war in eine Vorratskammer umgewandelt worden. Große Schachteln mit Konserven und Munitionskisten stapelten sich rundum bis in eine Höhe von zwei Metern. In der gegenüberliegenden Ecke erblickte er ein paar leere Kisten, rannte hin und glitt in einer Kerosinpfütze aus. Er kletterte in eine der größeren Kisten und duckte sich an die Rückwand. Die Pistole hielt er schußbereit in der Hand.

Karen öffnete die Tür und sah herein, während sie angestrengt auf irgendein Geräusch lauschte. Anson wußte, daß sie seinen Sturz gehört haben mußte und jetzt Ausschau hielt. »Wer ist hier drinnen?« rief sie. »Es wäre besser, Sie würden jetzt herauskommen! Mein Daddy wird gleich zurück sein, und der macht Ihnen dann Beine!« Sie preßte sich den Schaft des Gewehres gegen die Schulter und trat in den Raum: die Tür schloß sie entschlossen hinter sich.

Anson saß in der Falle. Früher oder später würde sie ihn finden und ihren Vater rufen. Und der hatte Anson bereits einmal gewarnt; er hatte nicht den Eindruck, als würde er diesmal so glimpflich davonkommen wie beim letzten Mal.

Karen kam näher. Als er die Pistole hob und zielte, mußte er sich sehr bemühen, seine Hand ruhig zu halten. Im Geist betete er darum, das Mädchen möge sich umdrehen und wieder gehen.

Er mußte ein Geräusch verursacht haben, denn plötzlich beugte sie sich herab und blickte in seine Kiste. Der Ausdruck des Wiedererkennens huschte über ihr Gesicht – genau in jenem Augenblick, als Anson feuerte.

Der Schuß war das lauteste, fürchterlichste Geräusch, das Anson je gehört hatte. Von der Wucht der Kugel wurde Karen rückwärts geschleudert und lag dann ausgestreckt auf dem Boden, das Gewehr auf der Brust.

Anson kämpfte an gegen den Drang zu schreien, stolperte aus der Kiste und stürzte zur Tür hinaus; ohne sich um die Gefahr zu kümmern, floh er den Korridor hinunter, raste die Treppe hinab und hinaus ins Freie, die Pistole immer noch mit aller Kraft seiner rechten Hand umklammert.

Er rannte zurück zu seinem Schiff, ließ sich gegen die Luke fallen und blieb keuchend daran lehnen. Karens Gesicht leuchtete immer wieder vor seinen Augen auf und wollte nicht vergehen. Anson kletterte in das Schiff und nahm eine große Dosis Beruhigungspillen. Er versuchte, sich zum Schlafen zu zwingen, aber die Müdigkeit wollte sich nicht einstellen. Schließlich gab er es auf und blieb auf seinem Lager sitzen, den Kopf in beide Hände gestützt. Herrgott im Himmel, was hatte er nur getan? Kaltblütig hatte er ein junges Mädchen getötet. Ungeachtet der Mittagshitze begann er zu zittern.

Warum hatte er das getan? Um nicht entdeckt zu werden, sagte er sich, aber die Antwort befriedigte ihn nicht. Nach Karens Tod war er in Panik geraten und davongelaufen, hatte ihren Leichnam und den immer noch funkenden Notsender zurückgelassen. Jetzt, dessen war er sicher, würde der Vater seine Anstrengung verdoppeln, die Funkzentrale zu verteidigen. Anson hatte einen Mord begangen, ohne damit der Erfüllung seines Auftrages auch nur im geringsten näherzukommen.

Sein Auftrag. Wütend erhob er sich und hieb sich mit den Fäusten auf die Schenkel. Da sieh einer an, wie weit sie ihn schon gebracht hatten! Der Befehl der Hochkommission war schuld daran, daß er ein Kind getötet hatte und ... er hielt in seinen Gedankengängen inne, um eine neue, fürchterliche Überlegung anzustellen ... Und es mochte sein, daß er wieder töten mußte, ehe er den Sender abschalten und in Freiheit seiner Wege gehen konnte.

Und wozu? Um der Laune irgendeines anonymen Mitglieds der Kommission nachzugeben? Um ein Ärgernis zu beseitigen, das irgendeinen namenlosen Beamten nervte?

Egal, er wußte, daß es keinen Ausweg für ihn gab, und mit dieser Erkenntnis ließ er verzweifelt die Schultern hängen. Er würde sein Schiff und sein Leben verlieren, das ihm mehr als alles andere lieb und teuer war, wenn er nicht tat, was sie von ihm wollten. Tief in seinem Innern breitete sich eine Leere aus und überschwemmte seine Seele mit bitterem Haß auf die Männer, die ihm ungerührt befehlen konnten, solche Handlungen zu setzen.

Aber er sah keinen Ausweg, und so nahm er seine Pistole

und verließ das Schiff. Er bemühte sich, nicht darüber nachzudenken, was alles passieren konnte, als er wieder zurückging zum Raumhafen und zur Funkzentrale.

Leise stieg er die Treppe hoch und erreichte den Korridor. Als er an der Vorratskammer vorbeikam, ertappte er sich dabei, daß er hineinlugte. Der Leichnam war verschwunden, aber ein dunkler Fleck markierte die Stelle, wo Karen gelegen hatte. Anson erschauerte und eilte weiter.

Diesmal war die Tür zum Senderaum unverschlossen. Anson legte die Hand um den Türgriff und glitt rasch hinein. Mit einem Finger auf dem Abzug der Pistole schloß er die Tür hinter sich.

Ein kratzendes Geräusch ließ ihn herumfahren. Der Vater saß am anderen Ende des Raumes hinter dem Schaltpult; sein Gewehr zeigte auf Ansons Brust. »Ich habe heute schon zwei Gräber ausgehoben«, sagte er. »Auf ein drittes würde es mir auch nicht mehr ankommen. Weg von der Tür!« Anson tat, wie ihm geheißen, und hob die Hände über die Schultern. »Lassen Sie die Pistole fallen!« Der dumpfe Aufschlag der Waffe auf dem Boden veranlaßte den Mann, ernst zu nicken. »Sie haben sie umgebracht, stimmt's?«

»Ja.«

»Weil sie sich Ihnen in den Weg gestellt hat, als Sie versuchten, dieses Ding da abzustellen.« Er warf einen Blick auf das Sendegerät, das mit einem leisen Summen seine Botschaft zu den Sternen schickte.

Ansons Lippen waren staubtrocken, als er sprach. »Hören Sie, Sie verstehen nicht, worum es geht. Ich muß dieses Ding abschalten, sonst kann ich nicht weg von hier. Ich weiß, sie würden mir mein Schiff wegnehmen und mich ins Gefängnis werfen. Ohne mein Schiff bin ich aber verloren, sehen Sie das nicht ein? Wenn es beschlagnahmt wird, habe ich keine Chance mehr im Leben!«

»Wie kommen Sie darauf, daß ich Sie nicht verstehen kann? Sie kämpfen um Ihr Leben; um die Art und Weise, wie Sie es leben wollen. Das gleiche habe ich hier auf der Erde getan, und ich habe verloren. Zumindest dachte ich das anfangs. Dann schaltete ich den Sender ein. Es war das einzige, was ich noch tun konnte. Meine Familie war damit einverstanden; die Botschaft durfte nicht aufhören zu ertönen, auch wenn es uns das Leben kostete.«

»Aber wofür soll ein Notruf jetzt noch gut sein?« jammerte Anson.

Traurig schüttelte der Mann den Kopf. »Erinnern Sie sich nicht? Ich sagte Ihnen doch schon, daß es kein Notsignal ist. Es ist eine Mahnung, eine Warnung vor dem, was der Erde widerfahren ist, weil niemand sich die Mühe machte, dazwischenzutreten. Ich will nicht, daß die Erinnerung daran genauso stirbt wie dieser Planet. Meine einzige Hoffnung ist, daß jemand die Botschaft hört und sie dazu benutzt, irgendeinen anderen Wahnsinn anderswo zu unterbinden.« Während er Anson über den Lauf hinweg anvisierte, fügte er hinzu: »Möglicherweise sind wir beide gar nicht so verschieden.« Er kniff ein Auge zusammen und drückte ab.

Anson machte einen Satz, als der Mann zum Feuern ansetzte. Die Kugel bohrte sich ihm in die linke Schulter, während er sich fallen ließ. Er packte seine Pistole, hob sie hoch und drückte ab. Der Schuß traf den Mann in die Brust, und er fiel tot zu Boden.

Anson stand auf, der Schmerz in seiner Schulter ein glühendes Stück Eisen. Er ging hinüber zu dem Toten und blickte auf ihn hinab, während die Gedanken durch sein Hirn rasten.

Eine Mahnung? Eine Warnung? Was kümmerte ihn ...

Plötzlich bekam alles einen Sinn: Natürlich wollte die Hochkommission, daß der Sender abgestellt würde. Anson entsann sich der Berichte über Unruhen, die er während des Besuches seines letzten Planeten gehört hatte. Vier der Kolonialwelten widersetzten sich den Befehlen der Hochkommission, seit sie die Macht von der Erde übernommen hatte. Vereinzelt brachen Revolutionen aus, es gab Terroristenüberfälle und Aufruhr, und wenn Anson den Energieverbrauchsanzeigen Glauben schenken durfte, dann erreichte dieses Signal über Hyperraumkanäle jedwede andere menschliche Welt. Das Signal war wie der Stachel einer Biene im Fleisch: er juckte und irritierte und jagte sein Gift durch den ganzen Körper. Kein Wunder, daß die Hochkommission nicht den Wunsch verspürte, zu offensichtlich in die Sache verwickelt zu werden, denn die Rebellen, die das Signal auffingen, würden sicherlich nicht allzu freundlich reagieren, wenn sie erfuhren, daß es die Hochkommission gewesen war, die den Sender zum Schweigen gebracht hatte.

Anson stand nur da und ließ den Blick auf dem Sendegerät ruhen. Er konnte es jetzt abschalten und seiner Wege gehen. Langsam streckte er die Hand aus und drehte den Schalter in die AUS-Stellung.

Es war vollbracht. Er konnte gehen. Doch als er sich abwandte, überkam ihn der Gedanke wie ein Blitz: Welch eine Garantie besaß er eigentlich, daß ihn die Hochkommission tatsächlich laufen lassen würde? Er war dabei ertappt worden, als er sich im verbotenen Raumsektor befand; es wäre ihr Recht, ihm nicht zu erlauben, dieses System je wieder zu verlassen ... durfte er es wagen, auch nur die Erde zu verlassen, besonders nach allem, was er getan hatte?

Möglicherweise sind wir beide gar nicht so verschieden. So gesehen, möglicherweise wirklich nicht, dachte Anson. Er beugte sich hinab und schloß sanft die Lider des Toten.

Um mir mein Schiff zu erhalten, war ich bereit zu töten, dachte er. Du warst bereit zu sterben, um deine simple Warnung am Leben zu erhalten.

Anson ignorierte den Schmerz in der Schulter und ließ sich schwer in den Stuhl fallen. Sie würden sicher andere herschicken. Aber er hatte Nahrungsvorräte und Munition. Und Zeit, das Gebäude besser zu befestigen. Er konnte es ihnen sehr, sehr schwer machen ... oder aber überhaupt nichts erreichen. Und dennoch ...

Anson hob den toten Mann hoch und legte ihn sich über die Schultern. Er hatte vor, ihn hinauszutragen und neben den anderen Familienmitgliedern zu begraben. Doch bevor er den Raum verließ, schaltete er den Sender wieder ein.

Es ist bekannt, daß Jered Anson die ersten acht Männer tötete, die gegen ihn ausgesandt wurden, ehe es dem neunten gelang, seinem Tun Einhalt zu gebieten und den Sender für immer zum Schweigen zu bringen. Seit mehr als fünfzig Jahren schweigt der Sender: zum Schweigen gebracht von derselben Hochkommission, die nun alle unsere Humanwelten regiert. Natürlich haben ihre Mitglieder eine andere Version von Jered Ansons Geschichte, aber das ist nicht jene, die unsere Kinder von uns hören.

Und seine Botschaft lebt fort, weitergereicht von einem zum nächsten wie ein kostbares Juwel, denn sein Tod entfachte den großen Kampf, den wir nun führen.

Er wurde belächelt als gewöhnlicher Vagabund, nicht wert der Anerkennung, die man ihm zollt. Doch wir glauben, daß es der gewöhnliche *Mann ist, der den besten Helden abgibt, und unsere Gebiete werden schließlich erkennen, daß seine Botschaft wie auch seine Legende sich in alle Ewigkeit weigern wird zu sterben.*

Aus dem Amerikanischen übersetzt von Biggy Winter

John Kessel

Der große Traum

Die Lichter des Wagens, den Davin verfolgte, schwenkten plötzlich nach rechts ab und verschwanden: Er hatte die Straße verlassen und war die Böschung hinuntergestürzt. Davin brachte seinen Chevy mit einem Ruck am Straßenrand zum Stehen. Vor seinen Scheinwerfern tauchte eine gezackte Lücke in der weißen Holzbegrenzung auf. In dem Tal dahinter breiteten sich die Lichter von Los Angeles aus.

Er schlitterte den Abhang hinunter, wirbelte Staub auf und verfing sich mit seiner Jacke in den Büschen. Der 1928er Chrysler-Sportwagen lag umgestürzt da unten. Die Lampen waren noch an. Als er näherkam, konnte er Benzin riechen. Der Fahrer war aus dem Wrack geschleudert worden, versuchte aber schon wieder, sich aufzurappeln. Er kauerte ein paar Minuten vor ihm am Boden und hielt sich den Kopf. Davin legte einen Arm um die Schultern des Mannes und half ihm beim Aufstehen.

»Sind Sie in Ordnung?« fragte er.

Der Mann sprach undeutlich, er hatte getrunken. »Sicher bin ich in Ordnung. Ich nehm immer diese Abkürzung.«

Davin lächelte in die Dunkelheit. »Mir wäre das aber etwas viel Verschleiß.«

»Man gewöhnt sich dran.«

Der Mann konnte noch gehen, und sie arbeiteten sich zusammen zu Davins Wagen hoch. Sie stiegen ein. Davin startete den Wagen und fuhr weiter den Berg hinunter.

»Die Bullen werden spätestens in ein paar Stunden das Loch im Zaun bemerkt haben«, sagte er. »Brauchen Sie einen Arzt?«

»Nein. Bringen Sie mich nur nach Hause. 2950 Leeward. Ich ruf dann von dort aus die Polizei an.« Davin hielt die Augen auf die kurvenreiche Strecke gerichtet. Er mußte bei seinem Chevy mal die Bremsen nachstellen lassen. Sein

Passagier schien erstaunlich schnell wieder nüchtern zu werden. Er richtete sich in seinem Sitz etwas auf und strich sich wie ein Teenager vor einer Verabredung mit den Händen die Haare zurück. Vielleicht hatte die Tatsache, daß er sich beinahe umgebracht hätte, doch einigen Eindruck auf ihn gemacht. »Ich bin froh, daß Sie zufällig vorbeikamen«, sagte der Mann. »Wie heißen Sie?«

»Michael Davin.«

»Ire, was?« In seiner Stimme lag eine gewisse Verachtung.

»Väterlicherseits.«

»Mein Vater war ein Aas. Meine Mutter war Irin. Aber nicht katholisch.« Die Verachtung klang einen Moment wieder durch.

»Ich glaube, Sie sollten sich erstmal etwas beruhigen«, sagte Davin.

Der Mann richtete sich auf, als wollte er Davin schlagen, dann entspannte er sich. Er schien jetzt völlig nüchtern zu sein. »Vielleicht haben Sie recht«, sagte er.

Davin erkannte den Akzent: britisch, wenn auch durch langen Aufenthalt in den USA gemildert. Das hatte ihm die Frau nicht gesagt. Sie fuhren schweigend weiter, bis sie die Ausläufer der Stadt erreichten. Es war eher ein Städtchen. Trotz aller Bemühungen der Handelskammer und des Planungsausschusses besaßen diese Vorstädte immer noch die schläfrige Atmosphäre von Hutchinson, Kansas. Davin fühlte sich manchmal richtig wohl, wenn er einem Geschäftsmann half, seinen Partner im Auge zu behalten – das würde man in Kansas auch tun, es wäre einfach eine Art Nachbarschaftshilfe. Und das erinnerte ihn daran, daß er, egal, wie krank ihn L. A. machte, es nicht ertragen könnte, in den Mittelwesten zurückzugehen.

Davin wußte, daß die Adresse, die der Mann genannt hatte, nicht seine eigene war. Es war ein Apartmentbungalow in spanischem Stil in einer mittelmäßigen Wohnlage; Davin hatte die Verfolgung früher am Abend von seiner wirklichen Wohnung in der West 12th Street aus aufgenommen.

Er lenkte den Wagen vor den Bordstein. Der Mann zögerte, bevor er ausstieg.

»Tut mir leid, daß ich diese Bemerkung gemacht habe. Das mit den Iren, mein ich. Meine Großmutter war schrecklich eingebildet.«

»Schon gut. Aber Sie sollten sich mal die Beule auf dem Kopf ansehen lassen.«

»Meine Frau wird sich drum kümmern.« Der Mann stand draußen und hielt die Tür auf, dann beugte er sich noch einmal herein. Die Straßenlaterne vor ihnen verwandelte seine feinen Züge in ein Relief. »Danke«, sagte er. »Sie hätten mir das Leben retten können.«

Davin fühlte sich plötzlich benommen. Er schien seinen Körper verlassen zu haben, schien einen halben Meter über den eigenen Schultern zu schweben und sich selbst beim Reden und Denken zuzuhören.

»Die Sonne bringt es an den Tag«, sagte ich, während ich den Schürzenjäger beobachtete, der sich umdrehte und den Weg zur Tür des Bungalows Nummer sieben hinaufging. Er öffnete die Tür mit seinem eigenen Schlüssel. Eine attraktive junge Frau – seine Geliebte – umarmte ihn in der Tür. Man nennt L.A. die Stadt der Engel, aber ein Privatschnüffler weiß es besser.

Am Freitag, dem vorhergehenden Tag, hatte alles sehr ruhig angefangen. Vor diesem Klopfen an der Tür hatte es keine Benommenheit gegeben, kein Gefühl, Dinge zu tun oder zu sagen, die er nicht tun oder sagen wollte. Davin hatte am Spätnachmittag in seinem Büro gesessen, die Beine über die zerkratzte Schreibtischfläche geschlagen und die Krawatte wegen der drückenden Hitze gelöst. In den Balken des Sonnenlichts, das durch das Fenster über seiner Schulter fiel, tanzten Staubflocken umher. Unter dem scharfen Licht schien das billige Sofa an der Wand gegenüber den Staub in den Raum abzustrahlen. Die dunklen Stellen zerschnitten das Licht in parallele Pfeile, die sich wie die Zinken einer Gabel in den Raum bohrten.

Die Hitzewelle dauerte nun schon zwei Wochen. Die Tage

dehnten sich endlos, und das Denken schien seinem Verstand eine allzu große Anstrengung, als daß er sie auf sich nehmen mochte. Er erinnerte sich daran, wie er in dieser Woche eines Morgens aufgewacht war. Er hatte von einem jener frühen Augusttage in Wichita geträumt, die schon heiß und feucht begonnen hatten; spätestens um drei Uhr nachmittags hatte es Berichte über mindestens vier alte Menschen gegeben, die in ungelüfteten Räumen gestorben waren. Während der letzten beiden Wochen war es in L.A. genauso heiß gewesen.

Er stellte die Flasche mit dem schwarzgebrannten Bourbon vor sich auf den Tisch. Das Glas daneben war zur Hälfte geleert. Dann klopfte es an der Tür.

Davin leerte das Glas und verbarg es zusammen mit der Flasche in der untersten Schreibtischschublade. »Herein!« sagte er. »Es ist nicht abgeschlossen.«

Eine junge Frau trat ein.

Davin war gerade dabei, seine Krawatte zurechtzurücken, als er bemerkte, daß die Frau doch nicht mehr so ganz jung war. Sie setzte sich ihm gegenüber auf den Stuhl und schlug kokett die Beine übereinander, doch die abgearbeiteten Hände und die müden Falten um den Mund verrieten ihr wahres Alter. Sie trug einen Glockenhut und eine Sonnenbrille (wahrscheinlich, um die Krähenfüße um die Augen zu verbergen) und ein weißes Seidenkleid, das kurz über den Knien endete. Das Haar, das sich unter dem Hut herausringelte, war gebleicht. Davin beurteilte sie als eine Frau, die sich schon in jungen Jahren daran gewöhnt hatte, von Männern beachtet zu werden.

»Wie kann ich Ihnen behilflich sein, gnädige Frau?«

Sie zögerte etwa fünf Sekunden, dann antwortete sie mit einer so betörenden Stimme, daß Davin schauderte. Er wollte die Augen schließen und nur noch der Stimme lauschen.

»Ich muß mit Ihnen über meinen Mann sprechen, Mister Davin. Ich mache mir große Sorgen um ihn. Er benimmt sich auf eine Weise, die ich nur als verheerend bezeichnen kann. Er gefährdet unsere Ehe, und ich befürchte, daß er sich etwas antun könnte.«

»Was soll ich für Sie tun, Missis ...«

»Chandler. Raymond Chandler.« Sie lächelte, und um ihren Mund tauchten noch mehr Falten auf. »Sie dürfen mich Cecily nennen.«

»Ehegatten davor zu bewahren, sich etwas anzutun, liegt eigentlich nicht so ganz auf meiner Linie, Missis Chandler.«

»Das ist auch nicht das, was ich von Ihnen will.« Sie zögerte. »Ich möchte, daß Sie ihm folgen und herausfinden, wo er hingeht. Manchmal verschwindet er einfach, und ich weiß nicht, wo er ist. Ich rufe in seinem Büro an, und man sagt mir, er wäre nicht da. Sie sagen, sie wüßten nicht, wo er ist.«

Bis zu diesem Punkt konnte man allerdings kaum von Selbstmord sprechen. »Wie oft passiert das, und wie lange verschwindet er?«

Cecily Chandler biß sich auf die Lippen. »Es geschieht in letzter Zeit immer häufiger. Zwei- oder dreimal im Monat, zusätzlich zu den Tagen, an denen er spät nach Hause kommt. Manchmal verschwindet er gleich für mehrere Tage.«

Ich hätte ihr sagen können, daß ihr Problem wahrscheinlich blond war. »Wo arbeitet er?« fragte ich.

»Bei der South Basin Oil Company. Das Büro ist in der South Olive Street. Er ist der Vizepräsident.«

Ich sagte mir, ich müßte das Honorar auf 25 Dollar pro Tag hochtreiben. »In Ordnung«, sagte ich. »Ich werde Ihren Mann eine Woche überwachen, Missis Chandler, aber ich will offen mit Ihnen sein. Es ist bekannt, daß in dieser Stadt eine Menge Ehemänner auf Abwege geraten. Es gibt hier zuviel schwarzes Geld und zu viele geldgierige Starlets, die sich ihr Stück vom großen Kuchen abschneiden wollen. Egal, was ich herausfinde, Sie müssen so oder so dieses Problem mit ihm selbst abmachen.«

Statt verletzt zu sein, lächelte die Frau. »Sie brauchen mich nicht zu behandeln wie die Unschuld vom Lande, Mister Davin ...«

Wenn sie die Unschuld vom Lande war, konnte McKinley Präsident werden.

»Auch Frauen geraten auf Abwege«, fuhr sie mit einer Stimme fort, die klang wie Sonnenlicht auf Seide. »Ich wäre nicht überrascht, wenn Sie mir etwas in dieser Art berichten würden. Ich will nur, daß Raymond glücklich ist.«

Na klar, dachte ich. Das will ich auch. Dann dachte ich an meinen Kontostand. Es roch nach einer Scheidung, aber ein paar hundert Dollar würden meine Zukunft für längere Zeit erheblich rosiger aussehen lassen. Wir besprachen die Modalitäten, und ich stellte ihr noch einige Fragen.

Irgendwann während dieser Unterhaltung ging das Manuskript verloren, und Davin fiel benommen wieder in seine eigene Persönlichkeit zurück.

»Wie lange sind Sie schon verheiratet?«

»Fünf Jahre.«

»Was für einen Wagen fährt Ihr Mann?«

»Er hat zwei. Ein Hupmobile als Firmenwagen und einen Zweisitzer von Chrysler als Privatwagen.«

»Haben Sie ein Foto von ihm?«

Cecily Chandler öffnete ihr winziges Täschchen und holte ein Paßbild heraus. Es zeigte einen dunkelhaarigen Mann mit einem energischen Kinn, die Lippen waren leicht geschürzt, und er hatte dunkle, durchdringende Augen. Es war ein gutaussehender Mann, vielleicht Ende der Dreißig – mindestens fünfzehn Jahre jünger als die Frau in Davins Büro.

Davin saß vor dem Bungalow in der Leeward Street in seinem Wagen und wartete. Nachdem Chandler hineingegangen war, war Davin weggefahren, fünf Minuten in der Nachbarschaft herumgekreuzt, um dann ein Stück weiter unten in der Straße zwischen zwei Laternen zu parken, an einer Stelle, von der aus er die Tür von Nummer sieben gut im Auge behalten konnte, ohne selbst allzu leicht entdeckt zu werden.

Er verbrachte viel Zeit damit, etwas zu beobachten (die

Häuser von Leuten, Männer in Santa Anita, einen Orangenhain, der so weit von der Main Street zurücklag, daß man das Rathaus nicht mehr riechen konnte, die Autos von Leuten, Serviererinnen in Restaurants, die Lampe über seinem Bett, junge Männer und Frauen im Botanischen Garten), und er verbrachte beinahe genausoviel Zeit damit, sich selbst vor Entdeckung zu schützen. So mußte man es machen, wenn man etwas herausfinden wollte. Man beobachtete und wartete, und manchmal erfuhr man etwas. Davin fragte sich, warum, zum Teufel, er so frech zu Chandlers Frau gewesen war. Eigenlich war er gar nicht so. Er war immer ein Typ gewesen, der sich bedeckt gehalten hatte, wenn der Krach losging. Vielleicht hatte er einfach nur diese ganze Warterei satt.

Nachdem Cecily Chandler ihn angeheuert hatte, hatte er nicht lange gebraucht, um die Geliebte in Nummer sieben zu entdecken. Er war Chandler gefolgt, nachdem dieser am Nachmittag seinen Arbeitstag im Gebäude der Bank of Italy beendet hatte. Er hatte sich mit der Frau in einem Restaurant in der Nähe getroffen, und sie waren direkt zu ihrem Bungalow gefahren.

Es war also ein einfacher Fall von ehelicher Untreue, das hatte er schon in dem Augenblick gewußt, als ihm die Frau vom Verschwinden ihres Mannes erzählt hatte. Davin haßte den Geruch von Ehen, die in die Brüche gingen: Sag's ihr, und laß irgendeinen anderen Trottel die Sache übernehmen. Das wäre logischerweise der nächste Schritt. Aber irgend etwas hielt Davin davon ab, die Sache in diesem Augenblick aufzugeben. Zunächst einmal war sich Chandlers Frau vollkommen darüber im klaren gewesen, daß sich ihr Mann mit einer anderen Frau traf, und zwar schon, bevor sie zu Davin gekommen war. Sie hatte ihn nicht angeheuert, um diese Information zu bekommen.

Ein Ford mit aufgeklapptem Verdeck, in dem ein paar Matrosen saßen, fuhr langsam vorbei, und Davin kroch in seinem Sitz zusammen, als die Scheinwerfer über den Vordersitz seines Wagens streiften. Die Matrosen schienen eine

Adresse zu suchen. Vielleicht nahm Chandlers Freundin (M. Peterson, wie der Name auf ihrem Briefkasten lautete) auch Untermieter auf.

Zum zweiten war da noch die Frage, warum Chandler eine Frau geheiratet hatte, die alt genug war, um seine Mutter zu sein. Geld war normalerweise die Antwort. Aber die South Basin war aus den Signal Hill-Funden als eine der mächtigsten Gesellschaften hervorgegangen, und er als Vizepräsident hatte sich sicherlich einiges beiseite schaffen können. Vielleicht hatte er sie aus Liebe geheiratet. Aber es gab noch eine andere Möglichkeit: Cecily Chandler hatte etwas gegen ihren Mann in der Hand, und deshalb hatten sie geheiratet. Und deshalb war er ihr nicht treu, was zu dem dritten Punkt führte, der Davin davon abhielt, seine Nachforschungen abzuschließen.

Chandler verhielt sich *tatsächlich* so, als wollte er sich umbringen. Davin hatte am Samstagmorgen wieder die Verfolgung aufgenommen und war in seiner Nähe geblieben, als er den Tag mit einer Mahlzeit in einem billigen Restaurant begonnen hatte. Am Nachmittag war er zu Cecily nach Hause gefahren. Davin hatte in seinem Wagen ein Sandwich gegessen. Er hatte sich wieder an Chandlers Fersen geheftet, als dieser mit einem Mann, der ungefähr sein Alter hatte, zum Flugplatz gefahren war und ein Flugzeug bestiegen hatte. Irgend jemand in der Familie mußte Geld haben.

Davin hatte sich in der Nähe des Hangars herumgetrieben, bis sie zurückkehrten. Ein junger Bursche, der an der Ölwanne einer Peace Arrow arbeitete, erzählte ihm, daß Chandler und sein Freund Philleo einmal im Monat oder so zum Fliegen hier herauskämen. Als die Maschine gelandet war, stieg der Pilot aus, heftig über Chandler schimpfend, und marschierte zum Büro hinüber. Philleo half Chandler beim Aussteigen. Chandler lachte. Ein Mechaniker fragte, was los wäre, und der Pilot erklärte ihm laut, daß Chandler sich einfach abgeschnallt und von seinem Sitz erhoben hätte, als sie einige Luftrollen machten.

Chandler schnappte sich eine Flasche Gin vom Rücksitz des Sportwagens. Philleo versuchte, ihn davon abzuhalten, aber der kleine Streit war schnell vergessen. Danach fuhren sie zu einer außerhalb der Stadtgrenze gelegenen Raststätte, in der illegal Alkohol ausgeschenkt wurde. Als Chandler dann mit seinem weißen Chrysler fortgefahren war, war Davin ihm die kurvenreiche Straße hinunter gefolgt, bis er den Zaun durchbrochen hatte.

Der Ford mit den Matrosen hatte inzwischen gewendet und fuhr in entgegengesetzter Richtung an ihm vorbei. Sonst gab es in dieser Gegend kaum Verkehr. Chandler würde bestimmt über Nacht hierbleiben. Davin dachte daran, sich etwas zu essen zu besorgen. Er dachte daran, in einem richtigen Bett etwas Schlaf zu bekommen. Er war schon ganz steif vom langen Sitzen im Wagen. Die Hitze ließ sein Hemd am Rücken festkleben. Und am schlimmsten war, daß ihm diese Arbeit an die Nieren ging. Er versuchte, sich daran zu erinnern, wie er dazu gekommen war.

Direkt nach dem Krieg war ihm die Arbeit bei Pinkertons leichtgefallen. Wenigstens, bis er es satt hatte, in der Zeit der Kommunistenverfolgungen Gewerkschaftsführern die Köpfe einzuschlagen. Die Stadt mußte ihr gutes Ansehen in der Geschäftswelt bewahren, und Davin hatte seinen Teil dazu beigetragen, bis er eines Nachts in einem Güterbahnhof einen Mann gestellt und bemerkt hatte, daß es ihm Spaß machte, seine Keule gegen einen Unschuldigen einzusetzen. Wenn ihn nicht einer der anderen Bullen zurückgezogen hätte, hätte Davin den Mann totgeschlagen. Als er am nächsten Morgen aufgewacht war, hatte er sich prächtig gefühlt; er hatte erst zu zittern angefangen, als ihm wieder einfiel, warum er sich so gut fühlte. Es machte ihm Angst. Er wollte niemanden töten, aber nach dieser Nacht wußte er, daß er es ohne weiteres tun und sogar genießen konnte. So verließ er Pinkertons, doch er konnte diese Art von Arbeit nicht völlig aufgeben. Jetzt war er selbständiger Detektiv. Er saß herum und observierte und wartete darauf, daß diese Gewalttätigkeit wieder ausbrechen würde, während er in der Zwischenzeit für zwanzig Kröten am Tag im Dreck anderer Leute herumwühlte.

Davin hatte schon soviel Dreck aufgewühlt, daß es für zwei Arbeitstage reichte. Er wollte gerade seinen Wagen anlassen, als er im Rückspiegel einen Lichtfunken sah. In einem Wagen, der ein Stück hinter ihm auf der anderen Straßenseite geparkt war, hatte sich jemand eine Zigarette angezündet. Das Auto hatte schon eine Weile dort gestanden, und er hatte niemand gesehen oder gehört, der dort angekommen wäre oder den Wagen verlassen hätte.

Davin stieg aus, überquerte die Straße und ging auf dem Bürgersteig auf den Wagen zu. Eine Frau, die sich gegen die Tür gelehnt hatte, saß darin und rauchte. Sie beobachtete das Apartmenthaus, in dem Chandler sich mit seiner Freundin getroffen hatte. Als er näherkam, sah sie kurz in Davins Richtung, machte aber keine Anstalten, sich zu verbergen. Als er auf gleicher Höhe mit dem Wagen war, holte er eine Zigarette heraus und fingerte in seiner Jacke herum, als suchte er ein Streichholz.

»Entschuldigung, Frollein, ham' Sie vielleicht mal Feuer für mich?«

Sie schaute zu ihm auf und reichte ihm wortlos ein Streichholzheftchen. Er zündete seine Zigarette an.

»Danke.« Unter dem schwachen Licht auf der Straße sah ihr Haar schwarz aus. Es war sehr kurz geschnitten. Sie hatte volle Lippen und eine gerade Nase. Sie wirkte sehr ernst.

»Warten Sie auf jemanden?« fragte Davin.

»Jedenfalls nicht auf Sie.«

Davin wagte einen Schuß ins Blaue. »Chandler wird heute nacht bestimmt nicht wieder auftauchen.«

Volltreffer. Das Mädchen wandte den Blick von dem Bungalow ab und sah ihn fassungslos an. Sie drückte ihre Zigarette aus.

»Ich habe keine Ahnung, wovon Sie sprechen.«

»Chandler und diese Miß Peterson feiern jetzt gerade eine kleine Party. Zu schade, daß wir beide nicht dazu eingeladen sind, obwohl ich wetten möchte, daß Sie's gerne wären. Vielleicht sollten wir sehen, ob wir irgendwo einen Kaffee bekommen und uns überlegen, warum.«

Das Mädchen griff nach der Zündung, und Davin streckte eine Hand durch das offene Fenster, um sie aufzuhalten. Sie spannte sich, dann gab sie nach.

»Also gut«, sagte sie. »Steigen Sie ein.«

Sie fuhr zu einem durchgehend geöffneten Restaurant in der Wilshire Street. In dem hellen Licht sah Davin, daß sie klein und sehr müde war. Schlank und gut gekleidet, wie sie war, sah sie nicht danach aus, als würde sie öfter verheiratete Männer verfolgen. Davin fragte sich, ob er aussah wie ein Mann, der es tat.

»Mein Name ist Michael Davin, Miß ...?«

»Estelle Lloyd.« Sie machte ein besorgtes Gesicht.

»Miß Lloyd, ich habe mit Mister Chandler zu tun, und deshalb möchte ich wissen, warum Sie ihn beobachten.«

»Cissy hat Sie angeheuert.« Das war keine Frage.

Davin war einen Augenblick überrascht. »Wer ist Cissy?«

»Cissy ist seine Frau. Ich weiß, daß sie wissen will, was er macht. Er bringt sich um.«

»Und was geht Sie das an?«

Estelle sah ihn einige Sekunden lang fest an. Sie war jung, aber sie war kein Kind mehr.

»Ich liebe ihn auch«, sagte sie.

Estelles Vater, Warren Lloyd, war Philosophieprofessor, und ihr Onkel Ralph war ein Partner von Joseph Dabney, dem Gründer der South Basin Oil Company. Sie erzählte Davin, daß ihr Vater und ihre Mutter, als sie noch ein kleines Mädchen war, mit Julian und Cissy Pascal befreundet gewesen waren und daß die beiden Familien einem jungen Mann aus England mit Namen Raymond Chandler über die Runden geholfen hätten, als dieser vor dem Krieg in Kalifornien ankam.

Estelle hatte sich in den jungen Mann verliebt, sobald sie alt genug dazu war, und er hatte sie seinerseits wie seine

Lieblingsfreundin behandelt. Es war alles sehr romantisch, es war die Art Spiel, bei dem Männer und Frauen vorgaben, daß so etwas wie Sex nicht existierte. Als Chandler in den Krieg gezogen war, hatte Estelle sich gesorgt und gebetet, und als er zurückkehrte, war sie nicht die einzige, die hoffte, daß sich nun eine Romanze entwickeln würde. Und so geschah es auch: zwischen Chandler und Cissy Pascal, die achtzehn Jahre älter war als er.

Cissy reichte die Scheidung ein. Estelle war verwirrt und verletzt, und Chandler wollte nichts mehr mit ihr zu tun haben. In dem Augenblick, als sie alt genug für die wirkliche Liebe war, hatte er sie verlassen.

Chandlers Mutter konnte Cissy nicht leiden, und so heiratete Raymond sie nicht sofort. Statt dessen mietete er ein Apartment für Cissy in Hermosa Beach und eines für seine Mutter in Redondo Beach. Trotz des Skandals verhalf Cissy Onkel Chandler zu einem Job im Ölgeschäft, und er machte bei der Gesellschaft schnell Karriere. Estelle behielt ihre Gedanken für sich, aber auch wenn sie sich hin und wieder mit jungen Männern verabredete, meinte sie es niemals ernst. Davin wünschte sich, daß er sie mochte. Und als er ihr offenes Gesicht betrachtete, war er nicht sicher, ob er es überhaupt verhindern konnte.

»Aber warum warten Sie dann vor dem Apartment seiner Freundin?«

Estelle sah ihn abschätzend an. »Hat Cissy Sie angeheuert, damit Sie ihn beobachten, oder linsen Sie gerne durch Schlafzimmerfenster?«

Er mochte sie. »*Touché.* Ich will keine harten Fragen mehr stellen.«

»Ich erzähl's Ihnen auch so. Ich will nur nicht, daß er verletzt wird. Ich weiß, daß ich keine Chance mehr habe; ich weiß das schon sehr lange.« Sie zögerte, und als sie wieder sprach, lag leiser Spott in ihrer Stimme. »Mit Raymond ist sowieso was nicht in Ordnung. Er hat Cissy nicht glücklich gemacht, und er würde auch mich runterziehen, wenn ich an ihrer Stelle wäre.«

»Was ist denn Ihrer Meinung nach sein Problem?«

Sie lächelte traurig. »Ich glaube, er kann Frauen nicht leiden. Er benutzt sie, ekelt sich, weil sie sich benutzen lassen, und nennt das dann Liebe.«

»Das klingt aber verbittert.«

»Das bin ich aber eigentlich nicht. Im Grunde seines Herzens ist er ein guter Mann.«

Davin trank seinen Kaffee aus. Alle machten sich Sorgen um Chandler. »Es ist spät«, sagte er. »Es wird Zeit, daß Sie mich zurückbringen.«

Auf der Straße war es nicht kühler als im Restaurant. Davin steckte sich eine Zigarette an, während Estelle fuhr, und als sie wieder sprach, überkam ihn erneut diese seltsame Stimmung, die er in den letzten beiden Tagen kennengelernt hatte.

Zögernd, weich, mit einer Stimme, die eine größere Hitze als die kalifornische Nacht verhieß, sagte sie zu mir: »Sie brauchen nicht die ganze Nacht hierzubleiben und ihn zu beobachten. Ich habe ein Apartment in der Bryson Street.«

Es war, als hätte sie einen 38er gegen mich gezogen. Das war das allerletzte, was ich erwartet hätte. Ihre Augen glitten schnell über mich, als würde sie für einen Anzug Maß nehmen. Ich konnte einen schwachen Hauch ihres Parfüms riechen.

»Nein, danke«, sagte ich. Mir wurde von dem süßen Geruch ihrer Haare fast schwindelig. Vor zehn Minuten hatte ich sie gemocht, doch jetzt sah ich sie so, wie sie wirklich war. Es war schon schwer für einen Privatdetektiv, in dieser Stadt sauber zu bleiben. Ich hätte von dieser Frau etwas Besseres erwartet.

Sie setzte mich in der verlassenen Straße ab und fuhr weiter. Ich stand auf dem Bürgersteig und sah den sich entfernenden Lichtern ihres Wagens nach, während ich den Duft der Bougainvillea und des nachts blühenden Jasmins wie überreife Träume inhalierte. Ich dachte darüber nach, welches Spiel Estelle wohl spielte.

Im Bungalow der Peterson war noch Licht. Die Vorhänge waren halb zugezogen, und der Eukalyptus vor dem Fenster versperrte ihm die Sicht. Die Nacht war kühler geworden, und eine Brise, die immer noch etwas Seeluft enthielt, ließ die Bäume rauschen, während sie die schwere, süße Luft aus dem Garten trieb. Ein paar Wolken wanderten nach Norden, in die Richtung der Hügel, wo Chandlers Sportwagen am Fuß einer Böschung lag; der hochstehende Vollmond verwandelte die Leeward Street in eine silberne und schwarze Szenerie. Davin wunderte sich über seine Zimperlichkeit. Er war schon lange nicht mehr so direkt aufgefordert worden, und es war noch viel länger her, daß er ein solches Angebot ausgeschlagen hatte. Als er bei seinem Wagen ankam, bemerkte er einen Ford mit offenem Verdeck, der vor ihm geparkt war. Die Matrosen hatten ihre Adresse gefunden.

Irgend etwas hielt ihn davon ab, wegzufahren. Statt dessen umrundete er die Rückseite der Bungalows, bis er Nummer sieben erreichte. Die hinteren Fenster waren nicht beleuchtet. Er erinnerte sich an Estelles Stichelei, kroch zur Seitenwand und schaute in das erleuchtete Fenster. Durch den Spalt zwischen den Vorhängen konnte er eine Frau sehen, die sich in der Ecke eines Sofas neben einer chintzbespannten Tischlampe zusammengerollt hatte. Sie trug einen bequemen roten Pyjama. Das Haar ringelte sich ihr in blonden Mary Pickford-Löckchen um das Gesicht; die Lippen sahen aus wie ein hellroter Amorbogen, und sie war gerade dabei, sich die Zehennägel mit peinlicher Sorgfalt in der gleichen Farbe anzumalen. Davin konnte nicht sehen, ob noch jemand in dem Raum war, doch die Frau machte nicht den Eindruck, als erwartete sie, gestört zu werden. Das war manchmal die beste Gelegenheit, um zu stören.

Er ging zur Vordertür und klingelte. Der Jasminduft wurde sogar noch stärker. Die Tür, die durch eine Kette gesichert war, öffnete sich einen Spalt, und die roten Lippen sprachen zu ihm.

»Wissen Sie eigentlich, wie spät es ist? Wer sind Sie überhaupt?«

»Mein Name ist Michael Davin. Sie sind wach. Ich möchte mit Ihnen sprechen.

»Wir reden doch schon.«

»Entschuldigen Sie. Ich dachte, wir spielen Verstecken, mit einer Tür zwischen uns.«

Die roten Lippen lächelten. Die Augen – verblüffend blau – lächelten nicht.

»Also gut, Davin. Kommen Sie rein und zeigen Sie sich im Licht, damit ich sehen kann, was Sie für ein Kerl sind.« Sie entfernte die Sicherheitskette. Das bedeutete, daß Chandler gegangen war. »Kommen Sie nicht auf die Idee, daß ich daran gewöhnt bin, mitten in der Nacht Besuche von wildfremden Männern zu empfangen.«

»Klar.« Sie führte ihn in ein kleines Wohnzimmer. Der Pyjama war aus Seide, und über die linke Brust war in Gold der Name ›May‹ eingestickt, und er hatte wahrscheinlich mehr gekostet als der Stuhl, den sie Davin anbot.

Doch er setzte sich lieber neben ihr auf das Sofa. Sie ignorierte ihn und fuhr damit fort, sich die Nägel zu bemalen. Der Raum war mit billigen Imitationen teurer Möbelstücke eingerichtet: die Vorhänge, die nach dickem Samt in der Farbe von dunklem Blut aussahen, waren durch die leichte Brise, die durch das Fenster hereinkam, so verdreht, daß sie nicht echt sein konnten; die Tapete mit den spanischen Motiven sah eher nach Tijuana als nach Barcelona aus. May Peterson reckte das Kinn, um ihr feines Profil und die reine weiße Haut der Schultern und Brüste zu zeigen, doch das blonde Haar war ursprünglich braun gewesen. Sie hatte allerdings eine gute Figur.

»Mögen Sie diese Farbe?« fragte sie ihn.

»Sieht sehr hübsch aus.«

Sie änderte ihre Position, indem sie den rechten Fuß unterschlug, und lehnte sich an seine Schulter.

»Achten Sie auf Ihr Gleichgewicht!« sagte er.

Sie zog sich zurück und sah ihn an. »Sind Sie wirklich gekommen, um mit mir zu reden? Dann reden Sie.« Mays Abgebrühtheit überraschte ihn und zog ihn an. Es war nicht nur dreist; sie benahm sich, als wüßte sie genau, was sie tat, und als hätte sie nichts zu verbergen. Als wüßte sie in jeder Sekunde genau, wer sie war. Als hätte sie keine Zeit zum

Lügen, als könnte ihr der Gedanke zu lügen niemals in den Sinn kommen.

»Wo ist Chandler?« fragte er sie.

Sie zuckte nicht zusammen. Ihre Augen ruhten fest in seinen Augen. »Weg. Manchmal bleibt er nicht die ganze Nacht. Vielleicht versuchen Sie's mal bei seiner Frau.«

»Sollte ich vielleicht machen. Er tut es anscheinend nicht mehr.«

»Das ist doch nicht meine Schuld.«

»Hab ich auch nicht gesagt. Aber ich wette, Sie machen es ihm leichter, zu vergessen, wo er wohnt.«

May tauchte den Pinsel in den Nagellack und vollendete eine perfekte Babyzehe.

»Sie können Ray nicht sehr gut kennen, wenn Sie glauben, daß ich ihn verführen mußte. Sicher, er stellt sich gerne vor, daß es nicht in seiner Hand lag – so halten's viele Männer. Aber vor mir hat er schon die Hälfte der anderen Mädchen im Büro drangenommen.«

»Sie arbeiten in seinem Büro?«

»Seit sechs Monaten. Er hat mich selbst eingestellt. Vielleicht glaubt er, er hätte mich nicht wegen meiner guten Figur eingestellt, aber ich hab schnell rausgekriegt, was er im Hinterkopf hatte.« Sie lächelte. »Und dann wurde es auch ziemlich schnell klar.«

Falls May sich sorgte, was Davin wollte oder wer er war, oder warum er sie ausfragte, dann zeigte sie es jedenfalls nicht. Das gab keinen Sinn. Vielleicht bereitete sie eine Falle für ihn vor, oder vielleicht war er auch im Detektivparadies, wo alle Fragen Antworten haben und wo alle Frauen mit ihm ins Bett wollten.

May entfernte die Wattebäusche zwischen ihren Zehen und verschloß das Lackfläschchen. »Da«, sagte sie, während sie sich an mich schmiegte. »Sieht das nicht toll aus?«

Unter dem Geruch des Nagellacks lag der Moschusduft von Frauen und Parfüm. Es schien für mich die Nacht der Einladungen zu sein; ich fühlte mich schmutzig. Ich hatte das Gefühl, ich müßte mich in kaltes Salzwasser stürzen, um den Geruch ihres und meines Fleisches abzuspülen. Die Welt bleibt in Gang, weil die Leute brünstig werden wie die Affen im Zoo, aber ich besaß genügend Selbstachtung, um mich vom Käfig fernzuhalten. So sehr ich es auch manchmal wünschte, ich konnte mich nicht einfach in diesen Dreck hinabziehen lassen; ich mußte frei bleiben, weil ich eine Aufgabe zu erfüllen hatte.

Moment mal! dachte Davin. Selbst wenn May wußte, daß er Detektiv war, mußte ihr doch klar sein, daß sie Chandler nicht schützen konnte, wenn sie mit ihm ins Bett ging. Warum also ein Affe sein? Warum kaltes Salzwasser? Und die Brunst im Zoo?

Ich zuckte mit keiner Wimper. Der Pyjama umschmeichelte sie wie Regenwasser. Ihre vollkommenen Brüste hatte sie wahrscheinlich bei Lloyds in London versichert. Die Warzen waren köstlich aufgerichtet. Ich stand auf.

»Also gut, May, vergiß es für heute nacht! Ich bin nicht zu haben. Sag deinem Freund Raymond, daß er Schwierigkeiten bekommt, wenn er weiter die Schule schwänzt. Und steck deine Matrosenfreunde wieder in ihre Unterhosen, wenn ich weg bin.«

»Matrosenfreunde? Wovon reden Sie?«

»Jetzt vergessen Sie aber nicht Ihre Manieren. Sie sind die Gastgeberin.«

Sie sah mich an, als hätte mich ein italienischer Meister in weißen Marmor verwandelt. Davin, rasend.

»Sehen Sie, ich bin nicht dumm«, sagte sie. »Ich denke, Sie arbeiten für seine Frau. Große Sache.«

Ich blickte zu ihren sehr blauen Augen hinab: Vielleicht war sie letztlich doch nur ein Mädchen, das in einem Büro arbeitete, ein Mädchen, das sich mit dem Boß eingelassen hatte und keinen Ärger wollte. Vielleicht war sie in Ordnung. Aber eine Stimme flüsterte mir zu, daß ich sie sehen müßte, wie sie war: daß eine Frau, die wie May aussah, die Dinge sagte, die sie sagte, eine Hure war.

»Sie sind bestimmt nicht dumm, May. Ganz bestimmt nicht. Aber es gibt Menschen, die eine Ehe ernst nehmen. Gute Nacht.«

Sie blieb auf dem Sofa sitzen und sah ihm nach; sobald er die Tür hinter sich geschlossen hatte, fühlte er sich verloren. Er war gerade mit einer Zeile über das Sakrament der Ehe abgegangen. Er hatte sich von ihr zurückgezogen, als hätte sie Lepra, als hätte sie ihn in Versuchung geführt, von einer Klippe zu springen. Er war kein kleiner Junge, und dies hier war keine Pfadfindergeschichte. Er hatte einen Auftrag zu erledigen, aber er war kein Mitglied des Büros für Wirtschaftsförderung. Er hatte geredet wie ein Klugscheißer und sich benommen wie ein Student an einem Baptistencollege.

Er holte tief Luft und fischte in seiner Tasche nach einer Zigarette. Der Mond war untergegangen, und der Morgen würde nicht mehr lange auf sich warten lassen. Es war so kühl, wie es im Lauf von vierundzwanzig Stunden werden konnte, doch es fühlte sich immer noch an wie fünfunddreißig Grad, steigend. Die Hitzewelle war noch nicht vorüber.

Er ging über den Weg auf die Straße zu, als ihn ein Schlag wie von einem Aschebrocken in den Nacken traf, der ihn niederstreckte.

Der Jasmin roch gut, aber in einem Blumenbeet unter einem Strauch zu liegen, schmälerte das Vergnügen doch. Davin rollte sich herum und begann nach dem hinteren Teil seines Schädels zu suchen. Er war nicht zu entdecken. Er erhob sich auf die Knie, dann stand er wacklig auf. Er wußte nicht, wie lange er weg gewesen war. Es war noch dunkel, aber der Himmel im Osten sah wie Rauchglas aus, das sich in Perlmutt verwandelte. Die Tür zu May Petersons Bungalow stand einen Spalt auf, und das Licht war noch an. Mit pochendem Kopf drückte Davin langsam die Tür auf und trat ein.

Der bequeme Pyjama war aufgerissen, und sie lag auf dem Boden. Ein Bein steckte halb unter dem Sofa, das andere war im Kniegelenk schrecklich verdreht. Ihr Hals hatte sich von den Quetschungen noch nicht violett verfärbt. Alles in allem war sie ohne großen Kampf gestorben. Der Schirm der Chintzlampe hing schief, doch die Nagellackflasche stand noch an dem Platz, an dem sie sie abgestellt hatte. Jemand hatte sich die Mühe gemacht, die unechten Vorhänge ganz zuzuziehen.

Davin kniete sich über sie und strich ihr die Haare aus der

Stirn. Die Haare waren immer noch weich und dicht und dufteten. Ein tiefer Schnitt auf der Kopfhaut machte den hinteren Teil des Kopfs dunkel und feucht vor Blut. Die sehr blauen Augen standen offen und starrten ins Leere, als versuchte sie zu verstehen, was mit ihr passiert war.

Davin schauderte. Durch die Vorhänge begann Licht zu sickern. Die kleine Küche war tadellos in Ordnung, der zweiflammige Gasherd unter dem schwachen Morgenlicht ohne Flecken; das Bettzeug auf dem großen Bett im hinteren Zimmer war aufgewühlt, doch sonst war nichts in Unordnung. Auf dem Frisiertisch eine Kristallkaraffe mit Bourbon, daneben der Stopfen und zwei Gläser. Davin fühlte sich, als wäre er hundert Jahre alt. Er rieb sich über die Schwellung im Nacken, wo man ihn geschlagen hatte (der Schmerz schoß ihm durch die Schläfen), und verließ May Petersons Apartment leise und schnell.

Er fuhr zu dem Restaurant, wo er mit Estelle Kaffee getrunken hatte, um dort den Münzfernsprecher zu benutzen. Er suchte eine Weile in seinem Portemonnaie herum, bis er die Nummer gefunden hatte (wer immer ihn niedergeschlagen hatte, er hatte sich jedenfalls nicht die Mühe gemacht, ihn auszurauben), und wählte Chandlers Privatnummer. Eine schläfrige Frau meldete sich.

»Missis Chandler?«

»Ja, bitte?«

»Hier ist Michael Davin. Ist Ihr Mann zu Hause?«

Es gab eine Pause. Er konnte fast sehen, wie sie mit sich kämpfte, um ihren Stolz zu retten. »Nein«, sagte sie. »Ich habe ihn nicht mehr gesehen, seit er gestern nachmittag mit Milton Philleo weggegangen ist.«

»Gut. Jetzt passen Sie auf. Ihr Mann sitzt ziemlich in der Tinte, und er braucht Ihre Hilfe. Die Polizei wird versuchen, ihn mit einem Mord in Verbindung zu bringen. Ich glaube nicht, daß er etwas damit zu tun hatte. Sagen Sie die Wahrheit über ihn, aber sagen Sie nichts von mir.«

»Haben Sie herausgefunden, in was Raymond da verwikkelt war?«

Davin zögerte.

»Mister Davin, ich bezahle Sie, damit ich Informationen bekomme. Lassen Sie mich nicht im ungewissen.« Die Stimme, die vor zwei Tagen noch so aufregend sexy geklungen hatte, war jetzt die einer besorgten alten Frau.

Das Licht in der Telefonzelle schien schrecklich grell; die Luft in dem überfüllten Lokal roch nach altem Zigarettenqualm. Hinter der Theke war eine weiß gekleidete Serviererin damit beschäftigt, die Edelstahlkaffeemaschine nachzufüllen.

»Je weniger Sie im Augenblick wissen, desto leichter wird es werden, wenn sich die Polizei bei Ihnen meldet«, sagte Davin. Sie antwortete nicht sofort. Sie tat ihm leid, und er dachte an den verletzten Ausdruck in Estelles Augen. »Es kommt aber dem Verdacht sehr nahe, den ich in meinem Büro erwähnte.«

»Oh!«

Davin schüttelte den Kopf, um seine Müdigkeit zu vertreiben. »Da ist noch eine Sache. Kennen Sie jemanden, der etwas gegen Ihren Mann hat? Jemand, der gern sähe, daß er Schwierigkeiten bekommt?«

»John Abrams.« Ihre Stimme klang absolut sicher.

»Wer ist das?«

»Er arbeitet auf dem Signal Hill-Feld für die South Basin. Er und Raymond sind noch nie gut miteinander ausgekommen. Er ist ein niederträchtiger Mensch. Er kann Raymond wegen seiner Fähigkeiten nicht leiden.«

»Wissen Sie, wo er wohnt?«

»In Santa Monica. Wenn Sie einen Moment warten, kann ich nachschauen, ob Raymond seine Anschrift in seinem Buch hat.«

»Bemühen Sie sich nicht. Denken Sie daran: Wenn sich die Polizei meldet, sagen Sie nichts von mir. Raymond hat nichts damit zu tun.«

Davin legte auf und öffnete die Tür der Telefonzelle, stand aber nicht sofort auf. Draußen war es jetzt völlig hell. Die Serviererin zapfte für sich selbst und für den Schnellgerichtkoch der Tagschicht einen Kaffee. Davin überlegte, ob er auch eine Tasse wollte. Er entschied sich dagegen, zwang sich aber, wenigstens noch zwei Eier mit Toast zu essen. Dann machte er sich auf den Heimweg, um ein paar Stunden zu schlafen. Er wünschte, er wäre auch selbst so sicher, daß Chandler May nicht getötet hatte, wie er Cissy gegenüber getan hatte.

Als Davin am nächsten Morgen erwachte, schien ihm die Sonne in die Augen; es mußte schon spät sein, wenn die Sonne durch sein Schlafzimmerfenster fiel. Die Laken, die vor Schweiß klebten, hatten sich ihm um die Beine gewikkelt. Die Luft war stickig, und sein Mund fühlte sich an wie eine Kehrschaufel. Er angelte nach der Uhr auf dem Nachttisch und sah, daß es schon halb zwei war. Das Telefon klingelte.

»Ist dort Mister Michael Davin?«

»Was ist denn, Cissy?«

»Die Polizei ist gerade vor ein paar Minuten abgefahren. Ich muß mich bei Ihnen bedanken, weil Sie mich gewarnt haben. Sie haben mir von May Peterson erzählt.«

Sie hielt inne, als wartete sie auf eine Antwort. Er war noch halb im Schlaf, und sein Hinterkopf klagte auf Scheidung. Nach einem Augenblick fuhr sie fort.

»Ich habe ihnen nichts gesagt, wie Sie mir empfohlen haben, aber im Lauf des Verhörs sagten sie mir, ein Nachbar, der Miß Petersons Leiche fand, hätte am frühen Morgen einen Mann gesehen, der ihr Apartment verlassen hätte. War das Raymond? Wissen Sie etwas?«

»Ich war das«, sagte Davin müde. »Haben Sie schon etwas von ihm gehört?«

»Nein.«

»Warum überlassen Sie die Nachforschungen dann nicht mir, Cissy – Missis Chandler?«

Es gab ein beleidigtes Schweigen, dann klickte es im Telefon. Davin ließ sich einen Augenblick vom Freizeichen verhöhnen, bevor er auflegte. Er hätte nicht so grob sein sollen, aber was erwartete die Frau denn? Er fragte sich, ob Cissy gezögert hatte, bevor sie Pascal wegen Chandler verließ. Estelle hatte ihm gesagt, Pascal sei Konzertcellist. Älter als Cissy. Diesmal hatte sie aus Liebe geheiratet. Davin stellte sie sich vor, stellte sie sich als Frau vor, die immer schön gewesen war, strahlend, der Mittelpunkt der Aufmerksamkeit. Er nahm an, daß es für eine solche Frau schwer war zu altern: Sie würde sich abkapseln, würde an sich selbst zweifeln, würde schwanken zwischen Versuchen, jugendlich zu scheinen, und dem Wissen, daß sie es nicht mehr war. Er fragte sich, wie Chandler über sie dachte.

Die Spekulationen schmeckten noch schlechter als sein wattierter Mund. Männer und Frauen – immer und immer wieder führte Davins Job dazu, daß er seine Nase in den Dreck stecken mußte, mit dem sie sich bewarfen. Da war es vielleicht sogar noch sauberer, sich mit dem Zusammenschlagen von Gewerkschaftlern den Lebensunterhalt zu verdienen. Er schleppte sich aus dem Bett und ins Badezimmer. Er hatte ein Katergefühl, ohne sich jedoch dafür am vergangenen Abend betrunken zu haben.

Eine Dusche half, und eine Rasur ließ ihn fast wieder lebendig aussehen. Während er sein schmales Kinn und seine lange Nase im Spiegel taxierte, fragte er sich, was diese Frauen in der letzten Nacht so heiß gemacht hatte. Was hatte May bewegt, ihn so ohne weiteres in ihr Apartment zu lassen? Vielleicht war es nur eine angenehme Phantasie gewesen: Phantasien wurden manchmal heraufbeschworen, um Sexualität zu ersetzen, wie sowohl Cissy Chandler als auch Davin wußten. Seine Ablehnung von Mays und auch Estelles Angeboten war allerdings eine weniger angenehme Phantasie gewesen.

Die Erinnerung an May Petersons toten, verwirrten Blick – das war weder angenehm noch eine Phantasie.

Während er sich anzog, schaltete er das Radio ein und verfolgte eine Reportage über den brutalen Mord, der vergangene Nacht in der Leeward Street geschehen war. Der Wetterbericht kündigte für den Nachmittag eine Höchsttemperatur von 38° an. Davin wühlte sich durch die Schublade des Nachtschränkchens neben seinem Bett, bis er ein schwarzes Notizbuch und seine falsche Hornbrille fand. Seine Harold Lloyd-Brille, wie er sie nannte. Er setzte sich und rief die Vermittlung von Santa Monica an. Es gab einen John Abrams in der Harvard Street.

Es war ein weißes Holzhaus, das aus Des Moines stammen konnte. Die weite Veranda wurde von einem geneigten Dach beschattet. Sorgfältig gepflegte Poinsettias säumten die Veranda, und eine Rasenfläche, nur um weniges besser gepflegt als die im Wilshire Country Club, senkte sich zu einem Gehweg hinab, der so weiß war, daß das reflektierte Sonnenlicht Davins Augen schmerzen ließ. Das bleigefaßte Fenster der Vordertür war in Form eines großen Ovals zugeschnitten. In den Ecken saßen diamantenförmige Prismen. Davin drückte auf den Knopf und hörte es drinnen klingeln.

Der Mann, der zur Tür kam, war groß; sein Gesicht war breit, und es hatte die hohen Wangenknochen und die große Nase eines Indianers. Er trug Khakihosen und Hosenträger und ein gutes kragenloses Anzughemd. Die obersten Knöpfe waren geöffnet.

»Sind Sie Mister John Abrams? Sie arbeiten für das Dabney-Ölsyndikat?«

Das grobe Gesicht blieb grob. »Ja.«

Davin streckte die Hand aus. »Mein Name ist Albert Parker, Mister Abrams. Ich arbeite für die Mutual Assurance of Hartford. Wir führen eine Untersuchung über einen anderen Angestellten der South Basin Oil durch, und ich möchte Ihnen einige Fragen stellen. Ihre Aussagen werden selbstverständlich streng vertraulich behandelt.«

»Wen betrifft die Untersuchung?«

»Einen Mister Raymond Chandler.«

Abrams Augenbrauen bewegten sich um einige Millimeter. »Kommen Sie rein!« sagte er. Er führte Davin ins Wohnzimmer. Sie setzten sich. Davin holte sein Notizbuch heraus, und Abrams musterte ihn gründlich – mit einem

Blick, so vermutete Davin, der Angestellte erstarren und versuchen ließ, zuverlässig auszusehen.

Abrams beugte sich vor. »Hat das etwas mit diesem Prozeß zu tun, den er vor kurzem begonnen hat? Ich will nicht über etwas sprechen, das gerade vor Gericht verhandelt wird.«

»Nein. Es ist eine Angelegenheit, die nur die Mutual und Mister Chandler betrifft. Wir sammeln Informationen über seinen Charakter. Ist Mister Chandler Ihrer Meinung nach ein zuverlässiger Mann?«

»Ich halte ihn nicht für zuverlässig«, sagte Abrams. Er wartete auf eine Reaktion von Davin. Davin tat ihm nicht den Gefallen.

»Wir haben draußen in Signal Hill einhundert Bohrungen, und ich bin der Manager«, fuhr Abrams fort. »Für Mister Dabney arbeite ich gern. Er ist ein guter Mann.« Er hielt inne, und die Sekunden dehnten sich.

»Sehen Sie, ich weiß nicht, wer Ihnen gesagt hat, daß Sie mit mir sprechen sollen, aber ich sage Ihnen rundheraus, daß ich Chandler nicht leiden kann. Er ist ein Schinder und ein Heuchler: Am Dienstagmorgen machte er sich bei Mister Dabney lieb Kind, und am Dienstnachmittag verflucht er ihn, weil er eine seiner Klagen nicht unterstützt. Er führt dieses Büro wie einen Privatharem. Wenn Sie ihn eine Woche beobachten würden, wüßten Sie, was ich meine.«

»Ja.«

Abrams stand auf und begann im Zimmer herumzulaufen. »Ich habe eigentlich nicht die Nerven, um hinter seinem Rücken über einen Mann herzuziehen«, sagte er. »Aber Chandler schadet der Firma und Mister Dabney. Er hat uns in Prozesse verwickelt, nur um zu beweisen, wie hart er ist. Letztes Jahr hat er uns wegen einer Körperverletzungssache vor Gericht gebracht, die die Versicherungsgesellschaft schon zu regulieren bereit war, und nachdem er gewonnen hatte – er hat gewonnen –, hat er sich umgedreht und die Police gekündigt. Das hat eine Menge Leute bei der South Basin Oil verärgert.

Der einzige Grund für seine Einstellung war, daß er mit Ralph Lloyd gut konnte. Er hat in der Buchhaltung angefangen. Dort ist er dann Bartlett, dem Revisor, in den Arsch gekrochen und hat sich den Ruf erworben, so eine Art Günstling zu sein. Ein Jahr später wurde Bartlett verhaftet, weil er dreißigtausend Dollar unterschlagen hatte. Er wurde verurteilt.

Und jetzt wird's richtig interessant. Statt Chandler zu befördern, geht Dabney nach draußen und holt sich einen Mann namens John Ballantine aus einer privaten Buchhaltungsfirma. Das paßt Chandler ganz ausgezeichnet, weil Ballantine aus Schottland stammt und weil Chandler ihn mit seinen britischen Oberklassenmanieren ziemlich beeindrucken kann. Ballantine macht Chandler zu seinem Assistenten. Ein Jahr später stirbt Ballantine im Büro. Chandler hilft dem Untersuchungsrichter, und der entscheidet, daß es ein Herzanfall war. Mister Dabney gibt auf und macht Chandler zum neuen Revisor, und ein Jahr später ist er Büroleiter und Vizepräsident. Ist doch hübsch, wie?«

Abrams hatte sich in Rage geredet. Davin hätte ihn weitermachen lassen können, indem er nur noch ein paar neutrale Fragen stellte, doch statt dessen, als hätte jemand seinen Körper übernommen, um ihn wie eine Bauchrednerpuppe zu benutzen, sagte er:

»Sie hassen ihn wirklich, was?«

Abrams erstarrte. Nach einem Moment entspannten sich die breiten Schultern, und er hatte seine Stimme wieder unter Kontrolle. »Sie müssen doch zugeben, daß die Sache stinkt wie ein alter Fisch.«

»So, wie Sie es erzählen ...«

»Sie brauchen mir ja nicht zu glauben. Fragen Sie irgend jemanden in der Olive Street. Prüfens Sie's beim Untersuchungsrichter oder bei den Bullen nach.«

»Wenn die Bullen geglaubt hätten, daß da was faul war, brauchte ich mich nicht bei Ihnen zu erkundigen. Dann würde Chandler seine Wochenenden im Gefängnishof verbringen statt mit diesen Mädchen, von denen Sie mir erzählt haben.«

Abrams legte die Stirn in Falten. Er sah aus wie ein Geistlicher, der versuchte, Aimee Simple McPherson zu ergründen. »Die Bullen sind meistens nicht sehr schlau«, sagte er.

»Eine verblüffende Offenbarung.« Ich begann Abrams zu mögen. Er reduzierte die moralische Vielschichtigkeit dieses Falles. Er erinnerte mich an eine Handgranate kurz vor der Explosion, und ich war dabei, meinen Körper vor ihn zu werfen, um Raymond Chandler zu retten. »Sie sind meistens dann nicht schlau, wenn jemand dafür gezahlt hat, daß sie es nicht sind«, sagte ich. »Hat denn der Vizepräsident einer Ölgesellschaft so viel Geld?«

»Überschätzen Sie nicht die Integrität eines Polypen!«

»Wer, ich? Ich bin nur ein Versicherungsdetektiv. Sie sind doch der, der weiß, was es kostet, Bullen zu bestechen.«

Die breiten Schultern spannten sich wieder, doch die Stimme war unter Kontrolle. »Sehen Sie, ich habe nicht mit diesem Gerede über Bestechungen angefangen. Sie haben mich nach meiner Meinung gefragt. Ich habe Sie Ihnen gesagt; lassen wir's damit bewenden.«

Er hatte recht. Ich hätte es damit bewenden lassen sollen. Doch statt dessen preschte ich vor wie ein Boxer, der weiß, daß der Sieg gekauft ist und daß es nur noch eine Frage der Zeit ist, bis der andere Bursche auf dem Kreuz liegt.

»Also hat Chandler Ballantine umgebracht?« fragte ich. »Was ist dann mit May Peterson?« Ich fühlte mich großartig. Ich reizte einen Mann, der mich in der Luft zerreißen konnte und der aussah, als würde er es gleich tun.

»Peterson? Von der hab ich noch nie was gehört. Überhaupt, was für 'ne Sorte Versicherungsmann sind Sie denn?«

»Ich untersuche einen Unfall. Sie waren nicht letzte Nacht zufällig noch ein bißchen sehr spät unterwegs?«

Abrams machte einen Schritt auf mich zu. »Lassen Sie mich mal Ihren Ausweis sehen, mein Freundchen!«

Ich stand auf. »Sie würden doch wohl nicht jemanden schlagen, der eine Brille trägt, Abrams! Lassen Sie mich gehen!«

»Zum Teufel, machen Sie, daß Sie hier rauskommen!«

Eine Frau, die eine Gartenschürze und Handschuhe trug, hatte den Raum betreten. Das Haus, das so kühl gewirkt hatte, als ich *eingetreten war, fühlte sich jetzt an wie die Hölle. Ich ließ das Notizbuch in meine Tasche gleiten und ging hinaus. Die Schaukel auf der Veranda hing still wie eine Kerzenflamme in einer Gruft; die Sonne auf dem Gehweg weckte meine Kopfschmerzen wieder auf. Abrams stand in der Tür und sah mir nach, während ich zum Wagen hinunterging. Als ich ihn erreichte, ging er wieder hinein.*

Davin wand sich schaudernd, löste seine Krawatte und lehnte sich gegen den Wagen. Er blinzelte und schaute über die Straße, um seine Angst im Zaum zu halten: Er war ein kranker Mann. Er hatte in Abrams Haus völlig die Kontrolle über sich verloren. Er fragte sich, ob man sich so fühlte, wenn man verrückt wurde: daß man handelte und sprach, als wäre man betrunken und sähe sich selbst wie in einem Film. Er hob eine Hand und betrachtete die behaarten Rundungen seiner Knöchel. Er berührte mit dem Daumen nacheinander alle Fingerspitzen. Seine Hand tat genau das, was er ihr befahl. Er schien fähig, alles zu tun, was er wollte; er könnte Cissy Chandler anrufen und ihr sagen, daß sie ihre Scheidung allein durchstehen mußte. Er könnte nach Hause fahren und zwölf Stunden durchschlafen und allein und frei wieder aufwachen. Was hielt ihn nur davon ab?

Davin wollte gerade ins Auto steigen, als er ein Stück Draht bemerkte, das unter seinem Trittbrett auf dem Pflaster lag. Das frisch abgekniffene Ende glitzerte in der Sonne. Nur ein Stück Draht. Er bückte sich und versuchte, es aufzuheben. Es war an irgend etwas unter dem Wagen befestigt. Als er sich auf ein Knie niederließ, konnte er die herabbaumelnden Drähte an der Stelle erkennen, an der jemand jedes einzelne seiner Bremsseile gekappt hatte.

Er fuhr in dem Überlandbus auf dem Santa Monica-Boulevard in östlicher Richtung. Während der Fahrt genoß er das bißchen Zugluft, das die vorüberfahrenden Straßenbahnen in die heiße, zähflüssige Luft brachten. An der Cahuenga stieg er aus und lief nach Norden, über die Ivar Street und den Hollywood Boulevard, zu seinem Büro. Unterwegs versuchte er, sich darüber klarzuwerden, was passiert war.

Abrams konnte seiner Frau gesagt haben, sie sollte die Seile mit der Heckschere durchschneiden, sobald er Davin auf der Veranda erkannt hatte. Abrams hätte Davin nur wiedererkennen können, wenn er derjenige gewesen war, der Davin niedergeschlagen hatte, um dann weiterzugehen und May Peterson umzubringen. Er hätte es aus irgendeinem fehlgeleiteten Bedürfnis tun können, um Chandler zu schaden.

Doch bei dieser Theorie gab es ein Problem. Warum sollte Abrams dann immer noch so heftig über Chandler herziehen? Es hätte besser ausgesehen, die feindseligen Gefühle zu verstecken, die er noch hegte.

Als sich Davin das Bild einer Frau in mittleren Jahren mit Gartenhandschuhen vorstellte, die am hellichten Tag in einem Wohnviertel unter einen Wagen kroch, um die Bremsseile zu kappen, brach das ganze Kartenhaus zusammen. Es war nicht möglich, und nicht nur das: Abrams hatte einfach keinen Grund, etwas so Dummes zu versuchen.

Dann war da noch die Frage, warum Davin niedergeschlagen worden war. Irgend etwas in diesem Zusammenhang hatte ihn schon den ganzen Tag beunruhigt, und erst jetzt fiel ihm ein, was es war: Wer auch immer May getötet hatte, hatte keinen Grund, Davin flachzulegen. Davin war auf dem Weg nach draußen gewesen, und ihm eins zu verpassen, bedeutete nur, daß er in der Nähe bleiben und sie schließlich tot vorfinden würde. Das gab keinen Sinn.

In der Nähe der Ecke der Cahuenga und des Boulevards sah er einen Penny auf dem Bürgersteig liegen. Das helle Kupfer funkelte in der Nachmittagssonne wie ein Stück Himmel, das ihm vor die Füße gefallen war. Normalerweise wäre er stehengeblieben, um es aufzuheben; eine der Gewohnheiten, die sich in seiner Kindheit in einer Kleinstadt entwickelt hatten, wo ein Penny bedeutete, daß man sich die besten Bonbons aussuchen konnte, die bei Sudlow's Dry Goods auslagen. Statt dessen überquerte er die Straße.

Doch sein Geist, der immer noch von dem Rätsel der gekappten Bremsseile und dem sinnlosen Schlag auf den Kopf benommen war, verfing sich in diesem neuen Geheimnis. Wenn er stehengeblieben wäre, um den Penny aufzuheben, wäre er ein bißchen später ins Büro zurückgekehrt. Die ganze Ereigniskette danach hätte ein wenig anders ausgesehen; es war, als ob die Entscheidung, stehenzubleiben oder nicht, einen Bruch in der Kette von Geschehnissen bedeutete, die sein Leben ausmachten.

Der seltsame Geisteszustand wollte nicht von ihm weichen. Normalerweise *wäre* er stehengeblieben, und nun, da er nicht angehalten hatte, hatte er sich auf ein Gleis von Möglichkeiten begeben, dem er normalerweise nicht gefolgt wäre. Warum war er nicht stehengeblieben? Was hatte ihn ausgerechnet auf diesen Pfad geleitet? Der Vorfall dehnte sich in seinem Kopf beängstigend aus, bis er alle anderen Gedanken auslöschte. Irgend etwas hatte ihn gepackt. Es war genau wie bei der Unterhaltung mit Abrams, dem er an die Gurgel gegangen war – irgend etwas veränderte jede Entscheidung, die er traf, egal, wie geringfügig es auch war. Mit einer Gewißheit, die ihn sogar an diesem heißesten aller Tage noch schaudern ließ, erkannte er, daß er manipuliert wurde und daß er nichts dagegen tun konnte. Er fragte sich, wie lange das schon so gegangen war, ohne daß er es bemerkt hatte. Er hätte diesen Penny aufheben sollen.

Nach einem Augenblick verflüchtigte sich die Gewißheit wieder. Nein. So etwas dachte nur ein Geistesgestörter. Er war müde und brauchte einen Drink. Er konnte sich selbst alle möglichen Zweifel einreden, wenn er sich gehenließ. Er sollte dem nächsten Passanten kräftig eine runterhauen, einfach um zu beweisen, daß er tun konnte, was immer er wollte.

Er haute niemandem eine runter.

Davin fuhr im Aufzug die sieben Stockwerke zu seinem Büro hinauf. Quintanella und Sanderson von der Mordkommission saßen im Wartezimmer.

»Sie schließen ja Ihre Tür gar nicht ab«, sagte Sanderson.

»Ich kann's mir nicht leisten, Klienten zu vergraulen.«

Sanderson drückte seine Zigarette in dem freistehenden

Aschenbecher aus und erhob sich von dem Sofa. »Wir möchten uns mal ein bißchen mit Ihnen unterhalten«, sagte er.

Davin führte sie in den hinteren Raum. »Was bringt Sie beide dazu, mich am Sonntag zu besuchen?«

»Eine tote Frau«, sagte Quintanella. Sein von Aknenarben zerklüftetes Gesicht war unbewegt wie ein Kiefernholzbrett.

Davon zündete sich eine Zigarette an, schüttelte das Streichholz aus, brach es in der Mitte durch und legte die Stücke in einen Aschenbecher. Sie klimperten, als sie das Glas trafen. Die Nachmittagssonne bombardierte den Raum aus demselben Winkel, den sie auch gehabt hatte, als Cissy Chandler in sein Büro gekommen war.

Von den beiden hatte ich sowieso schon die Nase voll.

»Das ist aber dumm«, sagte ich. »Ist schon ein hartes Geschäft, in dem ihr da arbeitet. Wollt ihr jetzt herauszufinden versuchen, wer sie umgebracht hat?«

Sanderson rülpste. »Allerdings«, sagte er. »Und du wirst uns dabei helfen. Du wirst damit anfangen, indem du uns erzählst, wo Raymond Chandler ist.«

»Den Mann kenne ich nicht. Seid ihr sicher, daß ihr den richtigen Davin erwischt habt? Den Namen gibt's mehrmals im Telefonbuch.«

»Kannst du diesem Burschen nicht mal sagen, daß er mit dem Scheiß aufhört, Dutch?« sagte Quintanella zu Sanderson. »Er kotzt mich an.«

»Ich hätte nicht gedacht, daß es da unten im Morddezernat so empfindliche Mägen gibt«, sagte ich. »Ihr müßt doch so viele Lügen schlucken und den Mund dazu halten.«

»Sag ihm, er soll die Klappe halten, Dutch!«

»Reg dich ab, Davin!« sagte Sanderson.

»Einer sagt mir, ich soll reden, und der andere sagt, ich soll den Mund halten. Und jedesmal, wenn ihr Typen euch 'nen Stachel in die Pfote getreten habt, laßt ihr einen Burschen wie mich wieder rausholen. Nennt mich Androkles.«

»Wir können das auch in der Stadt erledigen«, sagte Sanderson. »Da unten ist es für dich erheblich unbequemer.«

»Hast du denn einen Vorführungsbefehl in deinem häßlichen Anzug?« Die Worte rollten jetzt heraus, und ich ritt auf ihnen. »Wenn nicht«, sagte ich, »dann könnt ihr euch das Hinterzimmer und das ganze Theater für irgendein armes mexikanisches Schwein aufheben. Ihr wollt ein paar Antworten von mir, und deshalb solltet ihr mir sagen, was da im Gange ist. Ich lasse mich nicht in die Mangel nehmen, damit ich euch Sachen erzähle, die euch nichts angehen.«

Quintanella wedelte mit den Händen. »Komm, Dutch, wir stekken ihn ins Loch!«

»Sei ruhig, Tony!« Sanderson machte ein gequältes Gesicht. »Versuch nicht, uns auf den Arm zu nehmen, Davin! Wir haben heute nachmittag einen Anruf von Missis Chandler bekommen. Sie hat uns gesagt, sie hätte dich letzte Woche angeheuert. Sie sagte, du wüßtest etwas über den Mord an diesem Callgirl in der letzten Nacht.«

Callgirl. Die Worte brachten Davin einen Moment raus. Das war genau das, was Cissy sagen würde, und Burschen wie Sanderson stellten sich vor, daß nur diese Sorte von Frauen ermordet wurde.

»Cissy Chandler ist nicht gerade die zuverlässigste aller Quellen«, sagte Davin.

»Deshalb sind wir zu dir gekommen. Eine Nachbarin aus den Rosinante-Apartments sagte, sie hätte letzte Nacht einen Mann gesehen, der sich dort herumgetrieben hätte, und der hätte ausgesehen wie du. Also sag uns doch einfach, was da los war. Oder sollen wir lieber Tony die Sache übernehmen lassen?«

Davin beobachtete sie, wie sie ihn beobachteten. Quintanella saß auf dem Stuhl neben der Tür und rieb das linke Handgelenk mit der rechten Hand. Dieser Fall wurde ihm so langsam ein paar Nummern zu groß. Er hatte keinen Grund, Chandler zu schützen, der, nach allem, was er wußte, May umgebracht hatte.

»Jesus«, sagte Davin, »ihr seid verrückt, wenn ihr meint, daß ich diese Art von Feuer brauche! Ich bin nicht in diesem Geschäft, um Feuer zu legen. Ich werde reden.« Er öffnete den Kragen. »Darf ich erst mal einen Drink aus diesem Schreibtisch hier holen? Keine Knarre, nur ein bißchen Bourbon.«

Sanderson kam um den Schreibtisch herum; Quintanella spannte sich. »Ich werde ihn für dich rausholen«, sagte Sanderson. »Welche Schublade?«

»Rechts unten.«

Tu es! Tu es genau jetzt! Es war, als spräche Davins Blut zu ihm, wie in jener Nacht auf dem Güterbahnhof, als er die Keule in der Hand hatte. Er konnte nicht stehenbleiben, um den Penny aufzuheben.

Als Sanderson die Schublade öffnete und nach der Flasche griff, schlug ich ihm seitlich vor den Hals. Sanderson fiel zurück und knallte vor die Tischkante, während Quintanella, der schon nach seiner Knarre fischte, auf mich zu sprang. Ich glitt um die andere Seite des Schreibtisches und zur Tür hinaus, bevor der große Bursche den Ballermann draußen hatte. Als sie in der Vorhalle ankamen, war ich schon die Stufen hinunter und durch den Ausgang zur Straßenseite hinaus. Ich rannte einen halben Block im Zickzack zwischen den Gebäuden herum, die die Straße säumten, dann überquerte ich die Straße und schlich mich von hinten in ein Wohnhaus, das der Ivar Street gegenüber lag. Ich hatte soeben meine Detektivlizenz fortgeworfen. Ich schnappte nach Luft und fragte mich, was um alles in der Welt, ich als nächstes tun sollte.

Davin rief Estelle aus der Lobby des Bryson-Hauses an, und sie sagte ihm, er könne hinaufkommen. Obwohl es noch früh am Abend war, war sie schon im Negligé. Das dunkle Haar glänzte; das Gesicht war ruhig, mit einer Spur Unbekümmertheit. Sie sah aus wie Louise Brooks.

»Ich hab etwas Ärger«, sagte Davin. »Kann ich eine Weile hierbleiben?«

»Ja.«

Sie bot ihm Kaffee an. Sie setzten sich einander gegenüber in den kleinen Wohnraum. Die beiden Fenster, die zur Straße hinausgingen, waren offen, und ein heißer, feuchter Wind bewegte die Vorhänge wie eine erschöpfte Magd, die Bettzeug ausschüttelt. Die Luft roch, als würde es bald regnen. Vielleicht würde die Hitzewelle enden. Davin erzählte ihr von seinem Gespräch mit Abrams.

»Sie glauben doch nicht etwa die Dinge, die er Ihnen erzählt hat!« In Estelles Stimme lag ein Drängen, das Davin auf ihre Liebe zu Chandler zurückführte. Er erkannte, daß es ihm ganz und gar nicht gefiel, daß sie sich Sorgen um Chandler machte.

»Sind sie denn wahr?«

»Bartlett wurde für eine Unterschlagung verurteilt. Ballantine starb an einem Herzanfall. Raymond hatte mit beidem nichts zu tun.«

»Er hatte einfach nur Glück.«

Estelle stieß den Zigarettenrauch heftig aus. »Ich würde dieses Wort nicht benutzen.«

»Ich wollte nicht sarkastisch sein«, sagte Davin. Er hielt es seit soeben auch nicht mehr für nötig. »Aber Sie müssen doch zugeben, daß ihm das alles ziemlich genützt hat. Er trifft die richtigen Leute, macht den richtigen Eindruck, und die Dinge passieren genau so, wie man es erwarten würde, wenn man unterstellt, daß er Unterschlagungen und Herzanfälle geplant hätte. Ich kann es einem Typ wie Abrams nicht vorwerfen, wenn er es in die falsche Kehle bekommt.«

»Bei Raymond klappt aber auch nicht alles. Ich kenne ihn besser als Sie. Denken Sie doch nur an seine Ehe.«

»Na schön, lassen wir das. Warum hat er sie denn geheiratet?«

Sie runzelte die Stirn. »Ich glaube, er liebt sie.«

»Warum hat er gewartet, bis seine Mutter gestorben ist?«

»Sie wollte es nicht.«

»Das überrascht mich nicht. Der Altersunterschied. Aber er war doch eigentlich schon ein bißchen zu alt, um immer noch auf seine Mutti zu hören.«

Estelle nahm einen letzten Zug aus ihrer Zigarette, dann drückte sie sie aus. Ihre dunklen Augen beobachteten ihn. »Ich weiß nicht. Ich weiß nicht, ob es mich noch interessiert.«

Davin wollte nichts mehr mit diesem Fall zu tun haben.

Aber er war angeheuert worden, um einen Mann zu beobachten, und er hatte diesen Mann aus den Augen verloren. Weiterhin war eine Frau ermordet worden, und er konnte sich nicht dazu durchringen zu glauben, sie hätte es verdient. *Es war eine Sache des professionellen Ehrgefühls.*

Ehrgefühl? Er war doch kein weißer Ritter auf seinem Pferd! Es war grotesk, in seinem Beruf an Ehre zu denken; es machte ihn wild, daß eine solche Idee überhaupt Eingang in seinen Kopf gefunden hatte. Nur ein Schuljunge erwartete Ehrgefühl von einem Privatschnüffler. Nur ein Schuljunge dachte schlecht von May Peterson, weil sie mit Chandler geschlafen hatte. Nur ein Schuljunge hätte letzte Nacht Estelles Angebot abgelehnt.

»Ich war überrascht, daß du mich letzte Nacht zu dir eingeladen hast«, sagte er.

»Das hört sich auch sarkastisch an.«

»Nicht unbedingt.«

Der Wind hatte aufgefrischt, und es wurde erfreulich kühl. Mit einem entfernten Donnergrollen setzte der Regen ein. Estelle stand auf, um die Fenster zu schließen. Als sie im Zug stand, zog sie ihren Morgenrock enger um sich. Davin betrachtete ihre schlanken Schultern und Hüften, während sie die Fenster zuzog. Als sie zurückkehrte, schlug sie auf dem Sofa die Beine unter. Die Linie ihres Halses und ihrer Schultern wirkte vor der Dunkelheit des Nebenzimmers glatt wie die Bahn einer Silvesterrakete. Ihre Stimme klang schwermütig.

»Ich war immer ein braves Mädchen. Doch in einen verheirateten Mann verliebt zu sein, ließ mich die Sache überdenken. Ich bin kein braves Mädchen mehr; ich bin überhaupt kein Mädchen mehr.« Sie hielt inne. »Du siehst mich jetzt nicht gerade so an, als wärst du der Mann, für den du dich ausgibst.«

Davin fühlte sich zum erstenmal seit drei Tagen wieder völlig ungezwungen.

»Bin ich auch nicht«, sagte er verwundert. »Ich fühle mich, als träumte ich irgendein Kinderspiel … oder eher, als träumte ich irgendeinen Kindertraum. Ich habe das Gefühl, als würde ich jetzt gerade aufwachen.«

Estelle sah ihn nur an.

»Ich möchte heute nacht bei dir bleiben«, sagte Davin.

Sie lächelte. »Das ist nicht gerade ein besonders romantisches Angebot. Raymond wäre witziger gewesen, oder poetischer.«

»Tatsächlich?«

»Sicher. Er ist sehr poetisch. Er hat sogar Gedichte geschrieben … er tut es immer noch, soweit ich weiß. Wußtest du das nicht?«

»Ich arbeite noch nicht lange an diesem Fall. Sind sie gut?«

»Als ich neunzehn war, habe ich sie geliebt. Ich glaube, heute wären sie mir zu sentimental.«

»Das ist aber schade.«

Estelle kam zu Davin herüber, setzte sich auf seine Stuhllehne und küßte ihn. Dann rückte sie etwas atemlos von ihm ab.

»Nein, überhaupt nicht«, sagte sie.

Die ganze Zeit, während sie sich liebten, hatte Davin das Gefühl, irgend etwas wollte ihn fortziehen, wie eine Stimme, die immer wieder flüsterte: *Steh auf und geh! Geh jetzt! Sie wird dich herumstoßen, sie wird dich vereinnahmen. Riecht sie nicht schlecht? Ist sie nicht wie ein Tier?*

Es war nicht bewußt. Es war etwas, das von außen kam, etwas Fremdes, dasselbe, das ihn auch von May Peterson fortgezogen hatte. Aber Davin hatte endlich den Penny aufgehoben, und als er dalag, fast schon im Schlaf, fühlte er sich besser als jemals, soweit er sich erinnern konnte. Mit Estelle zusammenzusein, war die erste wirklich gute Sache, die er seit Freitagnachmittag allein entschieden hatte. Er fühlte, daß sie, einfach indem sie müde und mit verschränkten Gliedern beieinander lagen, ein Muster durchbrachen. Estelles Atem ging gleichmäßig, und Davin, der dem Regen gelauscht hatte, schlief auch ein.

Davin träumte von einem Schiffswrack; er und die anderen Passagiere trieben zwischen den Wrackteilen und versuchten, nicht unterzugehen. Es war totenstill. Er kannte die anderen im Wasser: Estelle war da und Cissy und Abrams und May Peterson und einige andere, die er nicht sehen konnte ... und Chandler. Chandler konnte nicht schwimmen, und er klammerte sich an ihnen fest, an einem nach dem anderen, als wären sie Wrackteile, auf die er klettern konnte, um über Wasser zu bleiben. Allein hätten sie es schaffen können, aber sie wurden alle von dem verzweifelten Mann unter die Wasseroberfläche gezogen, und bei dem Versuch, ihn zu retten, würden sie ertrinken. Nur Chandler würde niemals ertrinken, und er würde niemals die Menschen um ihn herum verstehen. Er konnte sie nicht einmal sehen. Er tastete nach Davins Kopf, drückte ihm seine Finger in die Augen, und Davin merkte, daß er nicht die Kraft hatte, ihn fortzustoßen. Davin hustete und spuckte und kämpfte sich wieder an die Oberfläche. Während er gegen ihn kämpfte, sah Davin, daß er für Chandler kaum mehr als eine gebrochene Planke war, ein lebloses Ding, das ohne Gewissensbisse benutzt werden konnte, weil es niemals lebendig gewesen war. Im Untergehen sah Davin, daß Chandler ihn untergetaucht hatte, ohne überhaupt zu bemerken, was er getan hatte.

Er wachte auf. Es war noch dunkel. Estelle schlief; ein Geräusch, das aus dem anderen Zimmer gekommen war, hatte ihn aufgeschreckt. Der Regen hatte aufgehört, und die Straßenlampen warfen einen blassen Lichtkegel an die Decke. Davin konnte durch die Tür sehen, daß sich etwas bewegte. Zwei Männer glitten leise in den Raum.

In dem schwachen Licht sah Davin, daß sie Matrosenuniformen trugen und daß der kleinere der beiden einen Totschläger in der Hand hatte. Davin schnappte sich die Uhr, die neben dem Bett stand, und warf sie nach ihm.

Der Mann duckte sich und schielte über die Schulter. Davin sprang aus dem Bett, wobei er das Bettzeug hinter sich herzog. Er hörte Estelle keuchen, als er den kleineren Matrosen voll vor die Brust schlug. Sie prallten gegen die Wand, und der Mann knallte mit dem Kopf gegen den Türrahmen. Er ging zu Boden. Davin rappelte sich auf, immer noch in das Laken verfangen, und drehte sich um. Er sah, daß der zweite Mann Estelle am Arm festhielt, während eine Hand von der Größe eines Baseballhandschuhs ihre Schreie erstickte. Er zerrte sie aus dem Bett.

»Und jetzt schön ruhig bleiben, mein Junge!« sagte der große Matrose sanft. »Sonst werde ich deiner kleinen Freundin den Hals umdrehen.«

Der Mann am Boden stöhnte.

»Wie soll der Handel aussehen?« fragte Davin. Estelles verängstigte Augen schimmerten in der Dunkelheit.

»Kein Handel. Wir müssen nur einige Dinge regeln.«

Davin stand nackt und hilflos da. Er war kein Houdini. Er hatte nur noch Worte, um ihr Leben zu retten.

»Ihr habt May Peterson umgebracht«, sagte er. »Warum?«

»Wir mußten es tun. Um an Chandler, diesen Bastard, heranzukommen. Er machte immer einen guten Eindruck. Wir wollen mal sehen, welchen Eindruck er auf die Bullen macht.«

Davin verlagerte seine Füße und trat auf etwas Hartes. Der Totschläger.

»Was habt ihr denn gegen ihn?«

Der große Mann schien es zufrieden zu sein, die ganze Nacht mit Estelle im Arm dazustehen. Er keuchte, es war fast ein Kichern. »Körperverletzung ist doch was. Zehntausend Kröten hat er uns abgeknöpft. Wir hatten mal 'nen Unfall mit einem von seinen Tankwagen. Hatten schon so gut wie gewonnen, bis er die Sache vor Gericht brachte.«

Der Mann zu Davins Füßen rollte sich herum und machte Anstalten aufzustehen. »Halt den Mund, Lou!« sagte er.

»Was macht das schon für einen Unterschied?« fragte der große Seemann. »Sie sind schon so gut wie tot.«

»Halt den Mund und laß es uns erledigen! Hier wohnen noch mehr Leute.«

Davins Gedanken überschlugen sich. »Es hat doch keinen

Zweck, uns umzubringen. Ich bin kein Freund von Chandler. Ich habe ihn verfolgt.«

»Du warst aber letzte Nacht da«, sagte der kleine Matrose, während er im Dunkeln auf dem Boden nach dem Totschläger tastete. »Das reicht allemal. Wir müssen dich loswerden.«

»Wer sagt das?«

Keiner von ihnen antwortete.

»Was, zum Teufel, suchst du da?« fragte Davin.

»Das wirst du schon noch früh genug merken«, sagte der Kleine.

»Verdammt, ihr seid doch beknackt! Das ist doch sinnlos. Wie wollt ihr da denn wieder rauskommen?«

Big Lou riß den Arm zurück, und Estelle zappelte hilflos herum. »Ihr beiden wart es doch, die zusammen im Bett erwischt wurden, oder? Wie die Tiere. Ihr verdient es nicht zu leben.« Seine Stimme klang nach verletzter Unschuld, als hätte er damit alles erklärt. Wie die Stimme, dachte Davin, die er flüstern gehört hatte. Davin zitterte, rasend, sich zurückhaltend; er fühlte sich bereit zu kämpfen und hatte zugleich Angst, was geschehen könnte, wenn er es täte. Nicht bewegen! dachte er.

Beweg dich!

Der kleinere Matrose war immer noch ganz in die Suche nach seiner Waffe vertieft und wühlte die Laken auf dem Boden durch, hob Estelles abgestreiftes Unterhemd mit zwei Fingern auf, als wäre es ein toter Karpfen.

»Laß mich dir helfen!« sagte ich; ich riß den Totschläger unter meinem Fuß hervor und legte den Matrosen mit einem Schlag über die Schläfe um. Der kleine Mann ging zu Boden wie ein besiegter Boxer in einer Vorrunde. Zugleich hörte ich Lou schreien. Estelle hatte ihn in die Hand gebissen. Lou schleuderte sie beiseite, schüttelte den Schmerz ab und bewegte sich wie eine Katze – für einen Mann seiner Größe ziemlich schnell – auf mich zu.

Lou war nicht allzu groß. Tunney hätte ihn im Handumdrehen erledigt. Ich versuchte ihm tänzelnd auszuweichen, doch er schnitt mir den Weg ab und trieb mich auf eine Ecke des Raumes zu. Ich schwang den Totschläger auf seinen Kopf zu, doch Lou fing den

Schlag mit dem Unterarm ab. Ich versuchte, ihm das Knie in den Unterleib zu rammen. Er tanzte einen halben Schritt zurück. Ich taumelte vorwärts wie ein Rodeoclown, der den Bullen verpaßt hat. Als ich versuchte, wieder hochzukommen, traf mich eine Faust am Ohr, die hart war wie ein Baseballschläger. Und nur, um zu zeigen, daß er weiter nichts gegen mich hatte, trat mich Lou noch in die Rippen.

»Aufhören!« schrie Estelle. »Ich habe eine Pistole.«

Lou drehte sich langsam um. Estelle kniete zitternd auf dem Bett. Sie zielte mit einer kleinen Automatik auf ihn.

Lou griff sie an. Zwei Schüsse, schmerzhaft laut in dem kleinen Raum, peitschten auf, bevor er sie erreichte. Er stieß die Pistole beiseite, nahm Estelles Kopf in eine Hand und schmetterte ihn einmal, zweimal gegen die Messingumrandung des Betts, und sie war stumm. In diesem Augenblick hatte ich ihn erreicht. O ja, ich war wirklich schnell! Lou schüttelte mich von seinem Rücken herunter. Ich fiel zu Boden. Er grunzte jetzt vor Anstrengung und weil er erkannt hatte, daß er getroffen war. Er schüttelte den Kopf, als wäre er betäubt worden, und stolperte wieder auf mich zu. Als er auf mich traf, stand ich auf und warf ihn mir über die Schulter. Es gab ein Krachen, und ein Luftstrom fuhr plötzlich durch das Zimmer: Lou war durchs Fenster gestürzt. Sechs Stockwerke über dem Straßenpflaster.

Davin zitterte vor Schmerz und Wut – nicht über das, was Lou getan hatte, sondern über sich selbst. Der andere Matrose war noch bewußtlos. Estelle lag halb auf dem Bett. Der Kopf hing nach unten, der Mund war geöffnet. Das glatte kurze Haar berührte den Boden. Davin hob sie aufs Bett. Er hörte ihr Herz ab, konnte aber nichts feststellen. Er berührte ihren Hals und fühlte keinen Puls. Er legte seine Wange vor ihre Lippen und spürte keinen Hauch.

Eine große Wut, eine Wut, die nahe an Verzweiflung grenzte, stieg in ihm auf. Er wußte, wer Estelle getötet hatte und warum, und es waren nicht die Matrosen gewesen.

Bis jetzt hatte noch niemand auf die Schüsse oder auf den toten Mann auf der Straße reagiert. Davin zog seine Kleider an und ging hinaus.

Davin wußte nicht, wieviel Zeit er noch hatte. Er kochte vor Wut und Ungeduld ... und vor Angst. Estelle war tot. Er hätte sich nicht bewegen dürfen. Er war kein Held. Irgend jemand hatte ihn gesteuert. Und irgend jemand hatte auch veranlaßt, daß er an diesem Penny auf dem Gehweg vorüberging, und als die feuchte Nacht der Dämmerung wich, wich auch in seinem Geist die Verwirrung einer kalten Gewißheit: Chandler war sein Mann. Und, erkannte Davin lachend, er war Chandlers Mann.

Er fuhr mit der Straßenbahn in die Innenstadt, an der Baustelle des neuen Behördengebäudes vorbei. Er stieg an der Haltestelle an der Seventh und Hill Street aus und ging zu Fuß den Block bis zur South Olive hinunter. Er war hungrig, aber er wollte nicht essen; er fragte sich, ob es Chandler war, der entschied, wann er hungrig werden sollte. Er beobachtete die Büroangestellten, die zu Beginn der neuen Woche in die Stadt kamen, und fragte sich, wer in Chandlers Netz gefangen war und wer nicht. In der Herrentoilette der Bank of Italy wusch er sich die verkrusteten Blutspritzer aus dem Ohr, kämmte sich die Haare und ordnete die Kleidung.

Nichts von dem, was in den letzten drei Tagen geschehen war, hatte einen Sinn ergeben. Cissy hatte Davin angeheuert, Chandler war die Böschung hinuntergefahren, Davin war vor Mays Apartment bewußtlos geschlagen worden, die Matrosen hatten erst May und dann Estelle umgebracht, Davins Bremsseile waren gekappt worden, Sanderson und Quintanella hatten ihn so leicht entkommen lassen – und die verrückte Art, in der die Dinge zusammenpaßten; Zufälle, die direkt aus einem Trivialroman zu stammen schienen. Alle diese Dinge hätten in einer beliebigen, vernünftigen Welt nicht passieren dürfen. Sie hatten nur unter der Voraussetzung geschehen können, daß er aus seinem richtigen Leben herausgezogen und in eine Art Alptraum gesteckt worden war, und das war es, was Davin erkannt hatte. Es war Chandlers Alptraum.

Irgendwie, wahrscheinlich ohne daß er es selbst wußte, geschah genau das, was Chandler wollte. Leben wurden in neue Muster gezwungen, und seine Phantasien wurden wahr. Vielleicht reichte dies bis zu Bartletts Veruntreuung und Ballantines Herzanfall zurück; vielleicht reichte es bis in Chandlers Kindheit zurück. Wie auch immer, die Dinge, die mit Cissy und May und Estelle und sogar mit Big Lou und seinem Partner passiert waren (Davin konnte sich nicht vorstellen, daß ein Mann bewußt wollte, daß sie einträten), waren dennoch genau das, was Chandler gewollt hatte. Estelle war durch die Situation gestorben, die die Matrosen und Davin für sie hatten erzeugen müssen, und sie hatten sie erzeugt, ohne es selbst zu wissen, weil sie taten, was Chandler wollte. In Chandlers Welt war kein Raum für Frauen, die Freude an Sex und keine Angst hatten, hinauszugehen und sich ihn zu holen. In Chandlers Welt war kein Raum für einen gewöhnlichen Privatdetektiv, wie Davin ihn verkörperte. Er mußte Chandler finden, bevor die nächste Katastrophe passierte.

Er wartete, bis er Philleo sah, der zur South Basin Oil zur Arbeit kam, und folgte ihm bis in den vierten Stock. Die meisten Angestellten waren schon dort und sprachen über May Peterson. Sie starrten Davin an, als wäre er eine Erscheinung – er fühlte sich auch wie eine –, und Philleo wandte sich um und sprach ihn an.

»Kann ich Ihnen helfen?«

»Ich möchte lieber in Ihrem Büro mit Ihnen sprechen, Mister Philleo.«

Der Mann beäugte ihn düster, dann deutete er in die Richtung eines in der Ecke gelegenen Raumes. Sie schlossen die Tür. Davin wollte sich nicht setzen.

»Wo ist Raymond?« fragte er.

»Ich habe gestern mit der Polizei gesprochen. Sie sind kein Polizist.«

»Das ist richtig. Wo ist er?«

»Ich habe keine Ahnung«, sagte Philleo. »Und ich habe nicht die Absicht ...«

Das Telefon klingelte. Philleo stutzte verwirrt, dann nahm er ab. »Bitte?« sagte er. Es gab eine Pause, und Philleo sah aus, als hätte er einen Stein verschluckt. »Stellen Sie durch«, sagte er.

Davin lächelte grimmig: schon wieder ein unwahrscheinlicher Zufall. Er hatte schon in dem Augenblick, als das Telefon klingelte, gewußt, wer da anrief. Philleo hörte zu; er sah bekümmert aus. Nach einem Moment nahm ihm Davin den Hörer aus einer Hand, die sich nicht wehrte.

Der Mann im Telefon sprach mit einer von Emotionen belegten und von Alkohol verzerrten Stimme. Er hatte einen leichten britischen Akzent.

»... und ich schwöre bei Gott, daß ich es diesmal tun werde, Milt. Ich ertrage den Gedanken nicht, was ich für eine Ratte bin, und was ich Cissy antue ...«

»Wo sind Sie?« fragte Davin leise.

»Milt?«

»Hier ist nicht Milt. Hier ist Michael Davin. Ich bin der Mann, der Ihnen neulich nachts geholfen hat, als Sie von der Straße abkamen. Wo sind Sie?«

Es gab eine Pause, dann war wieder Chandlers Stimme zu hören, die jetzt nüchterner klang. »Ich will mit Milt sprechen.«

»Er will aber nicht mehr mit Ihnen sprechen, Raymond. Er hat die Nase voll von Ihnen. Er will, daß ich Ihnen an seiner Stelle da raushelfe.«

Wieder Schweigen.

»Nun gut, Sie können diesem Bastard sagen, daß ich im Mayfair-Hotel bin, und wenn er mir helfen will, dann kann er meine Leiche identifizieren, wenn sie mich vom Gehweg kratzen, weil ich es diesmal tun werde.«

»Nein, das werden Sie nicht. Ich bin in zehn Minuten da.« Davin gab Philleo den Hörer zurück, dessen Gesicht die Farbe von Asche angenommen hatte. »Er sagt, er würde sich umbringen.«

»Er hat schon früher damit gedroht. Ich könnte Ihnen da Sachen erzählen ...«

»Sprechen Sie einfach mit ihm.«

Davin beachtete den Aufzug nicht, sondern rannte zur

Eingangshalle hinunter und winkte draußen einem Taxi, das ihn mit überhöhter Geschwindigkeit die Siebte Straße hinunterbeförderte. Er wußte nicht, was er tun sollte, wenn er dort wäre, aber er wußte, daß er Chandler erreichen mußte. Die Fahrt schien ihm quälend lange zu dauern. Er musterte durch das Fenster die Gebäude und Fußgänger, das von den Schaufenstern und Autos reflektierte Sonnenlicht und forschte nach einem Zeichen, daß sich etwas verändert hätte. Nichts geschah. Würden die, die von ihm kontrolliert wurden, den Unterschied bemerken, wenn Chandler starb? Würde Davin wie eine abgelegte Marionette auf dem Rücksitz des Taxis zusammenbrechen und den Fahrer mit einer tickenden Uhr und einem bewußtlosen Fahrgast zurücklassen, der nicht zahlen konnte? Oder würde Chandlers Tod Davin eher befreien? Wäre Davin sich dessen sicher gewesen, hätte er Chandler selbst getötet. Vielleicht würde er ihn sowieso töten. Er mußte verrückt bleiben, um sich von der Frage abzuhalten, ob er Estelle hätte retten können. Wenn Davin ihr Apartment verlassen hätte, statt zu fragen, ob er bleiben könnte, wenn sie ihn hinausgeworfen hätte, dann würde sie wahrscheinlich noch leben. Sie wäre ein gutes Mädchen und er ein starker Mann. Wenn May ihm die Tür vor der Nase zugeknallt hätte ...

Sie erreichten das Mayfair, und Davin warf dem Fahrer ein paar Dollar hin. Der Portier hatte in seinen Unterlagen einen Mr. Chandler in Zimmer 712.

Die Tür war nicht abgeschlossen. Das Zimmer stank nach Rauch und Schweiß und Schnaps. Chandler mußte über eine eigene Schwarzbrennerei verfügen, wenn er so beständig betrunken bleiben konnte. Der Mann saß im offenen Fenster. Er trug eine zerknitterte Hose, Schuhe ohne Socken und ein ärmelloses T-Shirt. Er hatte den Rücken gegen eine Seite des Fensterrahmens und ein Bein gegen die andere gestemmt. In der Krümmung des Knies stand eine fast leere Flasche Schnaps auf dem Fensterbrett. Das Telefon lag umgekippt auf dem Nachttisch; aus dem herabbaumelnden Hörer drang eine dünne Stimme. Auf dem Bett lag mit dem

Rücken nach oben ein geöffnetes Buch, das aussah, als wäre es nicht in ein paar Tagen geschrieben worden. Neben dem Buch lag ein Groschenroman. *Die Schwarze Maske.* Über einem düsteren Bild mit einem Mann, der mit einer Pistole einen anderen Mann bedrohte, welcher wiederum eine blonde Frau als Schild vor sich hielt, stand der Slogan: ›Pakkende Detektivgeschichten‹.

Chandler hatte nicht bemerkt, daß er eingetreten war. Davin ging zum Telefon hinüber, stellte es wieder richtig hin und legte leise den Hörer auf. Das Verstummen der Stimme schien Chandler aufzustören. Er hob seinen Kopf.

»Wer sind Sie?«

Davins Müdigkeit holte ihn plötzlich wieder ein, und er setzte sich auf die Bettkante. Sogar bis zu diesem Augenblick hatte er für Chandler eine gewisse Sympathie empfunden; doch nun, da er den Mann sah und sich an Estelles erschrockene tote Augen erinnerte, fühlte er nur noch Abscheu. Alle, die diesen Mann liebten, verteidigten ihn, und er hatte nichts von alledem bemerkt, hatte sich selbst bemitleidet und sich unschuldig gefühlt, während er sich hätte schuldig fühlen müssen.

»Sie sind doch der Bursche ...«, begann Chandler.

»Ich bin der Typ, der Sie aus dem Wrack zog. Ich bin der Privatdetektiv, den Cissy angeheuert hat, um Sie davon abzuhalten, sich etwas anzutun. Sie sagte mir nichts davon, daß ich Sie auch davon abhalten müßte, anderen etwas anzutun, und ich war zu dumm, um es gleich zu kapieren. Bis Freitag hatte ich noch ein eigenes Leben, doch jetzt bin ich so, wie Sie mich haben wollten. Ich lasse mich für zwanzig Piepen am Tag zusammenschlagen und sage bitte und danke. Ich bin ein richtiger Mann und ein verquerer. Ich rede mit Frauen über Sex und ziehe es nicht durch. Ich bin frech zu den Bullen. Ich bin der beste Mann in Ihrer Welt, und ich bin gut genug für jede beliebige Welt. Ich gehe diese verdammten Straßen runter und bleibe makellos und habe keine Angst. Ich bin der Held.«

»Wovon reden Sie?«

»Da staunen Sie aber, was? Bis Freitag konnte ich noch eine Frau anfassen und brauchte mir keine Sorgen darüber zu machen, ob sie dafür umkommen würde. Jetzt bin ich damit beschäftigt, auf ein verklemmtes Muttersöhnchen aufzupassen.«

Chandler deutete mit einem zitternden Finger auf ihn. »Machen Sie sich nicht über mich lustig!« sagte er. »Ich weiß, was ich getan habe. Ich weiß ...«

Davin tobte innerlich. »Was haben Sie getan?« fragte er grimmig. »Sie hören sich an, als hätten Sie ein großes Gewissen. Dann erzählen Sie's mir!«

Chandlers Weinen hatte sich in Wut verwandelt. »Ich habe meine Frau betrogen. Ich bin nicht überrascht, daß sie Sie auf mich angesetzt hat ... ich hätte ihr das in der Situation, in der sie sich befand, sogar selbst empfohlen. Ich ...« Seine Stimme klang belegt. »Ich habe mich mit Frauen herumgetrieben, die schlecht sind. Frauen, die den Tod in den Augen haben, und Schlafzimmer, die nach zu viel billigem Parfüm riechen.«

»Ist das Ihr Ernst?« Davin wollte lachen, doch er konnte es nicht. »Wo haben Sie denn diesen ganzen Quatsch her? May und Estelle sind tot – richtig tot, kein Parfümtod.«

Chandler fuhr auf, als hätte er einen elektrischen Schlag bekommen. Er stieß die Flasche aus dem Fenster, und ein paar Sekunden später kam der Knall.

Sein Gesicht nahm einen bitteren Ausdruck an. »Das mit May überrascht mich nicht. Sie hat ein unmoralisches Leben geführt.« Er machte eine Pause, und seine Stimme bekam einen philosophischen Klang. »Sogar Estelle ... auch das überrascht mich nicht. Ich habe mir schließlich gedacht, daß sie doch nicht so moralisch war, wie sie immer tat.«

Davins Wut steigerte sich. Er stand vom Bett auf; das Buch, das neben ihm gelegen hatte, fiel zu Boden und schloß sich dabei. *Der große Gatsby* stand auf dem Deckel.

»May und Estelle wurden von den Matrosen umgebracht, gegen die Sie mit dieser Körperverletzungsklage vorgegangen sind. Sie sagten, sie wollten sich an Ihnen rächen.«

Chandler zuckte wieder zusammen. »Das ist doch Unsinn«, sagte er. »May und Estelle hatten überhaupt nichts damit zu tun. Wenn jemand was gegen mich hat, dann soll er doch direkt zu mir kommen. Es muß noch einen anderen Grund dafür gegeben haben, daß sie umgebracht wurden.«

Davin packte Chandler am Arm. Er wollte ihn aus dem Fenster werfen. Es wäre leicht gewesen; leichter als in jener Nacht auf dem Güterbahnhof. Niemand würde es erfahren. Chandler sah ihm zum erstenmal in die Augen. Davin entdeckte Verzweiflung und etwas noch Beängstigenderes: Chandler schien zu wissen, was er dachte, gab ihm die Erlaubnis, bat sogar darum. Er versuchte nicht, sich Davins Griff zu entziehen. Davin kämpfte gegen den Drang, ihm den einen schnellen Stoß zu geben, der die Sache beenden würde; die frustrierte Begierde, das langjährige Ringen, nicht verrückt zu werden, trieben ihn darauf zu. Der ganze Kampf war nur eine Sache von Augenblicken. Er zog Chandler ins Zimmer hinein.

»Vergessen Sie den Selbstmord. Was haben Sie getan, seit Sie May verließen?«

Wenn Chandler etwas von dem stummen Dialog mitbekommen hatte, der zwischen ihnen stattgefunden hatte, so zeigte er es nicht. »Wie sieht es denn aus?« fragte er. »Ich konnte nicht bei ihr bleiben; als ich sie zum erstenmal traf, war sie unschuldig, schutzlos, aber ich merkte schnell, was für eine sie war. Ich konnte nicht heimgehen und Cissy unter die Augen treten. So kam ich hierher.«

Er sah zum Fenster. »Wenn ich nur ein bißchen Mumm hätte, wäre es leichter.«

»Diese Matrosen hatten keinen Grund, jemanden außer Ihnen zu töten. Sie haben es auf die dümmste Weise getan, die man sich denken kann. Nicht aus Rache. Sondern damit alles so kam, wie Sie es haben wollten.«

Chandler schob sich an ihm vorbei und ging ins Bad; Davin hörte Wasser laufen. Er machte sich zum Rasieren fertig. Er schien schnell wieder nüchtern zu werden.

»Sie sind verrückt«, sagte Chandler, während er sich das

Gesicht einseifte. »So, wie *ich* es wollte? Sehen Sie, ich fühle mich wirklich wie der Bastard, der ich bin, aber was soll ich *damit* zu tun haben? Soll ich aufhören, die Firma zu verteidigen, wenn wir im Recht sind? Ich muß doch versuchen, das Richtige zu tun, oder nicht?«

Davin sagte nichts. Nach ein paar Minuten kam Chandler aus dem Badezimmer. Mit gekämmten Haaren und frisch rasiert, schien er auf dem besten Wege zu sein, wieder wie ein Präsident auszusehen. Die Neuigkeiten über die Morde, der Kampf auf dem Fensterbrett hatten ihm den Alkohol ausgetrieben. Und die Schuldgefühle in ihm verdrängt. Er hob sein Hemd auf und begann es zuzuknöpfen.

Davin fühlte, daß ihm gleich schlecht würde.

»Wissen Sie, dieses Credo, das Sie da gerade vorgetragen haben – Sie haben da nur gescherzt, wie mir jetzt klar ist –, aber da ist schon was dran«, sagte Chandler ernst. »›Diese verdammten Straßen runter.‹ Ich möchte daran glauben; ich möchte fähig sein, nach diesen Regeln zu leben – wenn wir nur diese ganzen anderen Bastarde dazu kriegen könnten, es auch zu tun.«

Davin stürzte ins Badezimmer und erbrach sich in die Toilette.

Chandler steckte den Kopf in den Raum. »Geht es Ihnen nicht gut?«

Davin schnappte nach Luft. Er befeuchtete ein Handtuch und rieb sich das Gesicht ab.

Chandler hatte schon die Krawatte geknüpft und die Jacke seines zerknitterten Sommeranzugs angezogen. »Sie sollten gut auf sich aufpassen. Sie sehen schrecklich aus«, sagte er. »Schrecklich sehen Sie aus. Wie heißen Sie?«

»Michael Davin.«

»Irisch, was?«

»Ich glaube wohl.«

»Ich möchte wetten, daß der Beruf des Privatdetektivs sehr interessant ist. Damit ist doch eine Art Ehre verbunden. Sie sollten irgendwann mal Ihre Erfahrungen niederschreiben.«

Estelle war tot, lag verdreht da, und ihr Haar berührte den staubigen Boden. Ihr Mund war geöffnet. »Kein Bedarf«, sagte Davin.

Chandler nahm die *Schwarze Maske* vom Bett. Davin fühlte sich wie ausgehöhlt, aber die Art, wie Chandler das Heft hielt, so ehrfurchtsvoll, stachelte seinen Zorn wieder an.

»Lesen Sie wirklich so einen Mist?«

Der andere Mann ignorierte ihn. Er beugte sich vor; eine leichte Unsicherheit war alles, was noch von seinem Rausch und davon zeugte, daß er sich vor einer halben Stunde aus dem Fenster stürzen wollte. Er hob den *Gatsby* auf.

»Ich wollte immer Schriftsteller werden«, sagte er. »Ich habe Essays geschrieben, sogar einige Gedichte.«

»Estelle hat es mir erzählt.«

Chandler sah nur einen Moment etwas unbehaglich aus. Er machte mit dem Buch in der Hand eine Geste. »Also mögen Sie keine Detektivromane. Haben Sie mal was von Fitzgerald gelesen?«

»Nein.«

»Er ist bestimmt der beste Schriftsteller Amerikas. Das beste Buch überhaupt. Über einen Mann, der seinen Traum jagt.«

»Kriegt er ihn denn?«

Chandler antwortete traurig: »Nein. Er kriegt ihn nicht.«

»Dann sollte er aufhören zu träumen.«

Chandler legte Davin eine Hand auf die Schulter. »Das können wir nicht. Wir haben doch sonst nichts.«

Davin wollte ihm sagen, was für ein gottverdammter Blödsinn das war, aber Chandler hatte sich schon umgedreht und verließ den Raum.

Aus dem Amerikanischen übersetzt von Jürgen Langowski

MATTHIAS M. MERKELBACH

Zeit des Stratus

1

Das erste was ich sah, als ich die Augen aufschlug, waren die Wolken, die hoch über mir dahinzogen. Es war früh am Morgen, die Sonne war noch nicht aufgegangen. Nur ein blasser Schimmer am Horizont kündigte ihr Kommen an und ließ mich die Konturen der dunkelrot erscheinenden Wolken gerade noch erkennen.

Schon als Kind hatte ich oft stundenlang das Spiel der Wolken am Himmel verfolgt. Ja, ich war damals schon ein Träumer; eigentlich kein richtiger Träumer, denn realitätsfremd war ich beileibe nicht, vielleicht eher etwas sensibel. Doch das war auch erst später so, je älter und ›reifer‹ ich wurde. Anfangs war ich immer ein sehr lebhafter, geselliger Junge gewesen, was mir oftmals mehr geschadet hat, als daß es mir genützt hätte. So aber zogen wir damals durch die Ebenen unserer Stadt, immer auf der Suche nach etwas, das es zu demolieren galt. Mit Vorliebe bemalten wir zum Beispiel wehrlose Roboter, und kein Kellner, Taxiflieger oder Postzusteller war vor uns sicher. Ja, das war schon eine wilde Zeit damals. Später kapselte ich mich dann immer mehr von Gott und der Welt ab, die ich oft nicht verstand und mit der ich so wenig wie möglich zu tun haben wollte. So hing ich eben meinen realistischen Träumereien nach ...

Und jetzt lag ich hier im dichten Gras und starrte gen Himmel, wo der Altostratus sich langsam aufzulösen begann und dem Altocumulus Platz machte. Schon sandte auch die Sonne ihre ersten Strahlen über den Horizont und ließ die Tautropfen auf dem Gras in allen Regenbogenfarben glitzern.

Doch unterschieden sich diese Wolken irgendwie von denen der Erde, ganz abgesehen von der Farbe. Zwar haben die Meteorologen auch die Wolken von WEGA II in die drei Hauptwolkentypen – nach ihren eigentümlichen Höhen und Formen – eingeteilt, doch ist der Unterschied in ihren Bewegungen unübersehbar. Es ist eine eigenwillige Grazie, mit der sich diese Wolken am Firmament entlang bewegen, und es ist eine Faszination für das Auge, ihren fließenden Formen zu folgen ...

Der Altocumulus beherrschte jetzt unbestritten das Feld, und ich ließ es gern zu, daß mir meine Phantasie so manchen Streich spielte ...

... So sah ich plötzlich Otto Lilienthal zwischen den Wolken auftauchen, sah, wie er sich abstieß und mit seinen rosafarbenen Flügeln schlug. Doch schon schob sich eine andere Wolkenformation vor ihn und verdeckte mir die Sicht. Dafür zog nun der monströse Kopf eines Allosaurus vorüber, die Zähne zu einem zynischen Grinsen entblößt, als wollte er mich verspotten, der ich hier unten im Gras lag und seine Flugbahn verfolgte. In Gedanken beschimpfte ich ihn und sah voller Zufriedenheit, wie er sich langsam aufzulösen begann. Doch nun erschien mit einem Mal die gewaltige Kulisse des Circus Maximus aus der rosafarbenen Masse. Er stand auf einem Hügel, und ich vermochte jede Einzelheit zu erkennen. Ganz oben, auf einer Zinne, entdeckte ich plötzlich eine winzige Gestalt, die mit erhobenen Armen und breitbeinig dastand und mir zuwinkte. Schon war ich versucht, zurückzuwinken, als sich ein Wolkenband davorschob und den Circus in sich aufnahm ...

Inzwischen war die Sonne bereits ein Stück höher gestiegen.

Es war warm geworden. Der Bodennebel begann sich aufzulösen, als die Lufttemperatur den Kondensationspunkt überschritt. Die Wolken sanken jetzt tiefer und breiteten sich über den ganzen dunkelgrünen Himmel aus. Ich wußte, die Zeit des Stratus war gekommen.

2

Schwere Schritte rissen mich jäh aus meinen Träumen, und ich rollte mich geistesgegenwärtig herum, doch es war nur Foster, der die letzte Wache hatte und gerade seine Runde machte. Ich zog meinen Schlafsack bis zum Kinn hoch, und ein Blick auf meine Uhr sagte mir, daß es mit der Gemütlichkeit bald vorbei sein würde. Der Himmel war jetzt eine gleichmäßige rosafarbige Wolke, durch die die Sonne wie durch Milchglas auf den Planeten herunterschien.

Der Signalton meines Chronometers zeigte mir an, daß es langsam Zeit wurde aufzustehen, wollte ich mir nicht den Zorn des Colonels zuziehen. So verließ ich schließlich wehmütig meinen Schlafsack, rollte ihn zusammen und steckte ihn in eine Seitentasche meiner Hose.

Das halbe Lager war bereits erwacht, man reckte und streckte sich, und Foster und Smith versuchten bereits, das erloschene Feuer erneut zu entfachen. Sie brauchten dazu nicht etwa zum Holzsammeln zu gehen, sondern sie nahmen einfach die Floomies, die überall herumlagen. Die Biologen und Geologen hatten bisher nichts über die Floomies erfahren, außer daß es sich um tote gummiähnliche Schläuche handelte. ›Wir‹ dagegen hatten dann schließlich die einzigartige Erkenntnis gewonnen, daß das Zeug wunderbar brannte. Wir sahen sie eben so, wie sie waren; es war, als hätten wir nie ohne sie gelebt. Einfach so.

Mittlerweile waren auch die letzten Schläfer erwacht, und wir versammelten uns um das Feuer, das seine hellen Flammenzungen dem Stratus entgegenschleuderte. Die Gesichter der Männer wirkten verschlossen; gesprochen wurde so gut wie überhaupt nicht. Wer hat es schon sonderlich gern, wenn ihn früh morgens die ›Pflicht‹ aus seiner wohlverdienten Ruhe weckt? So saßen wir also da, wunderten uns wieder einmal, daß das Feuer trotz der hohen Luftfeuchtigkeit so gut brannte, und kramten langsam die Nahrungskonzentrate aus den unergründlichen Taschen unserer Anzüge. Bates versuchte wie immer vergebens, irgendeinen Sender mit Hilfe seines ›Zwei-Dollar-Radios‹ zu empfangen, bekam jedoch nur statische Störgeräusche zu hören; nicht einmal einen weganischen Sender, doch das war sowieso egal. Wir hätten nichts verstanden, und so etwas wie unsere Musik kannten *die hier* auf WEGA II nicht. Es war schon seltsam.

Wir aßen unsere Konzentrate, die geradezu abscheulich schmeckten, und tranken Kaffee dazu – beziehungsweise das, was unter dieser Bezeichnung herumgereicht wurde. Als ich nach einer Weile so etwas wie ein gesättigtes Gefühl in der Magengegend verspürte, holte ich meine Zigaretten hervor und begann mit großem Genuß zu rauchen.

Langsam begannen die Männer aufzutauen, die ersten Gespräche kamen in Gang, die Ruhe der Nacht wich endgültig den Strapazen des Tages und seiner Routine. Schon wollte ich darauf hinweisen, daß der Colonel sich heute reichlich Zeit ließ, als der Vorhang des Zelts zur Seite flog und er heraustrat.

Fast automatisch glitt mein Blick zum Chronometer, und ich stellte fest, daß er sich um vierundzwanzig Sekunden verspätet hatte, was ganz und gar nicht seinen sonstigen Gewohnheiten entsprach. Vielleicht vergaß ich auch ganz einfach nur manchmal, daß er auch nur ein Mensch war, wenn er auch alles tat, um es nicht zu zeigen. Er war und blieb eben das Klischeebild eines strengen, pflichtbewußten Vorgesetzten, und das war wahrscheinlich der Grund, warum er mir immer schon unsympathisch gewesen war. Auch jetzt saß sein Kampfanzug wieder absolut korrekt, sein angegrautes Haar war sorgfältig zurückgekämmt. Insgesamt sah er aus, als käme er gerade von einer Besprechung des Stabes.

Wir erhoben unsere geschundenen Knochen, stellten uns in Reih und Glied auf und grüßten ihn, wie es sich geziemte. Der Colonel kam gemächlichen Schrittes auf uns zu, erwiderte den Gruß und begann den Sitz unserer Uniformen zu inspizieren.

Da gab es einen kleinen Trupp von zwanzig versprengten Soldaten, die auf einem fremden Planeten gegen deren Bewohner und um das nackte Überleben kämpften, und der Anführer dieses Haufens hatte nichts Besseres zu tun, als allmorgendlich die Leute zur Disziplin anzuhalten. Eine Szene, die einem patriotischen Kriegsfilm entsprungen sein konnte.

»Männer«, sagte er dann, »wie bereits angekündigt, werden wir heute nach DOT-NED-LEH vorstoßen. Ihr wißt, daß diese Stadt bereits vor unserer Ankunft auf WEGA II hart umkämpft war. Mittlerweile aber ist sie, Gott sei Dank, gefallen. Die Front hat sich ungefähr zwanzig Meilen weiter nordwärts verlagert. Leider haben wir keine Möglichkeit, die Stadt zu ... äh ... umgehen, wollen wir in Kürze auf eine zurückverlegte Einheit stoßen. Also, Männer, es ist zu vermuten, daß sich immer noch Reste der Fünften Weganischen Armee in diesem Ort versteckt halten. Ich bitte mir deshalb strikten Gehorsam und äußerste Vorsicht aus, sonst werde ich euch kräftig den Arsch aufreißen. Der Aufbruch ist für sechs Uhr dreißig vorgesehen; die Einteilung der Gruppen ist bekannt. So weit, so gut. Das wär's! Abtreten!«

Die Ansprache hatte im Grunde genommen für uns keinerlei neue oder gar wichtige Informationen enthalten, aber aus Gründen der Truppenmoral mußte sie eben gehalten werden, völlig klar. Das war ein einfaches, wie auch ein logisches Gesetz; jedenfalls vertraten der Colonel und das Lehrbuch diese Auffassung.

Wir überprüften unsere Gerätschaften und rüsteten zum Aufbruch. Der Stratus wies bereits einige Lücken auf.

3

Ich bildete zusammen mit Foster und Bates die Vorhut. Unser Marsch führte uns durch hügeliges Gelände, das mit rotem Gras und Floomies bedeckt war. Es gab weder Tiere noch irgendwelche höherentwickelten Pflanzen in dieser Gegend; das lag wahrscheinlich an der Nähe zur Stadt.

Nach kurzem Marsch sahen wir die Randgebiete der Stadt vor uns liegen. Wir stellten unsere schweren Lasergewehre zusammen und ließen uns in das hohe rote Gras sinken, um die Ankunft der restlichen Truppe in Ruhe abzuwarten. Foster holte ein Päckchen Zigaretten aus der Brusttasche und bot jedem von uns eine an. Dankend nahm ich mir eine und steckte sie in Brand. So saßen wir eine Weile schweigend da, rauchten und betrachteten die vor uns liegenden Ruinen von DOT-NED-LEH, deren bizarre Formen eine eigenartige Faszination auf uns ausübten.

»Wißt ihr«, sagte Foster plötzlich gedehnt, während er gerade einen Knoten in einen besonders dicken Floomie drehte, »ich finde es, ehrlich gesagt, hier ganz schön beschissen ... so ... ich kann mich vielleicht nicht so gut ausdrükken wie zum Beispiel du, George, aber manchmal komme ich mir wie ein Schwein vor, wirklich. Wenn ich all das hier tun muß ...«

Er blickte von seiner Beschäftigung auf.

»Versteht ihr, was ich sagen will?«

Ich war überrascht, Bates ebenfalls. Natürlich, beide verstanden wir, was Foster meinte (jeder hätte es verstanden), doch wir waren erstaunt, daß ausgerechnet Foster derjenige war, der als erster ›schwach‹ wurde. Ich hatte eigentlich damit gerechnet, daß ich der erste sein würde, der es laut zur Sprache bringen würde, war ich doch nach meiner eigenen Selbsteinschätzung eher ein sensitiver Typ, und ich hatte diesen Augenblick immer gefürchtet. Foster hatte ich dagegen immer der robusteren Sorte zugezählt; er war nicht sonderlich gebildet, doch als netter Kerl sehr beliebt. Daß er nun ein so hohes Maß an Sensibilität zeigte, überraschte mich mehr, als ich mir eingestehen wollte. Doch jetzt war es raus, und es hieß, Stellung zu nehmen und Farbe zu bekennen, und ein Blick auf Bates sagte mir, daß auch er es wußte.

Ich mußte unwillkürlich lächeln, wurde mir darüber klar, daß es nicht gut in die Situation hineinpaßte, und Fosters Blicke klebten an mir, als wäre ich eine Striptease-Schönheit.

»Ich weiß genau, was du ausdrücken willst«, brachte ich schließlich hervor. »Und ich bin außerdem der Ansicht, daß *sie* bestimmt alle genauso fühlen, wie ... hm ... *wir* es tun ... nur die da oben scheinen anderer Ansicht zu sein.«

Augenscheinlich blickten wir alle in die Höhe, doch wir sahen nur den Stratus, der bereits von grünen Flecken durchsetzt war und auch die Sonne ab und zu durchscheinen ließ.

»Das eigentlich Schlimme unserer Lage ist, daß wir nichts dagegen unternehmen können«, führte Bates an. »Du kannst nicht sagen, daß du jetzt im Kampf darauf achten willst, keinen von *ihnen* mehr zu erwischen ... oder so etwas ... Wir haben keine Kommunikationsmöglichkeiten, und sie knallen dich einfach ab. Paff! Wenn wir uns mit ihnen verständigen könnten, dann sähe alles anders aus. Bisher hat es ja nicht mal jemand *versucht.* Doch so müssen wir eben weiterhin diesen widerlichen Kampf gegen eine junge Zivilisation führen ... Mein Gott, ihre kulturelle und technische Entwicklung entspricht vielleicht unserer im frühen zwanzigsten Jahrhundert. Und alles nur der Rohstoffe wegen ... Scheiße ...«

Wir schwiegen wieder und hatten kaum unsere Zigaretten im roten Gras erstickt, als der Colonel mit den übrigen ›Helden‹ über den Hügel kam. Mit befriedigtem Nicken nahm er zur Kenntnis, daß wir seine Anordnungen befolgt hatten. Wir sammelten uns erneut, und das, was ich befürchtet hatte, trat ein: Der Colonel hielt es für notwendig, uns eine weitere Kostprobe seiner Redegewandtheit zu geben.

»Männer«, begann er, »ich denke, ihr teilt meine Ansicht, daß wir nur geringe Chancen hätten, dieses liederliche Partisanennest zu durchqueren, wenn wir uns im Pulk als Zielscheibe präsentieren würden. Ich halte es deshalb für angebracht, unsere Abteilung in sieben Gruppen zu je drei Mann zu unterteilen. Die Stadt hat von der Südseite her zufällig genauso viele Eingänge, was uns die Orientierung ungemein erleichtern wird. Ein Verirren innerhalb der Stadt wird weiterhin durch den Umstand ausgeschlossen, daß wir nur unsere bisherige Marschrichtung beibehalten müssen, um garantiert einen Ausgang der Stadt zu erreichen. Noch Fragen?«

Niemand meldete sich.

»Gut, dann teile ich jetzt die Gruppen ein, und es geht los. Schließlich wollen wir vor zwölf Uhr noch etwas Anständiges zu beißen kriegen, nicht wahr, Männer?«

Bei den letzten Worten bleckte er die gelben Zähne, ein Zeichen für uns, daß er seinen Witz überaus gelungen fand, und so stimmten wir ein gequältes Höflichkeitslachen an, was er wiederum mit einem Nicken belohnte. So etwas nannte man ›Etwas-für-die-Kampfmoral-tun‹.

Er machte sich daran, die Männer einander zuzuordnen. Ich blieb auch weiterhin mit Foster und Bates zusammen, was ich mit innerer Befriedigung zur Kenntnis nahm. Seit unserem letzten Gespräch verband uns ein dünnes, aber festes Band der Zusammengehörigkeit, und die Blicke der beiden zeigten mir, daß sie ähnlich dachten wie ich.

Wenig später hatte der Colonel auch die übrigen Gruppen zusammengestellt, und mit aufgesetzten Helmen und entsichertem Lasergewehr setzten wir uns in Bewegung.

Je näher wir der Stadt kamen, desto spärlicher wurde der Grasbewuchs. Nur wenige blaßrote Inseln durchsetzten den trockenen Boden, und auch Floomies gab es nun keine mehr, was mich sehr verwunderte. Die einzelnen Gruppen hatten sich jetzt weit auseinandergezogen und waren aus unserem Blickfeld verschwunden. Lediglich am fernen westlichen Horizont erkannte ich noch drei kleine Punkte, die im nächsten Augenblick von einer der Ruinen verschlungen wurden.

4

Auch wir erreichten kurz darauf die ersten Gebäude und drangen in die fremde Stadt ein. Je näher wir den Häusern gekommen waren, desto weniger interessant hatten sie auf mich gewirkt, und nun sahen sie nur noch wie das aus, was sie auch tatsächlich waren: ein paar verkohlte Skelette, denen man die dünne Haut vom Leibe gerissen hatte.

Die Straße erwies sich als außerordentlich breit; sie war mit einer asphaltähnlichen Substanz überzogen, die jedoch an zahlreichen Stellen aufgeplatzt oder geschmolzen war. An den Straßenrändern standen Panzerwracks der Weganer, und ab und zu sahen wir einen zerschossenen Gleiter der Unseren. Wir trotteten in lässiger Manier die breite Allee entlang, und ich kam mir vor wie einem der traumatischen italienischen Westernfilme entsprungen, jeden Augenblick damit rechnend, daß ein paar zerlumpte Gestalten in wehenden Staubmänteln am anderen Ende der Straße erschienen.

Nach einer Weile erregte eines der Gebäude unsere Aufmerksamkeit. Es war ein flacher zweistöckiger Bau, der fast völlig unversehrt geblieben war. Früher schien hier ein Geschäft gewesen zu sein, denn in einem Schaufenster lagen verschiedene Waren, von denen ich beim besten Willen nicht sagen konnte, ob es sich um Ersatzteile für Maschinen oder um Lebensmittel handelte. Schließlich kamen wir überein, daß wir uns auch das Innere des Geschäfts ansehen wollten. Als wir in das Haus eindrangen, mußten wir uns erst in Erinnerung rufen, daß Weganer ja nur einen Meter und dreißig Zentimeter groß waren. Glücklicherweise erlaubte uns die Höhe des Verkaufsraumes gerade noch, daß wir uns aufrecht gehend bewegen konnten.

Mit größter Vorsicht nahm ich aus den Auslagen einige Produkte weganischer Fertigung heraus und begutachtete sie mißtrauisch, was mir jedoch keine weiteren Aufschlüsse über ihren Verwendungszweck einbrachte. Sie schienen aus einem plastikartigen Kunststoff zu sein und waren unterschiedlich geformt. Ich warf die Dinger in das Schaufenster zurück und nahm mir die Zeit, den kleinen Verkaufsraum näher zu untersuchen. Viel zu sehen gab es allerdings nicht; ein paar zertrümmerte Regale, bizarr geformte Möbelstücke und einige Löcher in den Wänden, die zweifelsohne von Einschüssen herrührten.

Erst jetzt bemerkte ich, daß sich Foster und Bates bereits nicht mehr im Laden aufhielten, und mein Blick fiel auf eine kleine Tür, die in einen benachbarten Raum führte.

»He, komm mal schneller her!« hörte ich plötzlich Fosters Stimme rufen, und ich beeilte mich, den Nebenraum zu erreichen. Kaum hatte ich jedoch die Türschwelle überschritten, als mir ein so entsetzlicher Verwesungsgeruch in die Nase stieg, daß ich fürchtete, mich übergeben zu müssen. Erst dann sah ich Bates und Foster, die vor dem Leichnam eines Weganers standen. Er lag in einer Lache aus gelber Flüssigkeit, mit der auch die Wände ringsum bespritzt waren und von der ich wußte, daß es das Blut des Außerirdischen war.

Seltsamerweise erregte dieser Anblick keinerlei Ekelgefühl in mir, obwohl ich sonst bereits vor einem erschlagenen Insekt Abscheu empfand. Wahrscheinlich lag es daran, daß ich der Andersartigkeit *dieses* Wesens keine Gefühle entgegenbringen konnte. Außer ein wenig Mitleid und meinem eigenen gigantischen Schuldkomplex spürte ich nichts; ich bin mir wohl bewußt, welches Armutszeugnis in Sachen Menschlichkeit ich mir hier ausstelle. Aber während ich mit Stubenfliegen und Weberknechten groß geworden war, blieben mir die Weganer immer unheimlich fremd, und waren für mich immer weit, weit weg. Ja, irgendwie so – oder ein wenig anders – mußte es wohl sein.

Meinen beiden Mitstreitern schien es ähnlich zu gehen, sie standen ebenfalls nur da, starrten auf den toten Körper und sagten kein Wort. Der Strahl eines Lasergewehrs mußte den Weganer voll getroffen haben, denn der auf zwei dicken Säulenbeinen sitzende Rumpf zeigte ein großes Loch, in dem das gelbe Blut schon längst geronnen war. Vier kurze spindelförmige Ärmchen ragten zu beiden Seiten aus dem zylinderförmigen Torso heraus, und der Kopf bildete die Form einer Halbkugel. Der zahnlose, ungewöhnlich breite Mund nahm die ganze untere Seite des Gesichts in Anspruch. Darüber saßen vier schlitzartige Vertiefungen, in denen die Augen ruhten. Die Atemöffnungen saßen dort, wo beim Homo sapiens die Ohren ihren Platz haben, während zwei hornartige Gebilde auf der Stirn so etwas wie Hörorgane darstellten. Haare besaßen die Weganer nicht.

Als es mir nach einer Weile zu dumm wurde, drehte ich mich um und verließ das Haus. Foster und Bates folgten mir kurz darauf, und wir gingen weiter die endlose Straße entlang, in Richtung Norden.

»Ich beginne mich zu fragen, ob wir es überhaupt wollen«, sagte Bates nach einiger Zeit des Marschierens.

»Was?« wollte ich wissen.

»Eine Verständigung zustandezubringen.«

»Ich weiß es auch nicht mehr«, erwiderte ich, forscher, als ich es eigentlich gewollt hatte.

»Warum nun plötzlich wieder nicht?«

»Vielleicht sind sie uns zu fremd, als daß wir die Hemmschwelle überwinden könnten. Viel wissen wir nun wirklich nicht über sie ...«

»Und warum dann unsere Schuldgefühle?« warf Foster ein.

Wir schwiegen wieder und schlurften die Straße hinunter, doch ich spürte die Spannung, die in der Luft lag, und nach kurzer Zeit meldete sich mein Gewissen wieder.

»Daß wir nichts für sie empfinden, liegt wohl daran, daß wir sie nicht kennen, was zur Folge hat, daß wir an einer Verständigung scheinbar nicht interessiert sind. Eine schrecklich dämliche Wechselwirkung, der wahrscheinlich auch die Weganer unterliegen. Aber im Grunde wollen wir es doch ... davon bin ich felsenfest überzeugt.«

Ich mußte plötzlich lauthals loslachen, und auch meine Kameraden stimmten ein; doch als unsere eigentliche Aufgabe auf dem Planeten wieder einfiel, verstummten wir jäh.

Mittlerweile waren wir ein großes Stück weitergekommen und hatten das Ende der eigentlichen Straße erreicht. Sie teilte sich hier in zwei Seitenwege, und nach kurzer Absprache entschieden wir uns für den rechten. Der Weg erwies sich zwar als schmaler, als es die Hauptstraße gewesen war, war jedoch für die Verhältnisse auf WEGA II immer noch erstaunlich breit. Etwas Außergewöhnliches gab es auch hier nicht zu sehen; weiterhin wurde unser Weg von tristen Ruinen und ausgebrannten Fahrzeugwracks gesäumt.

5

Wir waren bereits wieder eine Zeitlang marschiert, als es passierte. Etwa zehn Meter vor uns krepierte plötzlich eine Granate. Es handelte sich um ein kleinkalibriges Geschoß mit geringer Splitterwirkung, was uns das Leben rettete. Dennoch riß uns die Druckwelle der Explosion zu Boden und preßte uns in den Sand der Straße. Der aufgewirbelte Staub, der sich aufgrund der geringen Gravitation nur langsam legte, nahm mir jegliche Sicht, und ich fühlte plötzlich einen heftigen Schmerz im rechten Knie. Ein Splitter oder Gesteinsbrocken schien mich getroffen zu haben, und ich fühlte, wie das Blut aus der Wunde langsam die Wade entlang floß. Es tat höllisch weh.

Ich bemerkte eine Bewegung zu meiner Rechten, und als ich mich umdrehte, sah ich Foster, der auf mich zugekrochen kam.

»Alles in Ordnung?« erkundigte er sich.

»Ja, alles bestens«, log ich.

»Ich gewinne zunehmend den Eindruck, als könnten wir eine Deckungsmöglichkeit gut gebrauchen.«

Ich lächelte innerlich über seine überaus korrekte Ausdrucksweise, mußte ihm allerdings zustimmen, und wir sahen uns um. Dabei bemerkte ich links von uns ein Gebäude, dessen obere Stockwerke zwar nur noch aus Außenmauern bestanden, während der Unterbau einen ganz passablen

Eindruck machte. Ich teilte Foster, der das Haus gleichfalls ins Auge gefaßt hatte, meine Meinung mit, und wir versuchten, das Gebäude halbwegs lebend zu erreichen. Noch während wir darauf zu robbten, detonierte ein zweites Geschoß, diesmal in etwas größerer Entfernung, das uns aber keinen Schaden zufügte, sondern lediglich die Staubwolke noch verdichtete. Das konnte uns nur lieb sein, da sie derzeit unsere einzige dürftige Deckung bildete. Versehentlich schürfte ich mit meinem verletzten Knie über einen Stein, was mir einen überraschten Aufschrei entlockte und einen besorgten Blick Fosters einhandelte. Doch endlich hatten wir es geschafft.

Wir erhoben uns erst, nachdem wir die Türschwelle bereits überschritten hatten. Wir befanden uns in einem Raum, dessen größter Teil im Dunkeln lag; lediglich durch die schmale Türöffnung fiel ein staubgedämpfter fahler Lichtstreifen, der den Boden vor uns erhellte. Noch hatten sich unsere Augen nicht an die Dunkelheit gewöhnt, als aus der gegenüberliegenden Ecke des Raumes ein schabendes Geräusch drang, dem ein heiseres Lachen folgte. Kurzerhand schaltete Foster seine Helmlampe ein, deren blaßer Strahl direkt in das grinsende Gesicht von Bates leuchtete. Ich spürte Erleichterung, als die Sorge um den verloren geglaubten Freund von mir abfiel.

»Ich dachte schon, ich sehe euch als Leichen wieder«, alberte er leichthin.

Später berieten wir, wie wir uns aus der äußerst mißlichen Lage befreien konnten, und als wir mit Hilfe des Helmscheinwerfers die Größe des Zimmers ausloteten, fanden wir bald eine Tür, die uns hoffentlich den Weg in die Freiheit ebnen würde.

Doch kaum schickten wir uns an, das Zimmer zu verlassen, als wir durch eine weitere Explosion in unseren Bemühungen unterbrochen wurden. Die Hausmauern schützten uns dieses Mal vor der Druckwelle, doch sah ich wohl, daß der Eingang um einiges erweitert worden war, und der eindringende Staub hätte uns erstickt, wären wir nicht rechtzeitig in das angrenzende Zimmer geflüchtet. Die Kammer war allerdings ebenso fensterlos und unmöbliert wie der Raum, den wir gerade verlassen hatten, doch bot sie uns zumindest den notwendigsten Schutz. Nur unsere Helmlämpchen beleuchteten die schmutzigen grauen Wände, und ich fragte mich, wozu dieses Gebäude einmal gedient haben mochte. Doch wurde ich aus meinen Gedanken gerissen, als sich die Staubentwicklung auch hier bemerkbar machte.

»In Deckung!« schrie mir Bates plötzlich zu, und ich befolgte die Anweisung sofort, indem ich mich flach auf den Steinboden warf. Es folgten ein greller Lichtblitz, eine dröhnende Explosion und eine entsetzlich stinkende Staubwolke. Als ich wieder aufblickte, erkannte ich, daß jemand ein Loch in die Wand geschossen hatte, welches es ermöglichte, auf eine weitere Straße zu sehen. Um dem Gestank zu entfliehen, beeilte ich mich, den Raum zu verlassen, und wir traten mit entsicherten Gewehren ins Freie. Die Straße bot jedoch nur jenes öde Bild, das uns bisher überall in DOTNED-LEH begegnet war.

6

Wir hasteten weiter, erreichten eine Biegung, liefen ein Stück nach links und bogen nach rechts ab; immer geradewegs in nördlicher Richtung.

Doch dann war die Welt nur noch ein Knall, ich verspürte einen stechenden Schmerz im rechten Oberarm und fiel kopfüber auf die zerrissene Asphaltdecke. Ich bemerkte gerade noch, wie einige Geschosse wenige Meter vor mir detonierten, und ein Stein prallte dumpf gegen meinen Helm. Foster und Bates standen ein paar Armlängen von mir entfernt, eng an eine halb zerfallene Mauer gedrückt. Ich versuchte das Lasergewehr zu erreichen, das mir entglitten war und praktisch direkt neben mir lag; doch bei jeder Bewegung durchflutete mich eine neue Welle des Schmerzes.

Aus den Augenwinkeln heraus sah ich, wie sich einer der beiden aus dem Schatten der Mauer löste, auf mich zu eilte und die Arme um meinen Brustkorb schlang. Im gleichen Augenblick ertönte das Knattern eines Maschinengewehrs, doch die Garbe verfehlte uns und schlug einige Schritte hinter uns weitere Löcher in den Straßenbelag. Mit geradezu übermenschlicher Anstrengung schleifte mich Foster innerhalb weniger Sekunden in den Schutz eines angrenzenden Gebäudetraktes; die Schmerzen im Arm und am Knie nahm ich nur noch im Unterbewußtsein wahr. Hastig zerrten mich kräftige Arme in die erfrischende Kühle eines Gebäudes, wo ich langsam wieder zu mir kam.

»Nun, wie gehts?« fragte jemand.

»Ich hab mich ... noch nie so wohl gefühlt«, entgegnete ich dem dummen Fragesteller.

»Wenn man dich so sieht, könnte man dran zweifeln«, sagte wieder eine Stimme, die ich als die von Foster erkannte.

»Glaubst du, daß du laufen kannst?«

»Ja, bestimmt.«

»Na, Gott sei Dank ...«

Immer noch ein bißchen wackelig auf den Beinen, erhob ich mich schließlich. Die Schmerzen im Arm hatten stark nachgelassen, nur der blutverschmierte Ärmel meiner Uniformjacke und ein dumpfes Pochen erinnerte an die Wunde. »Mein Gewehr liegt noch dort« erklärte ich.

»Um Himmels willen, pfeif drauf! Du wirst wohl oder übel mit der Pistole auskommen müssen.«

Er hatte recht. Es war sinnlos zu versuchen, das Gewehr zu holen. Heldenmut war hier äußerst unangebracht. So entnahm ich dem Hüfthalfter die schwere Handwaffe, überprüfte ihre Funktionen und ließ sie zufrieden wieder zurückgleiten.

»Sie kommen!« schrie Foster plötzlich, der am Eingang Wache schob. Wir eilten zum nächstgelegenen Fenster und überzeugten uns selbst. Etwa zwanzig verwahrlost aussehende Weganer rannten im Feuerschutz eines Maschinengewehrs die Straße hinunter.

»Wenn das Haus keinen hinteren Ausgang hat, sehen wir ganz schön beschissen aus!« keifte Bates.

Ich trat die Tür zum benachbarten Raum ein, was mir nun nicht mehr schwerfiel, nachdem ich eine Ladung schmerzstillender Stimulanzien intus hatte. Wir stürmten hinein; doch es gab nichts, was uns hätte von Nutzen sein können. So stürmten wir weiter durch die nächste Tür, die uns in einen weiteren Raum führte ... es ging mir langsam auf die Nerven.

Wir erstarrten alle zugleich. Wir sahen die Hintertür, die auf die Straße hinaus führte, keine fünf Schritte von uns entfernt. In der Mitte des Zimmers stand – ein Weganer. Er stand einfach so da, auf leicht gespreizten Säulenbeinen, die Ärmchen vor der Brust (oder dem, was ich dafür hielt) verschränkt, zwei seiner Augen geschlossen, und starrte uns aus den beiden geöffneten Augen an. Warum floh er nicht vor uns, wie es jeder normale Mensch getan hätte? Er blieb wie angewurzelt stehen und verschlimmerte seine wie unsere Situation nur noch zusätzlich. Bates reagierte als erster.

»Scheiße, was nun?«

Das war in der Tat die entscheidende Frage, und nur ein rascher Entschluß würde uns weiterhelfen.

»Wir nehmen ihn mit«, sagte ich kurzerhand.

»Wie bitte? Ich habe mich wohl verhört ...«

»Wir müssen ihn mitnehmen. Er würde keine Sekunde zögern, uns zu verraten. Jedenfalls müssen wir damit rechnen ... Möglich ist alles.«

Der Weganer hatte sich indessen keinen Zentimeter vom Fleck gerührt. Er stand wie eine Statue. Foster hängte sich sein Lasergewehr über die Schulter und ging langsam auf das Wesen zu, daß ihn aus zwei Augen ›blöde‹ anglotzte. Als er ihn erreicht hatte, ging Foster in die Knie, sein rechter Arm schnellte vor, umfaßte die Zylinderbrust, und kaum hatten wir uns versehen, stand er auch schon wieder aufrecht – den Weganer unter den Arm geklemmt, versteht sich.

Bates und ich zögerten keine Sekunde länger. Wir verließen zu viert den Ort der folgenschweren Entscheidung und traten hinaus auf die Straße.

Die gegen uns arbeitende Zeit ließ ausgedehnte Vorsichtsmaßnahmen nicht zu, doch hatten wir endlich einmal ein wenig Glück: Die Straße war frei von Partisanenkämpfern oder versprengten Truppenteilen. Wäre das nicht der Fall gewesen, hätten wir sowieso einpacken können. Wir hätten keinen Zwei-Fronten-Kleinkrieg führen können, zumindest nicht länger als zwei Minuten. Unsere ganze heißgeliebte Technologie wäre keinen Pfifferling wert gewesen.

Wir rannten die breite Gasse hinab, blickten nach rechts und links und bogen an deren Ende nach Nordwesten ab. Hier verlangsamten wir unser Tempo etwas, bis auch dieser Weg endete.

Wir fürchteten fast (den Weganer ausgenommen), verrückt zu werden, als die ersten mit rotem Gras und Floomies bedeckten Hügel in unser Blickfeld traten; doch es war nur die Realität, die sich ausnahmsweise einmal auf angenehme Weise präsentierte.

7

Die Straße mündete auf einen großen Platz, der beidseitig von den letzten Ruinen gesäumt und in seiner Mitte von einem Denkmal geschmückt wurde. Das Denkmal zeigte einen in weite Gewänder gehüllten Weganer, der wie ein Weganer aussah (GottoGottoGott...). Er hatte alle Arme weit von sich gestreckt, das linke Bein erhoben und den Halbkugelkopf in den Nacken geworfen, so weit es nur irgend möglich war. Vielleicht hatte der Künstler hier auch nur etwas übertrieben. Jedenfalls wirkte die Figur eher lächerlich als majestätisch (diesen Zweck verfolgten Denkmäler ja zumeist), und mir wurde wieder einmal vor Augen geführt, wie weit ich davon entfernt war, die Mentalität dieser Wesen auch nur annähernd zu verstehen.

Am Sockel des Denkmals warteten der Colonel und weitere sechs Leute, denen die Durchquerung DOT-NED-LEHs gleichfalls gelungen war. Als wir sie fast erreicht hatten, blieben wir stehen.

Der Colonel hinterließ den gleichen unpersönlichen Eindruck, den er eigentlich immer darbot. Der Kontrast, den er zu den anderen abgerissenen und aus vielen Wunden blutenden Männern aufwies, war einfach abscheulich. Als er dann sprach, begann ich ihn zu hassen.

»Sie sind die letzten!«

Es dauerte einige Sekunden, bis sich die ganze Tragweite dieser Aussage durch die Kälte seiner schneidenden Stimmer gewunden hatte und ich mir dessen bewußt wurde. Da bemerkte ich, daß mir plötzlich die Tränen in die Augen stiegen, und weil ich ohnehin nichts dagegen unternehmen wollte, ließ ich meinen Gefühlen freien Lauf. Der Colonel blieb stumm, stand nur herum, und seine Miene verriet mir nur eines: die Unfähigkeit, Trauer zu empfinden.

Auch die anderen blickten beschämt zu Boden, als besäßen althergebrachte Konventionen auch jetzt noch einen hohen Stellenwert und als wäre es im Namen der Moral unserer Gesellschaft ihre verdammte Pflicht, ihre Tränen niemandem zu zeigen. Es war zum Kotzen.

Als ich mich gefangen hatte, trat eine Pause des Schweigens ein, welches der Colonel, als scheinbar unangenehme Unterbrechung des ›Programms‹ aufzufassen schien. Er überbrückte die Stille jedenfalls mit einem herablassenden Lächeln und fing wieder zu reden an.

»Wie ich sehe, haben Sie einen Gefangenen gemacht. Ich werde das unter den gegebenen Umständen in Betracht ziehen und an höherer Stelle erwähnen, doch Sie müssen einsehen, daß ...«

Nein.

»... wir es uns in der gegenwärtigen Situation ...«

Nein.

... nicht leisten können ...«

Nein.

»... Gefangene zu machen ...«

NEIN.

»Aber, Sir, wir haben ...«, würgte Foster mühsam hervor.

»Natürlich, ich verstehe. Doch sind wir leider gezwungen, den Gefangenen zu töten, wenn wir die Absicht haben, unsere Truppen lebend zu erreichen.«

Es kreuzten sich Blicke.

»Er«, fuhr der Colonel in der Verhandlung fort und zeigte mit dem behandschuhten Zeigefinger auf den Weganer, den Foster immer noch unter den Arm geklemmt hielt, »wäre unser Tod.«

Unser aller Augen richteten sich jetzt auf das hilflose Wesen. Als Foster dies bemerkte, stellte er den Weganer auf seine beiden Klumpfüße, auf denen er unbeweglich stehen blieb.

Lauf weg!

Lauf doch weg!

Lauf!

Lauf!

Lauf, weg vom Menschen ...

Sie wandten sich ab, keiner von ihnen hatte den Mut, dem Außerirdischen in seine vier mausgrauen Augen zu blicken; nur ich hatte Pech. Ich stand ihm direkt gegenüber, spürte, wie der Schmerz sich wieder in Knie, Oberarm und auch in die Seele schlich. Seine Blicke verzehrten mich, und ich brachte es nicht fertig, meine Augen von ihm zu lösen, denn fast schien es mir, als ob ...

Wie in Trance erfaßte ich, daß der Colonel von hinten an mich herantrat, mir die Hand auf die Schulter legte. Mit monotoner Stimme sang er sein Lied. »Ziehen Sie Ihre Pistole, entsichern Sie und feuern Sie, Mann! Das ist ein *Befehl*!«

Ich spürte, wie meine Finger den Knauf der tödlichen Waffe umschlossen und aus dem Halfter zogen ...

Lauf!

... meine linke Hand nach oben fuhr und langsam den Entsicherungshebel zurückzog ...

Lauf!
... mein Zeigefinger das kalte Metall des Abzugs umschloß und ... ich dann merkte, daß ich es doch nicht tun würde und ein unsichtbares Band, durch unseren Tausch der Blicke hervorgerufen, den Abgrund unserer Welten bald überbrücken würde.
Lauf!
... meine Hand wieder nach unten sank.

8

Die Hand des Colonels glitt von meiner Schulter, ich schaffte es endlich, meinen Blick vom Weganer zu lösen, hielt Einzug in die Realität. Ich steckte das gesicherte Todesspielzeug wieder in das Halfter zurück, drehte mich um und ging blindlings davon.

Ich hatte noch keine drei Schritte zurückgelegt, als ich den Schuß hörte.

Wie vom Blitz getroffen, wirbelte ich herum und sah den Colonel, den Weganer ... Ich mußte mich übergeben, auf einmal hatte ich kein dringenderes Bedürfnis mehr, nachdem es mir während der ganzen langen Zeit des Kriegsspielens egal gewesen war. Doch jetzt ...

Als ich wieder aufblickte, trafen mich die Blicke des sterbenden Extraterrestriers, und sie drangen tiefer in mich ein, als jeder Schuß aus einer Strahlenwaffe es vermocht hätte. Sie brannten mir in der Seele, zerstörten das, was einmal menschliche Ideale gewesen waren, zerstörten den Glauben an den Segen der Unfehlbarkeit der menschlichen Technologie/Zivilisation. Sie sprachen von Schuld.
Das gelbe Blut versickerte im Staub der Straße, doch er sah mich immer noch an; seine Augen ergriffen mich, seinen Mörder, der ihn verraten hatte.
Ich.
ICH.

Wie durch eine dichte Nebelwand hindurch sah ich den Colonel, die todbringende Laserpistole immer noch in der Hand, ein schier unmenschliches Lächeln zur Schau tragend.

... fing ich an, ihn zu hassen.

Meine Gedanken überschlugen sich; ich wußte nur, daß ich ihn *jetzt* haßte. O ja, immer noch der gute alte Colonel, immer wieder um unser Wohl besorgt, der gute Onkel, der unsere Taten in die richtigen Bahnen lenkte, damit wir nicht außer Kontrolle gerieten.

Ziehen Sie Ihre Pistole.

Ich fühlte, wie meine Finger den Knauf der tödlichen Waffe umschlossen und aus dem Halfter zogen ...

Entsichern Sie.

... meine linke Hand nach oben fuhr und langsam den Entsicherungshebel zurückzog ...

Und feuern Sie, Mann.

... ich die Pistole auf die Brust des Colonels richtete ...

Das ist ein Befehl!

... mein Zeigefinger das kalte Metall des Abzugs umschloß und ... durchzog.

9

Die Druckwelle der Explosion warf mich in den staubigen Sand, und eine heiße, nach verbranntem Gummi stinkende Qualmwolke zog über mich hinweg. Jeder Atemzug wurde zur Qual, und es dauerte eine Zeit, bis sich der Dunst langsam lichtete. Dann erst gelang es mir, wieder auf die Beine zu kommen und mich umzudrehen. Ich sah den Colonel.

Ich glaube, ich habe noch nie so geschrien wie in jenem Augenblick, als ich den Torso des Colonel dort liegen sah. Er lag quer über dem Leichnam des ermordeten Weganers, Arme und Beine um den Sockel des Denkmals verstreut; die Explosion hatte sie vom Rumpf abgerissen und weggeschleudert. Doch alle diese Umstände waren nicht der eigentliche Grund, der mein Entsetzen hervorrief. Kunststück, es gab kein Blut.

Die wesentliche Ursache war, daß der Colonel kein Mensch war. Es war nie ein Mensch gewesen.

Mein Schuß hatte ihn mitten in die Brust getroffen und ein riesiges Loch gebrannt, aus dem verschmorte Drähte, Kabelrollen und ähnliches Zeug herausquollen und damit unseren entsetzten Blicken die Konstruktion eines hochkomplizierten elektronischen Organismus preisgab. Ich mußte die Zentrale dieses Systems getroffen haben; er wäre sonst wohl kaum explodiert. Das Gesicht war jedenfalls größtenteils unbeschädigt davongekommen, lediglich auf der Stirn war ein Stück Plastikhaut abgerissen, entblößte blankes Metall. Er trug immer noch das selbstgefällige Lächeln auf dem unpersönlichen Gesicht.

Ich hörte auf zu schreien.

Die übrigen kamen herbei, ich spürte, wie ein Arm sich um meine Schulter legte. Ich wandte mich um, Bates und ich sahen uns an. Er lächelte, und ich grinste zurück, doch sehr überzeugend konnte es nicht gewirkt haben, denn er kramte eine seiner schwarzen Zigaretten hervor und hielt sie mir hin. Mit zitternden Fingern nahm ich sie entgegen, entzündete sie und inhalierte den Rauch bis tief in die Lunge. Sofort setzte die narkotisierende Wirkung des Nikotins ein, und ich glaubte zu spüren, wie mein inneres Gleichgewicht darum bemüht war, sich wieder einzupendeln. Ich lächelte den anderen beruhigend zu und zog nochmals an der Schwarzen. Wir schwiegen eine ganze Zeitlang, standen einfach herum und rauchten, als gäbe es nichts Selbstverständlicheres. Die große Ruhe nach dem Sturm.

Aus irgendeinem uneinsichtigen Grund holte Bates nun plötzlich sein ›Zwei-Dollar-Radio‹ hervor, spielte an den Knöpfen herum, und plötzlich drang die Stimme Roy Harpers an unsere Ohren.

I've been an old soldier
I've been in the wars
backwards and forwards
creeping on all fours
and I travel the pulses
unseen and alone
dogfights in the cosmos
feeling the unknown
and I laugh in my sleeps...

Auf eine eigentümliche Art und Weise berührte mich das alte Lied und ließ meinen Blick himmelwärts gleiten. Der Stratus hatte sich aufgelöst.

10

Zwei Stunden später trafen wir auf ein zurückverlegtes Gleiterbataillon. Von deren Stützpunkt aus wurden wir auf schnellstem Weg zum Hauptquartier befördert. Vom Oberbefehlshaber der terranischen Invasionsstreitkräfte bekamen wir einen längeren Urlaub auf der Erde zugesprochen. Was ihn wohl dazu veranlaßt haben mochte? Ob er vielleicht trotz seines eisernen Herzens so etwas wie Mitleid für uns empfand? Wohl kaum. Wahrscheinlich hatte er eher Angst, daß wir hinter ein ganz bestimmtes Geheimnis gekommen sein könnten.

Sicher ist nur, daß ich sie vermissen werde: die Wolkenspiele von WEGA II. Meine Zelle ist kalt.

Der Autor:

1963 geboren, Abitur. 1977–79: Veröffentlichung von Rezensionen, Kurzgeschichten und Gedichten in Fan-Publikationen; 1979/80: Herausgabe des Magazins ARGUS. Literatur: J. G. Ballard, Thomas Pynchon, Maguerite Duras. Liebhaber des ›new hedonism‹; sucht die Freistatt des Dada/Punk in der Postmoderne, schreibt moderne Gedichte und Kurzprosa. Einzige Novelle (»Schritte auf dem Zifferblatt«, 1983) bisher noch nicht veröffentlicht.

Liebe Leser,

und hier wie immer die Auswertung des vorletzten »Urteils des Lesers«, diesmal aus IASFM 22.

Isaac Asimov, AUF DEN GEWINNER	Note 4.5000 (5. Platz)
Thomas Wylde, DAS KINDERMÄDCHEN	**Note 2.2826 (1. Platz)**
Scott Sanders, DER KONSTRUKTEUR DER WILDEN TIERE	**Note 3.9130 (3. Platz)**
Ursula K. Le Guin, DIE BESTEIGUNG DER NORDFLANKE	Note 6.0869 (8. Platz)
James Killus & Dorothy Smith, EISEN VON DRAUSSEN	Note 5.3261 (7. Platz)
Sydney J. Van Scyoc, DIE FEUERPRIESTERIN	**Note 3.4565 (2. Platz)**
Gene Wolfe, DER LETZTE PACKENDE GROSCHENROMAN	Note 4.8696 (6. Platz)
Gerhard Hejk, SELBSTMORD	Note 4.4348 (4. Platz)

Um Rückfragen zu vermeiden

Wir veröffentlichen die Anzeigen für die HEYNE-SF-BÖRSE in der Reihenfolge des Eingangs. Bitte beachten Sie aber, daß der technische Vorlauf, also die Zeit zwischen Redaktionsschluß und Erscheinungstermin, 4 Monate beträgt. Sie werden Ihre Anzeige also frühestens in der übernächsten Nummer des Magazins finden, wahrscheinlich aber erst in der Nummer darauf.

Bitte beachten Sie auch, daß wir **keine Werbeanzeigen** für Fanzines und dergleichen veröffentlichen.
Und noch eine Bitte: Versehen Sie Ihre Anzeige mit Namen und vollständiger Anschrift. Die Angabe auf dem Kuvert genügt nicht, weil die Post auf der Poststelle des Verlags aufgeschnitten wird und das Kuvert nicht selten verlorengeht. Wir konnten einige Anzeigen leider nicht veröffentlichen, weil die Anschrift fehlte oder unzureichend war. Bitte denken Sie in Zukunft daran. Danke!

Unsere Adresse: Wilhelm Heyne Verlag
Science Fiction-Redaktion
Türkenstraße 5–7
8000 München 2

SUCHE:
Urshurak (Bastei-Lübbe 28001), Preis nach Vereinbarung
VERKAUFE:
Norman Spinrad, Der stählerne Traum (Heyne 3783)
A. Wende, Krayerstr. 112, 4300 Essen 13

SUCHE:
Terra Fantasy Band 32, 51, 57, 62, 67, 68, 78, 81–92 (Tausch od. Kauf)
VERKAUFE:
Lin Carter, Jandar von Callisto (Goldmann); Terra Fantasy Band 22, 24, 27, 31, 50, 70, 71, 79, 94
Gerald Jobst, Seebachstr. 19, 7180 Crailsheim

VERKAUFE:
SF-TB's und -Hardcover. Bildbände und Comics. Tadelloser Zustand, halber Neupreis. Ab 2 Büchern werden die Versandkosten übernommen, bei 4 Büchern gibt es ein fünftes gratis (freie Auswahl). Liste anfordern
Frank Wairer, Elise-Spaeth-Str. 8, 8520 Erlangen

VERKAUFE:
Perry Rhodan-Hefte 1-1100, verschiedene Auflagen, Preis: DM 60,– für jeweils 100 Bände, DM 600,– für alle Bände, Versandkosten trägt Käufer

SUCHE:
Dragon (komplett), Orion (1–90)
Heiko Schröder, Am Wiesenrand 3, 2875 Ganderkesee 2

VERKAUFE:
100 SF-Leihbücher (K. H. Scheer, W. W. Shols, Charles Spencer, etc.), 3 Perry Rhodan-Bücher aus der ersten Auflage: Geheimmission Molluk, Für Menschen verboten, Die Venusbasis. Liste gegen Rückporto Frank Rüssmann, Schillerstraße 32, 7303 Neuhausen/F.

VERKAUFE:
Anderson, Welt ohne Sterne (DM 3,–), Menschheit sucht Asyl (DM 4,–), Der Zweiweltenkrieg (DM 3,–); Isaac Asimov, Alle Wege führen nach Trantor (DM 2,–), Der Galaktische General (DM 2,–), Der Tausendjahresplan (DM 1,50), SF-Magazin 8 (DM 2,–), SF-Magazin 10 (DM 2,–), SF-Magazin 12 (DM 2,–), SF-Magazin 13 (DM 2,–), SF-Magazin 15 (DM 2,–), SF-Magazin 20 (DM 3,–), SF-Magazin 21 (DM 3,–), Ich der Robot (DM 2,20), Geliebter Roboter (DM 2,20), Lucky Starr auf Jupitermonden (DM 2,–); Bradbury, Fahrenheit 451 (DM 2,–); Caidin, Cyborg IV (DM 1,70); Camp, Ein Yankee bei Aristoteles (DM 2,–); Campbell, Jäger des verlorenen Schatzes (DM 2,90); Charbonneau, Flucht zu den Sternen (DM 6,–); Christie, Bertrams Hotel (DM 2,–); Compton, Die übliche Verrücktheit (DM 4,–), Cordwainer, Die Untermenschen (DM 3,40); Dominik, Ein neues Paradies (DM 2,–), Atomgewicht 500 (DM 2,20), Befehl aus dem Dunkel (DM 2,20), alle 3 Dominik zusammen nur DM 5,–; Foster, Outland (DM 4,–); Gould, Die Bronx (DM 4,–); Green, Meine Freunde, die Aliens (DM 2,50); Heinlein, Farmer im All (DM 2,–); Hoyle, Die schwarze Wolke (DM 1,80); Lem, Eden (DM 1,50), Eden/Solaris gebunden (DM 10,–), Phantastische Geschichten gebunden (DM 10,–); Nourse, Der sechste Mond (DM 6,–), Die verbotene Wissenschaft (DM 7,–); Petaja, Zwischen gestern und niemals (DM 5,50); Pohl, Jenseits der Sonne (DM 14,–), Der Plusmensch (DM 2,30), Die Welt wird umgepolt (DM 6,–); Prokop, Der Tod der Unsterblichen (DM 5,–); Shaw, Die Blendendweiße Sonne (DM 7,–); Zauner, Die Enkel der Raketenbauer (DM 3,50); SF-Jahrbuch 1983 (DM 3,–). Liste gegen DM 3,20 als Briefmarken (bei Bestellung von mindestens 4 TB vergütet)
Markus Schweiger, Postfach 111069, 6300 Giessen 11

SUCHE:
William F. Nolan/George Clayton Johnson, Flucht ins 23. Jahrhundert (Heyne); James Blish, Enterprise Bände 3, 4, 7, 8, 9, 12 (Williams-Verlag); zahle jeweils Neupreis
Helmut Rudolph, Liechtensteiner Str. 13, 8960 Kempten

VERKAUFE:
über 1000 verschiedene Heftromane der 50er, 60er und 70er Jahre sowie mehrere 100 TB. Komplette Liste gegen Rückporto (DM 0,50)
SUCHE:
Reinhold Eichacker, Der Kampf ums Gold, Panik, Die Fahrt ins Nichts (alle Bände Universal-Verlag München/Leipzig, um 1924); Alfred Döblin, Berge, Meere und Giganten; Paul Scheerbart, alle Titel; H. G. Wells, alle Titel. Alle SF-Titel der Verlage Insel, MvS und Lichtenberg
Frank Jürgens, Wiesenstraße 18, 4500 Osnabrück

SUCHE:
Erde 2000: 35, 37; Luna Weltall (Utopia): 01, 09; UTO: 04; Utopia Classics TB: 33, 38; Utopia KB: 45, Zeitkugel: 70
Ferdinand de Cassan, Raasdorferstr. 28, A 2285 Leopoldsdorf

SUCHE:
Robert A. Heinlein, Die lange Reise (3101), Der Mann der den Mond verkaufte (3270), Welten (3277), Nächste Station Morgen (3285), Abenteuer im Sternenreich (3336)
Roger Hugi, Birkenweg 40, 3072 Ostermundigen/Schweiz

VERKAUFE:
SF TB's, Hefte, Magazine, Comics. Auch Tausch
Manfred Huber, Enzianweg 4, 7920 Heidenheim 5

VERKAUFE:
Isaac Asimov, Der galaktische General (Heyne 3082); Brian N. Ball, Die Nacht der Roboter (Goldmann 0164); J. G. Ballard, Karneval der Alligatoren (Heyne 3308); Alan Dean Foster, Dark Star (Bastei-Lübbe 24005); Harold Maed, Marys Land (Heyne 3059); Vercors, Das Geheimnis der Tropis (Heyne 3483); A. E. van Vogt, Kosmischer Schachzug (Heyne 3119)
Roger Lynch, Ort 16, 8390 Passau

VERKAUFE:
Fantasy-Sammlung: 70 Bücher, 60 Hart-Paperbacks, 800 TB, 100 Fantasy-Fanzine. Außerdem viele seltene TB und Hefte. Verkaufsliste gegen Rückporto oder Suchliste zusenden
SUCHE:
Heftromane in Bestzustand/verlagsneu, auch ganze Sammlungen folgender Romanserien SF: Utopia KB/GB, Terra GB, Terra Extra, Terra Nova. Horror: Gespenster, Grusel, Geister, Spuk, Geheimnis. Phantastik: Jan Mayen, Sun Koh, Rah Norten, Jim Strong, Frank Kenney, Kapitän Mors
Roland Urberg, Eschenweg 14, 4830 Gütersloh 1

DAS URTEIL DES LESERS

- ☐ Martha
- ☐ Blauer Mond-Tag
- ☐ Der unsichtbare Feind
- ☐ Medra
- ☐ Geisterlesungen
- ☐ Die letzte Stimme
- ☐ Der große Traum
- ☐ Zeit des Stratus

Geben Sie der Erzählung, die Ihnen am besten gefallen hat, eine 1; der, die Ihnen am zweitbesten gefallen hat, eine 2 usw.

Trennen Sie die Seite heraus oder fotokopieren Sie sie oder schreiben Sie die Titel auf eine Postkarte und senden Sie sie an den

Wilhelm Heyne Verlag
Science Fiction-Redaktion
Türkenstr. 5—7
8000 München 2

Das Ergebnis wird im übernächsten Magazin veröffentlicht.